ギジェルモ・マルティネス/著
和泉 圭亮/訳

アリス連続殺人
Los crímenes de Alicia

JN118039

扶桑社ミステリー
1659

LOS CRÍMENES DE ALICIA
by Guillermo Martínez
Copyright © Guillermo Martínez, 2019
Japanese translation rights arranged with
AGENCIA LITERARIA CARMEN BALCELLS, S.A.
through Japan UNI Agency, Inc., Tokyo

アリス連続殺人

登場人物

“私”――オックスフォード大学の給費留学生

アーサー・セルダム――オックスフォード大学の数理論理学教授

リチャード・ラネラフ卿――ルイス・キャロル同胞団会長

クリステン・ヒル――同胞団を手伝っている奨学生

レイモンド・マーチン――同胞団メンバー。数学者

ジョセフィン・グレイ――同胞団メンバー。著作家

ソーントン・リーヴス――同胞団メンバー。著作家

ヘンリー・ハース――同胞団メンバー。著作家

アルバート・ラッジオ――同胞団メンバー。精神科医

ローラ・ラッジオ――同、アルバートの妻。心理学者

レナード・ヒンチ――同胞団の著作物の発行人

レイトン・ハワード――警察の筆跡鑑定専門家

シャロン――アリスショップの店員

シスター・ロザウラ――メソジスト派の聖職者

アンダーソン――ジャーナリスト

ピーターセン――警部

一章

世紀が変わるほんの少し前、大学を卒業したばかりの私は、オックスフォードで数理論理学を学ぶために給費生としてイギリスに渡って来た。オックスフォードでの一年目に、『論理の美学』の著者であり、ゲーデル（Kurt Gödel 1906～1978 オーストリア出身の数学者、論理学者）の不完全性定理の哲学的延長についての著書もある、かの有名なアーサー・セルダム教授と知り合う機会に恵まれた。さらに予想外なことに、偶然とも運命ともつかないが、当時「オックスフォード連続殺人事件」として新聞を賑《にぎ》わせた、ひそやかに起き、幻影のように実体のない不可解な死の連鎖に、私は教授とともに立ち会うことになったのだった。いつかはこの一連の死に関する公表されていない手がかりを明らかにしようと決断する時も来るかもしれないが、当面はセルダム教授が口にしていた見解を繰り返すにとどめるしかないようだ。そう、「完全犯罪とは、未解決のままになっている犯罪ではなく、間違った人を犯人として解決されているものだ」と。

一九九四年六月、オックスフォードでの二年目が始まった頃には、長らく尾を引いていたその事件の噂《うわさ》もすっかり影をひそめ、すべてが平穏に戻っていた。その夏の長い日々、私には奨学生に義務づけられたレポートの期限を前に、研究の遅れを取り戻すことに専念する以外、これと言って何の計画もなかった。私の研究の指導を担当するエミリー・ブロンソン教授は、これまでの空白の数ヶ月間、テニスウェアを着て、麗《うるわ》しい赤毛の少女を伴って闊歩《かっぽ》する私を何度となく見かけていても、寛容にも大目に見てくれていたのだが、ついに遠回しだがきっぱりとした英国式の態度で、彼女が提案した中から論文のテーマを決めるように言い渡した。私は、ほんのわずかではあるが、密かに抱いていた文学への憧《あこが》れに類似した側面を持ったテーマを選んだ。それは、手書き文字の断片から、筆の運びという行為の身体的機能、即ち、実際に文字を書いた時の腕と筆の動きを再現するプログラムの開発である。未だ仮説上ではあるが、ブロンソン教授が考えた位相幾何学の二元性についてのとある定理を応用するという。首尾よく成し遂げられた場合には、共同名義での論文発表を教授に提案できるほどに、独創的かつ困難な挑戦のように私には思えた。

私がセルダム教授のオフィスを訪ね、ドアをノックしてみようと思えるほどに、プロジェクトは思いのほか早く、順調に進んだ。一連の殺人事件をともに経験した私たちの間には、何か淡い友情に近いものが残っており、公式にはエミリー・ブロンソン教授がアドバイザーなのだが、私にとっては自分のアイディアを最初にぶつけてみるのは彼のほうが好ましかった。彼の辛抱強く、どこか面白がっているようなまなざしの下では、よりのびのびと仮説を試せるように感じていたからだ。私は黒板を埋め尽くし、そして、ほとんどいつもと言っていいほど、間違った方向へ進む。教授と私は、ヴィトゲンシュタイン（Ludwig Wittgenstein 1889～1951 オーストリア生まれ。英国の哲学者）の『論理哲学論考』（Tractatus）への序文の中で、バートランド・ラッセル（Bertrand Russell 1872～1970 英国の哲学者・数学者・作家。ノーベル文学賞受賞）が展開した遠回しな批判、本質的な不完全性現象に隠された数学的根拠、ボルヘス（Jorge Luis Borges 1899～1986 アルゼンチンの詩人・作家）の『伝奇集』に収められた「『ドン・キホーテ』の著者、ピエール・メナール」と構文のみから意味を確定する不可能性との関係、完全に人為的な言語の探求、数学的公式の中で偶然性を捉《とら》える試み等々をこれまで議論してきた。私は二十三歳になったばかりで、これら種々のジレンマに対する独自の解答——短絡的で誇大妄想的なものばかりだったが——他を得たと自負していた。しかし、それでも私がセルダム教授の扉を叩《たた》くと、彼は自分の論文を脇《わき》にどけて椅子《いす》の背に身体を預け、かすかな笑みを浮かべて、私の熱意が赴くままに話をさせてくれた。私が考えた理論がすでに提示されているか、むしろ誤りであると証明している、別の研究論文の存在を私に指摘する前に。語れなかったことに関するヴィトゲンシュタインの端的な主張に反して、私はあまりにも多くを語ろうとした。

しかし、今回は違っていた。その問題は、セルダム教授にとっても合理的であり、同時に魅力的で、取り付きやすいようだった。更に、やや謎《なぞ》めいた言い方で、私たちが今まで検討してきた理論ともさほどかけ離れていない、とコメントした。つまるところ、それは静止画——図示された一連のシンボル——から、可能な限りの復元、可能性の高い過去を推論することを意味していたからだ。私は同意し、セルダム教授の承認に熱意をかき立てられ、黒板に素早く、無造作に一本の曲線を描いた。続いて二本目の曲線を、一本目の軌跡をたどり、それを複写する目的で、一本目に近接したところに描いた。

「空中で手を止め、脈を整えて一つひとつのディテールを再現しようと、すべての道のりの一歩一歩を蟻《あり》のような用心深さで進んでいく写字生が目に浮かびます。しかし元の原稿は一定のリズムで、筆致は軽く、異なった間合いで書かれている。私は、書くという生成する行為、その前に行われた身体的な動きの何らかを復元したいと考えているのです。あるいは、少なくとも、一筆ごとの速度の違いをとらえたログを作成したい。これは、私たちがピエール・メナールに関して議論した内容と似ています。ボルヘスの想像では、セルバンテスは偶然の力を借り、衝動と気まぐれに従い、やや行き当たりばったりに『ドン・キホーテ』を書いた。一方、ドン・キホーテをもう一度、今度は定理として書こうとしたピエール・メナールは、合理的に、亀《かめ》のような歩調で少しずつ、情け容赦のない法則と厳格な理由付けに則って、作品を再現しなければばなりませんでした。確かにまったく同じ言葉を使った文章を作っていますが、その裏で働いていた目に見えない頭脳活動は同じではないのです」

セルダム教授は、この問題を別の観点から考えているのか、あるいはまた、遭遇する可能性のある困難を検討しているのか、つかの間考え込んでいたが、かつての教え子であり、数学者のレイトン・ハワードの名前を紙に書いて寄越《よこ》した。レイトンは、今はオックスフォード警察の科学部門で筆跡鑑定の専門家として働いているという。

「君もきっと何度か彼を見かけていると思う。会話には加わらないが、四時のお茶には必ず姿を見せているからね。レイトンはオーストラリア人なんだが、夏であろうと冬であろうと、いつも裸足《はだし》で歩きまわっているから、必ず分かるはずだ。ちょっと人付き合いが悪いが、一筆書いて、君が彼と働けるように頼んであげよう。そうすれば実例を使って地に足がついた研究を進められるだろう」

セルダム教授の助言は、いつものように的確だった。翌月から、レイトンに割り当てられた警察署の屋根裏にある小さな執務室で、私は多くの時間を過ごした。レイトンはそこで、記録文書や事件ファイルから、小切手偽造の手口、ドレフュス（Alfred Dreyfus 1859～1935 仏軍人。スパイ容疑で逮捕。冤罪事件）事件で数学の専門家として予想外の役割を果たしたポアンカレ（Jules-Henri Poincare 1854～1912 仏数学者、理論物理学者。ポアンカレ予想、トポロジーなど）が展開した統計学上の論証、インクと紙の微細な化学的な特徴、歴史上重要な偽造遺言書事案といったことを研究していた。

この二回目の夏は、自転車をレンタルできたので、警察署に向かうセント・アルデーツ通りを下って行く時、アリスショップで働く女性に手を振るのが習慣になった。夥《おびただ》しい数の兎《うさぎ》、時計、ティーポットやハートの女王といったものが所狭しと並んだ、人形の館《ドールハウス》のような、そのキラキラした小さな店を毎朝その時間に開けるのが、彼女の仕事だった。時折、警察署の入口に到着したタイミングで、ピーターセン警部を見掛けることもあった。最初は彼に声をかけるかどうか躊躇《ちゆうちよ》した。警部が指揮した殺人事件の捜査中、私たちも関わり合いを持ってしまったもろもろの出来事の後で、セルダム教授に対して（そして結果的に私に対しても）、何らかの不快感を抱いているかもしれないと思ったからだ。だが幸いにも、苦い感情はまったく抱いていないらしく、くだらない冗談を繰り返し言うような調子で、スペイン語で「おはよう」と挨拶《あいさつ》さえもしてくれたのだった。

私が屋根裏に上っていくと必ず、レイトンはもう部屋にいた。マグに注いだコーヒーが机の上に置いてあり、私が挨拶すると、私の存在を認知しているしるしに、わずかにうなずいてみせる。彼は大変色白で、そばかすがあり、考えごとをしている時は赤みを帯びた長いあごひげを指でもてあそんでいた。私より十五歳ほど年長で、年老いたヒッピーか、カレッジの門前に座り、哲学書を読んでいる、身なりこそみすぼらしいが誇り高い物乞《ものご》いを思い起こさせた。彼は必要以上のことは話さなかったし、私から単刀直入に聞かない限り決して何も言わなかった。まれな場合ではあるが、口を開こうと決めた時には、まず言おうとしている内容を慎重に検討してから、数学的条件のように、必要であると同時に十分な、極限までそぎ落とされた一文を口にする。準備段階の数秒間で、個人的かつ無意味な自尊心を発揮し、最も短くかつ正確な表現を選ぶまで、同じ内容の様々な言い方を夢中になって比較しているのだろうと私は想像していた。実に頭の痛いことに、プロジェクトの話をするとすぐ、レイトンは警察でもう何年も前から使っているプログラムを私に見せてくれたのだが、それには私が考えついたのと同じアイディアが一つ残らず使われていた。速度のパラメータとしてのインクの濃度や密度の違い、リズムの指標としての語間の間隔、加速の度合いを測る線の傾き……しかし、その先の進め方については、連続した近似値のアルゴリズムを使ったシミュレーションに基づいたそのプログラムは、まったくの力技といってよかった。私の落胆を目《ま》の当たりにしたレイトンは、一つの文章をまるまる浪費して、私を励まそうとした。私のアドバイザーが着想した定理（私は彼に内容を説明しようと試みた）を使えば、プログラムをより効率的に動かせる可能性に望みをつないで、ともかく詳細に検討してみるようにと。私は彼のアドバイスに従うことにした。私が真面目に仕事に取り組むつもりであることが分かると、彼は寛容にも私のために自分の虎の巻を公開してくれ、裁判所で開かれた二、三の公判に同行することまで許してくれた。法廷で裁判官を前にすると、靴を履かなければならないせいか、ごく短い時間だが、レイトンは変貌《へんぼう》を遂げた。彼の証言は、軽妙で、才気にあふれ、議論の余地のないディテールが詰め込まれており、厳密で、同時に妥協がなかった。オフィスへの帰り道、すっかり感服した私は、感想を言おうとするのだが、彼はまるで再び殻に閉じ籠《こも》ってしまったかのように、単語をぽつぽつと返すいつもの素っ気ない彼に戻ってしまう。時とともに、私もオフィスでともに過ごす時間、黙っていることに慣れてしまった。唯一私を悩ませ続けたのは、彼が何かの公式に没頭している時、しばしば素足を机の上に載せて両足を組むことだった。昔のシャーロック・ホームズの小説にあったように、私は彼の足の裏についているオックスフォード州のあらゆる種類の泥と青苔《せいたい》、そして不運にも種々の悪臭も解読することができるようになった。

その月が終わる前に、私は数理研究所の四時のコーヒーブレイクでもう一度セルダム教授に会った。教授は私を自分の席に招き、レイトンとは上手く行っているかと尋ねた。私は、やや意気消沈した面持ちで、自分がイメージしたプログラムはすでに生み出されており、すこし改良を加えられるかもしれないというわずかな希望しか残されていないことを告げた。教授は手にしたカップを口元に運ぶ途中で止めたまま、一瞬立ちつくした。私が話したこととの何かが、彼の注意を引いたようだった。

「警察はすでにその種のプログラムを持っている、ということか？　そして君は使い方を知っている、と?」

私は好奇心に駆られて教授を見た。彼はどちらかというと理論に重きを置く数理学者であり、どのようなプログラムであれ、それを実際、具体的に実行に移すことに興味を示すとは、想像していなかった。

「私はまるまる一ヶ月間、そのプログラムを研究しました。あらゆる意味合いでそれをひっくり返して、さまざまな角度からじっくり検討したんです。使い方を知っているだけではありませんよ。今の時点ですでに、すべてのコードを空《そら》で言うことだってできます」

教授はカップの飲みものをもう一口すすり、しばらくの間、黙っていた。思い切って口に出すことができない何かが、あるいは、彼の意識の中に克服できない最後の障害があるかのように。

「しかし、当然それはアクセス制限がかかっているプログラムなのだろうね。それで、誰かが使用するたびにログが残る類《たぐ》いの」

私は肩をすくめた。

「そうではないと思います。私自身、この研究所にコピーを持っていて、地下のコンピュータの一つで何度もそれを走らせていますし。こと機密保持に関して言えば……」私は心得顔で彼と視線を交わした。「私は知りません。女王様のために秘密を守るよう誓えとは言われていませんし」

教授は微笑《ほほえ》み、静かにうなずいた。

「だとすれば、君は我々にとって大いなる助けとなってくれるかもしれない」

彼は私のほうに身を乗り出すようにして、声を潜めた。「ルイス・キャロル（Lewis Carrol 本名 Charles Lutwidge Dodgson 1832～1898 英国数学者、論理学者、写真家、作家。代表作『不思議の国のアリス』）同胞団について耳にしたことがあるだろうか？」

私は頭を振って否定した。

「それならお好都合だ。今日の午後七時半にマートン・カレッジに来てもらえるだろうか。君に紹介したい人がいてね」

二章

マートン・カレッジのエントランスで名前を告げた時、あたりはまだ明るく、イギリスの夏の日々は、永遠に続くように感じられるその穏やかな特性を保ち続けていた。セルダム教授が迎えに出てくるのを待つ間、私は第一の中庭が形づくる、芝で覆われた四辺形を眺め、あらためて屋内庭園の神秘に心を奪われずにはいられなかった。石垣の高さの釣り合いなのか、あるいは、瓦《かわら》屋根の棟飾りが現れる秩序正しいさまなのかは分からないが、奇跡的に空を近く感じさせていた(目の錯覚によるものなのか、あるいは、単純に場の静謐《せいひつ》さによるものなのか?)。あたかも、天空の窓枠のはるか上に切り取られた観念論的な長方形のイメージが、腕を伸ばせば届くくらいのところに引き寄せられていたかのように。芝生の中ほどに、眩《まぶ》しいほどキラキラとした左右対称の花壇があり、ひなげしが植わっているのが見えた。斜めに傾いた陽射しが石の回廊に差し込み、それが角度をつけて何世紀をも経た石を照らすさまは、古代文明の日時計や、人間の尺度を超えた微小な時間の移ろいを思い起こさせた。その時、セルダム教授が曲がり角から姿を現し、二番目の回廊に沿って特別研究員《フェロー》の庭園へと私を導いた。大勢のフェローたちが急ぎ足で反対方向へ向かっているのが見える。堅苦しい黒いガウンをまとったそのさまは、一群のカラスのようだ。

「誰もがカフェテリアにいて夕食をとっている時間だから」教授は私に言った。「庭園なら邪魔が入らずに話ができると思ってね」

教授は回廊の片隅にある、一つだけ離れたテーブルを私に示した。そこにはかなり年配の男性がいた。私たちの方に視線を投げかけると、葉巻を注意深くテーブルの上に置き、椅子を後ろに引いて、杖《つえ》の助けを借りながら、ゆっくりと立ち上がった。

「あの人がリチャード・ラネラフ卿《きょう》だ」教授は耳打ちした。「長年にわたり英国の防衛副大臣を務められ、退官されてからは我々同胞団の会長職に就いておられる。とても著名なスパイ小説作家でもあってね。敢えて伝える必要もないかと思うが、今から君が耳にすることは、最高の機密事項として扱われなければならない」

私はうなずき、教授とともにテーブルへと歩を進めた。私は、ラネラフ卿の手を握ったが、その手は華奢《きゃしゃ》に見えて意外なほどしっかりと握り返す力を保っていた。私は自分の名前を告げ、最初の短い儀礼の言葉を交わした。肌にも瞼《まぶた》にも深く皺《しわ》が刻まれていたが、その下に隠されたラネラフ卿自身は冷徹な、射貫くようなまなざしをしており、活力に満ちた人物であるようだった。教授が私を紹介する言葉に軽くうなずきつつ、慎重に微笑みを浮かべたその陰でずっと私を観察し続けている。さしあたりは判断を保留しておき、おいおい自分の目で確かめようとでもいうようだった。私からすると国防省でナンバー2であったことは、彼の評価を貶《おとし》めることにはならず、むしろその逆だった。ジョン・ル・カレ（本名 デイヴィッド・ジョン・ムーア・コーンウエル 1931〜2020 英国推理作家）の小説は多数読破していたので、諜報《ちょうほう》の領域では——他の数多くの領域においても同様だが——、ナンバー2は、実質ナンバー1であることは知っていた。テーブルの上にはグラスが三個と、明らかにラネラフ卿自身がかなりの部分を飲んでしまった一本のウイスキーボトルがあった。教授は自分のグラスと、私のグラスに同量のウイスキーを注いだ。世間話が一段落したところで、ラネラフ卿は葉巻を再び手に取り、ゆっくりとふかした。

「アーサーから聞いただろうと思うが、これは厄介な話でね」セルダム教授の助けが必要な、難しい任務に備えて準備を整えているかのように、教授と視線を交わした。

「いずれにしても、私たち二人で分担して話をしていく。しかし、どこから始めたら良いだろうか？」

「王の助言どおりに、『最初から始めて、最後まで続ける、そして止める』でいいじゃないか」セルダム教授は言った。

「しかし、おそらくは、始まりより前から始めるべきだろうな」ラネラフ卿は私を尋問しようとでもいうように、椅子に背中をもたせかけた。「ルイス・キャロルの日記について、君は何を知っている？」

「そんなものが存在することすら知りませんでした。もっと言えば、ルイス・キャロルの生涯についてもほとんど何も知りません」私は言った。

学生時代の試験会場に引き戻されたような気分だった。しくじったと思った。キャロルの知識といえば、霧の中のように遠い昔の幼少時代、不確かなスペイン語訳で『不思議の国のアリス』と『スナーク狩り』を読んだくらいのものだ。キャロルが聖職者として説教をし、同時に数学の講義を行っていたクライスト・チャーチ・カレッジは一度訪れたことがあり、ダイニングホールを通りかかった折に彼の肖像画も目にしていたが、彼の足跡をたどってみようと思うほどの興味を持つことはなかったのだ。私は当時、作品の背後の作家たちに対しては、ある種の自発的無関心さとも言うべきもの——実際はとても健全だと思う——を培《つちか》っており、生身の創造者よりもフィクションの創造物に注目することを好んだ。しかし、もちろん、最後のコメントは、ルイス・キャロル同胞団のメンバーである二人の前では、軽蔑《けいべつ》的な印象を与えてしまう恐れがあるので、私としてはとても口に出しては言えなかった。

「日記は確かに存在する」とラネラフ卿は言った。「それも、最も憂慮すべき状態でね。そう、日記は完全に揃《そろ》ってはいないのだ。キャロルはその生涯のうちに十三冊のノートに日記を書き残した。彼の最初の伝記作家であった、甥《おい》のスチュアート・ドッジソンだけが、幸運にも完全な状態でそれを読むことができたのではないかと思われる。それが分かっているのは、彼が初めて出版した一八九八年の伝記には、全てのノートからの引用が載っているからだ。だがその後ノートはドッジソン家の片隅に片づけられ、埃《ほこり》にまみれたまま打ち捨てられ、三十年が過ぎた。それがキャロルの生誕百周年を迎えるに当たって、彼の人物像に関心が集まり、一族は彼の散逸した資料をすべて掘り起こし、集めることに決めた。だが日記を復元しようとした時、原本のノート四冊が行方不明になっていることが分かった。単に不注意によるものだったのか、転居した時に置き忘れられてしまったのか、ただの無関心さゆえだったのか。あるいは、その三十年の間に、キャロルの評判を守ることにひどく熱心な親族の誰かが、ノートを一冊ずつ読み返し、自分勝手な判断による検閲をして、その四冊を抹殺してしまったのだろうか。キャロルの名誉を傷つけるような記載を含んでいたから、という理由で。なぜなのかは、私たちには分からない。ただ、幸いなことに、キャロルがアリス・リデルと出会い、『不思議の国のアリス』を書いた時期を網羅したノート数冊は現存していた。しかし、入念な調査を行った研究者たちはあるディテールに気づいた。些細《ささい》な点だが、苛立《いらだ》ちと不安を掻《か》き立てるには充分で、それがまたさらにあらゆる種類の推測や憶測の原因となった。一八六三年のノートは、数ページが欠落しており、明らかに破り取られた形跡のあるページも見つかった。しかもそれはキャロルとアリスの両親との関係が非常に微妙な時期と合致していた」

「微妙な？……どんな意味ででしょうか？」私は思い切って話を遮《さえぎ》ることにした。

「これ以上ないくらいの微妙さと言おうか」もう一度葉巻をふかしたラネラフ卿の声のトーンは微妙に変わっていた。まるでこれから地雷原に踏み込もうとでもしているかのようだ。「君ももちろんアリス本の背後にある物語のなにがしかは知っているはずだ。とりあえず、私からざっと説明すれば、記憶を呼び覚ます手助けにはなるだろう。一八六三年のその夏、三十歳を超えたキャロルは、クライスト・チャーチ・カレッジの独身寮に住み、数学の講義をし、最終的に叙階を受けるかどうかで悩んでいた。新任の学部長、ヘンリー・リデルが、クライスト・チャーチ・カレッジにやって来て、妻と四人の子供たち――ハリー、イナ、アリス、イーディス――と共に居を構えたのは、八年前のことだ。キャロルは、毎日のように図書館の庭で四人の子供たちと顔を合わせていて、アリスと最初に会ったのは、彼女が三歳になったばかりの時だった。最初は長男ハリーと親しくなり、その後、学部長の依頼で、彼の数学の勉強を見るようになった。しばらくすると、リデル家の娘たちの中でいちばん年長だったイナと会ったり、散歩に行ったりすることが次第に増えていき、キャロルは日記にもそのことを綴《つづ》るようになった。イナはいつも家庭教師のプリケット嬢に付き添われていた。お世辞にも美しいとは言えない彼女のことを、キャロルは陰で少女たちと一緒になって笑っていた。アリスとイーディスも成長するにつれ、キャロルが創作したゲームや歌に参加するようになり、夏場に川へハイキングに行くグループにも加わるようになった。プリケット嬢も必然的に付き添いとして同行しており、キャロルは毎回日記にも必ずそのことを書き添えていた。この頃には、キャロルは写真にも興味を持つようになり、最初の装備を購入して、三人の少女たちとの撮影会を頻繁に行っていた。キャロルは少女たちにありとあらゆる種類の設定で扮装《ふんそう》をさせ、時にはセミヌードで撮影することもあった――例えば女物乞い（十六世紀発祥の王様と女物乞いの物語で、その後種々の文学作品、戯曲で扱われ、すぐに女性に惚れ、プロポーズする男性の代名詞として使われた）に扮したアリスを撮った有名な写真がそうであったように。今の時代に生きる我々にとってどんなにそれが奇異に映ろうとも、オックスフォード大学教授と聖職者という二重の役割によって授けられた社会的地位によるものなのか、彼が風変わりではあるが、無害な人物と思われていたためなのか、あるいは単に当時の人たちはもっと信じやすく、純粋だったためなのか、学部長も彼の妻もこれらのお楽しみにもハイキングにも異議を唱えなかった。キャロルは、両親宛《あ》てに短い手紙を送れば、午後じゅう子どもたちを川に連れ出すことができた。さらにさかのぼる一年前の一八六二年、キャロルはとある時のハイキングで、『地下の国のアリス』の物語を少女たちに語って聞かせた。そして、こちらは血の通った生身の人間であるアリス・リデルは、自分のためだけにその話を一冊の本に書き上げてくれるよう彼に約束させたのだった。

キャロルが執筆に取り掛かるまでには六ヶ月を要したため、一八六三年の夏にはまだ書き終わっていなかったが、疑いなく、リデル一家とは良好な関係が続いていた。そして、問題の六月二十四日がやって来た。その日の朝、アリスとイーディスがキャロルの住まいまでやって来て、ナンハムへの遠足へと引っ張り出した。学部長とリデル夫人、その他数人も参加した。総勢十人のグループで、キャロルは一人ひとりの名前を書き留めている。いつもと違ったのは、家庭教師のプリケット嬢が同行しなかったことだ。両親が少女たちに付き添うことになっていたからかもしれない。一行は大きなボートを借り、代わる代わる櫂《かい》を握って、川を横切って対岸へと渡った。木陰でお茶を飲み、夕暮れになると、キャロルと三人の少女たちだけが汽車で帰り、残りのグループは馬車で家路についた。キャロルは日記で、少女たち三人と自分だけになった時のことを、括弧《かっこ》書きで「**語るも不思議《ミラビル・ディクトウ》！**」と書いていた。物事が予想外に自分の意図した方向に動いた時に彼が使う表現だ。続けて、『楽しいハイキングは、**非常に**楽しいフィナーレで終わった』とあった。〈非常に〉の文字には、彼自身の手によって下線が引かれ、強調されていた」

そこでラネラフ卿はひと息ついた。彼自身もまた今語られた言葉を強調したかったのかもしれない。

「少女たちはそれぞれ何歳だったのですか？」私は尋ねた。

「極めて的を射た質問だね。とはいえ、当時は年齢のとらえ方が、今とはかなり違っていたと思う。《過去は見知らぬ国である》とハートレー（David Hartley 1705～1757 英国の哲学者、観念連携理論を提唱）が言ったように、何が適切と考えられているかについても同じことが言える。この厄介な問題の一端を理解するには、女性は十二歳で合法的に結婚することができたことを思い起こせば、それだけで十分だろう。その一方で彼女たちは、他の側面では今日の少女たちよりもはるかに幼かった。キャロル自身、当時の登場人物たちのまだ思春期の妻たちについて《幼妻》という表現を何度も使っている。イナは十四歳になり、写真を見る限り、背もかなり伸び、美しい乙女に成長していた。キャロルの最初の女友達だったイナの名前は日記にも頻繁に登場していたが、付き添いなしで出掛けられたのはその夏が最後となった。十一歳になったアリスが、前年からキャロルのお気に入りになっていた。この時代の複数の証言が、特別な愛情をアリスに注いでいたことを一致して示しているのだが、奇妙なことに、日記にはその明白な痕跡《こんせき》がほとんどない。アリスは十二歳になろうとしていた。キャロルが幼友達を失うか、取り替えるかする年齢だ。そしてイーディスは九歳になっていた」

ラネラフ卿は、質問を期待していたかのように、私と教授を見やった。そして先を続ける前に、ウイスキーボトルからグラスにお代わりを注いだ。「その日、ハイキングを終えたキャロルは平穏に眠りにつき、翌日、再び少女たちを連れ出したいと願い出た。だが今回はリデル夫人が部屋まで訪ねて来て、あの有名な会話が交わされたのだ。そう、自分の家族には今後、近づかないで欲しいとね。ハイキングの間に、あるいは帰りの汽車の中で何が起こったのか？　リデル夫人は、娘たちへのキャロルの振る舞いから何を感じ取ったのだろう？　少女たちは家に帰り着いた後、何を語ったのだろうか？　この件について、キャロルが吐露したことがどれほど多く、あるいは少なかったにしても、それは疑いなく引きちぎられたページにあった。確かなのは、リデル家とキャロルの関係は冷え込み、この状態が数ヶ月間にわたって続いたことだ。キャロルは再度、少女たちと会う許可を得ようと試みるが、リデル夫人はにべもなく断った。そういうわけで、キャロルがついに本を書き上げた時も、アリスに直接会って手渡すことができず、諦《あきら》めて郵便で送るしかなかった。それでも（その事実自体が奇妙なのだが）、両者の関係は完全に断絶してはいなかった。時が経つと、やはり少女たちとは会わせてもらえなかったものの、キャロルは再びリデル家に迎え入れられた。その後も、キャロルはリデル夫人と友好的につきあい続け、少女たちが十分に大人になるまで、自分の本を送り続けた。アリスが十八歳になると、もう一度彼女の写真を撮りさえした」

「彼が何をしたのであれ、そこまで深刻だとは見なされなかったのでしょうね。あるいは、疑わしきは罰せずということにしたのでしょう」と私は言った。

「唯一の疑問はまさにそこなのだ。キャロルは列車に乗っている間に、本当によからぬことをしでかしたのだろうか？　私が言いたいのは、生涯にわたって自ら少女たちとの関係に制限を課していたのに、それを本当に踏み越えたのだろうか、ということだ。列車の旅の間に、なんらかの逸脱があったのだろうか？　言うなれば、身体的接触といった性質のものが？　その意味を充分に理解することなく少女たちが無邪気に話した何か、母親の警戒心を呼び起こした何かが。あるいは、ハイキングの間、娘たちと一緒にいるところを観察して、過剰なまでの親密さに、漠然と危険を感じ取っただけだったのだろうか？　キャロルが少女たちと出掛けた時に、グループの別の大人から警告があったのだろうか？　それとも、一部の人たちが示唆したように、何かまったく違うことだったのだろうか？　我らが同胞団で最も著名なメンバーの一人であるソーントン・リーヴスは、これまでで最も網羅的な伝記をつい最近出版した。この言わばブラックホールへと話が及ぶと、問題の会話の中で、キャロルがアリスとの結婚の承諾を求めたのだろう、との推論を示した。そのことがリデル夫人を警戒させ、いままでとはまったく違う目でキャロルを見るようになったのだろうと」

「ヴィクトリア朝の牧歌的なボートピクニックに、性という雷が落ちた」セルダム教授が宣言した。

「その通り」ラネラフ卿は同意した。「というより、湧《わ》き起こった激しい雷雨が、キャロルの頭上で一時停止したと言うべきだろう。そして、我々同胞団内部で闘いを繰り広げている者たちの頭上でも荒れ狂っている」

「闘いですって……？　どの派閥《はばつ》の間でですか？」私は尋ねた。ラネラフ卿は私の質問を吟味《ぎんみ》しているようすだった。話しすぎてしまい、違う話に落としておきたいようだった。

「少女たちに対する愛情の性質を見極めるための、いまだ未解決な論争だよ。キャロルははたして罪を犯したのか、あるいは、無実なのか、というね。キャロルは、生涯にわたり、子どもたちと何十もの関係性を築いた。だがその子どもたちの誰からも、彼らの両親からも、何ら不適切な振る舞いは申し立てられなかった。彼の少女たちに対する偏愛や彼女たちとの友情は、常にオープンで、誰の目にも明らかだった。キャロルに関連するすべてのやりとり、文書には、彼の思考と行動との間をつなぐ線――どんなに希薄であろうと――を描けるような具体的な証拠は何もなかった。その一方で、リデル家の少女たちとつきあいのあった時期の日記を通して、彼が非常に深刻な精神的危機に陥り、罪を償い、過去のものにできるように、何度も神へ祈り、哀願していたことが分かっている。しかし、罪とは一体、何だったのだろう？　もう一度言うが、行動の罪だったのか、あるいは、単に思考の罪だったのか？

　この件についての記述は、キャロルが日記にさえすべてを打ち明けることを許さなかったかのように、十分に明確ではなかった。キャロルの父はイングランド国教会の大執事で、そのため彼は子供の頃から厳格な宗教教育を受けた。ごくわずかでも疑わしい思考や後ろめたさを感じるだけで、神へ導きを祈るのには十分だったろう。結局、ルイス・キャロルの人格をとらえようとする伝記的な試みはすべてこの不透明な底なし沼を避けて通るしかなく、反証が示されない限り、無罪であるとの推測に基づいている。そして、今のこの何でも疑ってかかる時代にあっては、自動的にその逆を想像したがる向きも多いが、小児性愛者としてのキャロルを捕まえようと躍起になっている者たちでさえ、今までのところ決定的な証拠を提示できずにいる」

「とはいえ、彼が撮ったその少女たちの写真は十分過ぎるほどの証拠だと主張することはできる」教授は自らの観測を述べた。

「そのあたりのことはもう充分議論しただろう、アーサー」ラネラフ卿は頭を振り、私だけを見ながら、想像上の公判にかけられた難しい案件で、公平性を守れるのは自分だけだとでも言うかのように、話を続けた。「これ以上に、簡単で、はっきりした説明はない。当時、子どもたちは天使だと考えられていたし、何もまとっていない子どもの姿は、エデンの園的な理想像だった。キャロルは子どもたちの写真を撮りはしたが、それは両親が承認を与え、見守っている中で行われたことであって、決してこっそり隠れて行わなければならないような恥ずべき行為ではなかった。彼のヌード写真は、写真芸術が産声をあげてまもない時代に、展示を目的として撮影されたもので、おそらく彼自身も、衣装を着せ、あるいは脱がせてポーズを取らせる画家とそう変わらないと、自分自身では考えていた可能性が高い。年若い友人たちが成人して、本人たちが恥ずかしいと少しでも感じるようならすぐさま処分できるよう、キャロルは几帳面に母親たちに写真のネガを送った。それはフロイト（Sigmund Freud 1856～1939 オーストリアの医師。精神分析の創始者）やハンバート・ハンバート（Vladimir Navokov 1899～1977 の小説 Lolita の主人公。小児性愛者）が登場する前の、今とはまったく異なる時代だったのだ。虚しさを忌み嫌うのもまた人間の本質として真であるならば、膨大な種類に及ぶ人間のタイプの中に、最も純粋な形で少女たちを愛しており、不適切な身体的接触を控える者たちが、当時、そして今でさえも存在するという考えを、無下に切り捨てるべきではないだろう」

ラネラフ卿は、セルダム教授の方をもう一度振り向いた。このことに関してはどうにも意見が合わないが、同じ動きを繰り返すことで、一種の引き分けに持ち込もうとしているかのようだった。

「肝心な問題に戻るとしよう。この破り取られたページが、伝記作家たちにとってなぜ最も強力な磁石となり試金石となったのが、これで理解してもらえたと思う。おそらく、そのページに――そのページだけに、決定的な証拠、不吉な事実、忌まわしい行動の明白な認識が文章で綴られていた。ノートが公表された六〇年代から、そのページの亡霊は私たちの耳に可能性を囁《ささや》き続けてきた。

詩人ならこう言っただろう。〈言葉として発せられない言葉ほど、大きな囁きの源となり、あるページを失った本ほど中味が膨大なものはない〉。しかしながら、つい最近まで、単なる推測以外は何も存在しなかったのだ。研究者たちは誰一人、こうした推測の先までたどり着くことができなかった。推測というものは、それぞれがその人物に対して思い描いた人物像を反映することがままあるからだ。我々同胞団のもう一人の創設者であるジョセフィン・グレイだけが、十五年程前に研究を一歩前に進めることに成功した。彼女は、創意に富んだ、疑いの余地のない方法で、そのページを破り取ったのはキャロルではなく、書類の管理を任されていた、キャロルの甥スチュアートの二人の娘たち、メネラもしくはヴァイオレット・ドッジソンのどちらかである公算が高いことを証明した。しかもこのことは、間接的にあることを伝えてもくれた。キャロル自身は、そこに書き記したことを必ずしも恥じていなかったし、悔やんでもいなかった、ということだ。いずれにせよ、繰り返しになるが、ドッジソン姉妹は、行間に何を読み取ったのだろう？ そのページを熟読して、二人はどんな結論を導きだし、破り取る決心をしたのだろうか？ そのページは、意図せずにではあっただろうが、どんなことを暴露したのだろう？ その流れで、今年の初めに、我々同胞団のメンバーで、残存するキャロルの日記に注釈をつけて発行することが決まった。

先に話したように、それらは九冊からなる自筆のノートで、キャロルが晩年にギルドフォードに買った家に保管されている。その家は今は小さな博物館になっていてね。だが、同胞団の正会員は誰もギルドフォードまで出向き、すべての書類を調べるだけの時間、滞在することができない。それで、ほんの数日前に開かれた七月の定例会で、同胞団の種々の仕事を手伝ってくれている奨学生のクリステン・ヒルを派遣することに決まった。彼女は、素晴らしく勤勉で、緻密《ちみつ》な女性でね。二、三日ギルドフォードに滞在して、日記の状態を確認するように依頼したんだ。日記の全ページと、関連した書類が見つかればそれも、一枚一枚コピーを取るように指示をした。彼女の母親がギルドフォードの郊外に住んでいて、宿代の節約にもなるということでね。そして、彼女の滞在二日目に、最高のニュースが舞い込んできた」

「そのページを発見したんですか？」私は聞かずにはいられなかった。

ラネラフ卿は、私に我慢しろと言うように眉《まゆ》を上げ、最も正確な表現を選ぼうとしているかのように、一瞬考え込んだ。

「我々にとって……非常に不安にさせる何かを彼女は発見したんだ。だがこのくだりはアーサーに話してもらった方が良いだろう。ギルドフォードからのクリステンの電話を最初に受けたのは彼だったのでね」

三章

　セルダム教授は、その間に、紙巻きタバコの一本を巻き終えていた。クラゲの触手のように漂う煙がゆっくりと私の椅子に達した時、インドタバコの独特の匂《にお》いがした。ラネラフ卿の早口でてきぱきとした話し方とは対照的に、教授の低い、深いスコットランド訛《なま》りは、葉の生い茂る庭の静寂に重々しく反響しているように思えた。

「クリステンは、昨年までは博士課程にいて、私の教え子だった。非常に内気な女性でね。勤勉で、熱心に勉学に勤《いそ》しみ、極めて聡明《そうめい》で、十九歳の若さで卒業したが、学位論文を終えるには至らなかった。とある時に、昔の論文を参照したことがきっかけで、彼女は数学者としてのキャロルが発表した――もちろん彼の本名のチャールズ・ドッジソン名義だが――微積分の行列式に関する非常に独創的な研究論文を見つけた。クリステンはいわば間接的に、キャロルの日記にたどり着いたのだ。この問題について、彼がその時代の数学者たちと交わしていた書簡を探すなかでね。私は、キャロルの日記に取り組んでいた同胞団の会員たちを彼女に引き合わせたのだが、そのせいで結果的に、数学の世界で彼女を失うことになった。すぐに彼女がどの伝記作家からも研究者からも引っ張りだこになってしまったのでね。クリステンは、頭の回転も仕事も速く、控えめで、常にあたりに注意を払っている。リサーチパートナーとしてはまさに理想的だ。現に、今はソーントン・リーヴスのところで奨学金を受けて、働いている。だから私に電話をくれたことに、やや驚いたくらいでね。そう、一昨日の朝のことだ。電話で話した時、クリステンはまったく普段の彼女らしくない感じだった。今までそんな調子で話すのなんて、聞いたこともなかった。そう、有頂天になっていたと言ったらいいのだろうか。燃え上がる誇りと喜びを感じると同時に、どこか恐れを抱いているような、気が気でないような口調だった。キャロルの書類を調べているうち、失われたページにまつわる疑問に決定的な答えを出してくれるかもしれない、何か途方もないものを発見したと彼女は私に語った。クリステンが言うには、それは一片の紙で、常に衆目の面前にあったはずなのに、今まで誰にも発見されることがなかった。そして、ギルドフォードのキャロルの家には、日記とともに、一族が作成した目録があると説明した。そこには、何年もかけて蒐集《しゅうしゅう》されたキャロルのすべての著作物や身の回りの品々が網羅されているという。そして彼女が私に話してくれたところによると、その目録には――信じがたいと思われるかもしれないが――**《日記から切り取られたページ》**という項目があった」

「その話はまったく本当でね」とラネラフ卿が口をはさんだ。「白状するが、私はこれまで仔細《しさい》にその目録を眺めたことがなかったのだが、今朝自分の目でそれを確かめにギルドフォードまで行ってきた。これだけ人数がいて、なぜ全員が気づかなかったのか、理解できない」

「あとはただ、該当するファイルのある場所まで行くだけだった。ファイルは、あるべき場所に収まっていた。そこで彼女は、二葉の紙の間に挟んである、皺になった、両面に文字が書かれた一片の紙を発見した。彼女が説明してくれたところによると、紙の一方の面には、アリス・リデルが成人になってからの、彼女の生涯に起きた出来事――彼女の結婚、子どもたちの誕生、そして、彼女の死――に関する日付が記してあった。もう一方の面には、間違いなく、そのページを破り取った人物が記したであろう書き込みがあり、キャロルがその日、日記に書いた主な出来事が簡単にまとめられていた。クリステンがよく知るその筆跡は、キャロルの甥の二人の娘たちのうち、年上のメネラ・ドッジソンのものだった。彼女はずっと、メネラが日記の影の検閲者ではないかと疑っていたのだが、この紙片はそれを裏づけているように思えた。クリステンの想像では、メネラは非常に信心深かったので、そのページを日記から破り取る前か後に、良心の呵責《かしやく》に苛《さいな》まれて、内容を別のところにメモしておくことにしたのだろう。たった一文だったが、彼女が言うには、決定的だとのことだった。その一文こそ、キャロルにずっとついてまわっていた疑問に答えてくれるものだ、と彼女は信じていた。しかも、まったく思わぬ形で。もちろん、私は即座にどんな一文だったのかと尋ねた。一瞬彼女は黙り込んで、こう告げた。誰にも――同胞団の中で唯一信頼できる私にさえも――内容は言えないと。この発見が自分の功績だと認められることが確実になるまで、秘密にしておきたいとも。彼女が発見したことは、ほとんど馬鹿げたほど理にかなったことであったがために、誰も考えつかなかったのだとクリステンは言っていた。彼女は、特にソーントン・リーヴスがこの発見を我が物にしようとするのではないかと恐れていた。クリステンは一介の奨学生に過ぎないし、ソーントンは私が想像すらできないほど利己的になれるのだからと。彼女自身が話していたように、紙片が衆目の面前にあり、誰でもただギルドフォードに行きさえすれば、それを読むことができるのだとすれば、どうやってその存在を伏せておくのか、と私は尋ねてみた。クリステンはここでもう一度、言葉を切った。そして、その紙片を盗んだことを告白した。実際に口に出した言葉こそ違えど、彼女がそれを持ち出して隠し持っているのだと私には分かった。この発見が彼女の功績であると認める記事を発表してもらえたなら、すぐにそれを返却すると彼女は約束した。それで私は、何のために電話してきたのか、とりわけ、なぜ紙片のことを自分に話したのか、彼女に尋ねた。彼女自身も正しくないと承知していることで、自分が共犯者に仕立て上げられるのは、まったく気に食わなかった。その紙片を持ち去った後、これまで誰も目にすることがなかったのは実に不思議だとずっと考えていたと彼女は言った。どの伝記作家たちも、どこかの時点でギルドフォードの家に立ち寄っており、ほぼ全員が間違いなく同じ目録を調べたというのに、なぜ彼女だけがその紙片までたどり着けたのか。すべて白日《はくじつ》のもとにさらされれば、彼女のせいで伝記作家たちは物笑いの種になってしまう。だが、もう一つ別の説明ができるかもしれない、と彼女は言った。他の誰かもその紙片に気づいたが、口外しないことにしたのではないだろうかと。たった一文しか書き留められていないその紙片は、キャロルについて書かれた学説の大部分を瓦解《がかい》させてしまっただろうからと。さらに、彼女が最も恐れていたであろう、もう一つの可能性もあった。そう、その紙片が真っ赤な偽物、メネラの書体をコピーしたものだったとしたら。年代物を装い、フォルダーの二葉の紙の間に挟み込まれた、研究者相手に仕掛けられたジョークか、ペテンであったら。そうであれば、少なくとも、これまで誰もその紙片を見つけられなかったことの説明がつく。結果そうだったとしたら、彼女は大失態を犯すことになってしまう。だから私に電話しようと思ったと。我々のセミナーを通して、彼女は、レイトン・ハワードが筆跡鑑定の専門家として仕事をしていること、彼と付き合いがある唯一の人間が私であることを知っていた。それでさんざん回りくどい言い方をしたあげくに、筆跡が本物であることを立証するために、彼と会って話す手筈《てはず》を整えられないかと聞いてきた。私は彼女に、それでは自分の立場が難しくなる、よく考えてから返事をすると伝えた。電話を切った後、私は午前中いっぱい、クリステンが話した情報をあらゆる角度からじっくり考えた。私はその紙片の消失や隠蔽《いんぺい》を隠したくはなかった。そんなことをしたら、同胞団が根ざしている原理原則すべてに反することになる。だがその一方で、クリステンにきつくあたりたくもなかったし、ましてや裏切りたくもなかった。それで最終的に、リチャードにだけはこの件を打ち明けることに決めた。というのも、同胞団にはすぐにでも決めなければならない非常に重要なもうひとつの問題があり、その紙片の発見がその決断に何らかの影響を与える可能性があることに気づいてしまったからだ」

「計り知れない影響だ」とラネラフ卿は口を挟んだ。「我々が準備している版は、キャロルの日記の決定版と位置づけられるべきものだ。我々はそれを定本と呼べるようにしたいと思っている。同胞団の伝記作家全員による注釈がつけられる予定でね。それぞれが一つの年代、一つの巻を専従で扱えるように、九冊のノートを我々の間で分けようとしていたところだ。これは壮大なプロジェクトであり、そのページに書かれていることが何であれ、決して欠くことはできない。あえて言うなら、そのページは全作品の中で、最も閲覧される箇所になるだろう。いや、それ以上かもしれない。もしあの娘が言っていることが本当ならば、注釈の体系も大部分を見直さざるを得ない可能性がある。後日、その紙片が登場して、注釈の全般的な論理に矛盾や疑義が生じるような危険を冒すことはできない。従って、我々にはその紙片を見る必要がある。それも早いに越したことはない。あの娘がやったことは、到底受け入れられないが、アーサーと同様、私も彼女にそれを……気品のあるやり方で、戻すチャンスを与えたい。従って我々は、彼女にそのチャンスを与えることに同意した」

「昨日、彼女に電話したよ——もちろん、リチャードと相談したことは言わずにね。そして、筆跡が本物であることが確認できたら、今週の金曜日に同胞団の臨時集会を招集しようと提案した。彼女はその紙片を全員に見せ、紙片のことは議事録に彼女の名前とともに明記される。そして彼女がそれを元のしかるべき場所に戻す。この方法なら、彼女が紙片を発見した功績が認められることは確実だし、しばらくすれば、彼女の記事も発表できるだろうと。すぐに申し出に飛びつくだろうと思ったのだが、彼女は怯《おび》え、神経質になっているようすで、あの紙片を手にしてから、夜眠ることができない、と口にした。だが、私と一緒に警察署に出向く必要がある、と話した途端、彼女は前言を撤回した。彼女は、レイトンが警察署で働いているということを知らなかったのだ。罠《わな》にはめられるのではないかと思ったのか、警察署という場所に恐怖を感じたようだ。レイトンは屋根裏にある独立したオフィスにいるし、誰とも出会わないと説明したのだが、説得することができなかった。電話を切った後で、私はもちろん、心配でたまらなくなった。談話室に降りて行って、天の配剤のように君と出会った時も、私はこのことをずっと考えていたんだ。君と別れた後、すぐさまもう一度彼女に電話をして、君のプログラムのことを説明してみたら、最終的に彼女は同意してくれた。明日、その文章の前半のコピーを持って、数理研究所に来るという。筆跡の検証にはそれで事足りるといいのだが。原本は絶対に持って行かないし、文章の最初の数語以外は明かさない、と彼女は言っていた」

「四、五語あれば十分でしょう」私は言った。「しかし、もちろん、比較ができるように、例のメネラという女性の肉筆の手紙かメモがないといけません。同じくらいの年代であれば理想的ですが」

「いかにも、クリスティンのほうでもすでにそれは考えてあった。メネラが生涯にわたって書いた手紙が多数、同胞団の資料室にある。彼女がそれを持ってくるそうだ」

「分かっていると思うが」ラネラフ卿は言った。「この状況はあらゆる意味で異例なのだ。君の方でも慎重の上にも慎重を期してほしい」

「私もそう考えていた」教授は言った。「面倒でなければ、確実にまわりに誰もいない状況を確保するために、夜に直接、地下のコンピュータ・ルームで合流するのがベストだと思う。鍵《かぎ》は私が持っている」

「私はそれで結構です」と私は言った。「明日までには、少なくとも、謎の一部がはっきりしているといいのですが。すべてはまさに、それほどまでに信じられないが故に、真実なのかもしれませんね。ポー（Edgar Allan Poe 1809〜49 米国の詩人、短編小説家）の盗まれた手紙が、誰もが目の届くところにあったばかりでなく、《**盗まれた手紙**》と記された封筒に入っていたように（後半は著者による架空の内容）。彼女が発見するまで、伝記作家たちが誰一人として見たことがなかった、というのはあり得ると思いますか？」

「私には分からん」ラネラフ卿は言った。「そのことを知った時、私はひどく恥ずかしく思った。少なくとも、私自身は見過ごしていたことを白状するよ。もしその紙片が本物だったら、連中はもっと恥ずかしく思うだろうな。紙片の存在がついに明かされた時に、小躍りして喜ぶ人は誰もいないだろうと思う」

四章

翌日、レイトンが自分の書類を片付けはじめるまで、私は屋根裏部屋で辛抱強く待った。そして、彼が出て行くとすぐに、彼がコピー機に取り付けておいたプレート状の装置を注意深く取り外した。それは非常に精巧な装置で、彼の師《メンター》と仰ぐ人物が、マイクロテック社に引き抜かれる前に、考案したものだった。簡単に言うと、コピーした画像をコンピュータのスクリーンに表示させることができる仕組みになっている。わずか数年後に世に出て、スキャナーと呼ばれるようになるもののプロトタイプであった。日が沈むと、私は数理研究所に行き、コンピュータ室に腰を下ろして、誰もいなくなるまで待った。そして、コンピュータの隣に設置されたコピー機にその装置を取り付け、すべてが正常に作動していることが確認できるまで何回かテストを行ったうえで、待機した。夜の九時きっかりに、セルダム教授とクリステンが階段を降りてきた。クリステンを見て、教授とラネラフ卿が彼女について言っていたことを思い出した。聡明で、勤勉で、常に注意深いと。しかし、二人とも典型的な英国人の慎み深さを発揮して、彼女の外見については、目配せのたぐいも含め、一切ほのめかしはしていなかった。同胞団のメンバーが彼女をめぐって争奪戦を繰り広げている理由が、たちまち腑《ふ》に落ちた。彼女はとにかく美しかった。とはいえ、ほとんど病的とも思える内気さゆえか、彼女は頭を垂れ、背中をかすかに丸めていた。おそらく無意識にだと思うが、彼女自身ですら望んでいないほどの豊かな胸を隠すためなのだろう。彼女は太いフレームの眼鏡をかけており、教授に引き合わされて握手をした時、私はレンズでやや拡大された、真剣で、内気な深い青い目に宿るきらめきを捉えた。私は必要とされるよりもほんの少しだけ長く彼女の手を握っていたが、彼女は意に介していないように見えた。あるいは、私に不快な思いをさせまいと、手を離す前に少し時間をおいてくれたのかもしれない。教授は型どおりに引き合わせただけだったが、彼女はやや顔を赤らめており、私もまるでフーリエ（Joseph Fourier 1768～1830 仏数学者、物理学者。固体内での熱伝導に関する研究）の波の伝播《でんぱ》を地でいっているかのように、首のあたりが熱くなるのを感じたが、その反応を止めることはできなかった。私は回転椅子の一つを彼女に勧めた。彼女は腰を下ろすとすぐ、フォルダーを開き、手書きの手紙のサンプルをいくつか取り出した。

「メネラ・ドッジソンの手紙が何通か必要だとアーサーから聞きました。すべて日付が記してあります」クリステンは言った。「年代順に整理してきました」

私はできるだけプロらしく見せようとしつつ、モニターのそばのスタンドの下に手紙を置き、一通一通入念に調べ始めた。

「彼女が注記をした日付と合致するものを見つけるのが、理想的でしょうね。彼女の筆跡は年とともに変わっているようですから」

「でも、いつメネラがあの注記を書き込んだのか、知るすべがないだろう。彼女は三十年近く管理人をしていたんだ」

私はしばらく考え込んだ。

「実のところ、手がかりはあると思います」私は教授の方を見やった。「その紙片の裏側にはアリス・リデルの生涯で重要な節目にあたる出来事が日付とともに記してあると聞きました。もしメネラが年代順にこれらの日付を書いたのであれば、注記の筆跡とそれぞれの日付の記載とを比較することができるでしょう。もし彼女が日付ごとの記載をまとめてしていたとしても、少なくとも、それはアリス・リデルの死後の日付だったと分かるでしょう。いずれにせよ、そのページの裏側を見られれば助けになると思います。紙片は持って来ましたか？」

クリステンは頭を振った。先ほどよりもさらに警戒を強め、内にこもってしまったように見える。話しすぎだと責めるような視線を教授に投げかけてから、彼女は私を見つめ返した。

「もちろん、持って来ていません。その紙片は安全に保管されています。私が持って来たのは、アーサーに伝えたものだけ。その一文の前半、六つの単語のコピーと、これらの手紙。それで十分だと思ったのだけれど」

「そうであることを私も願っています」私は彼女の心を静めようとして言った。「それではその前半の言葉を見せてもらえますか？」

クリステンはうなずき、ショルダーバッグに入れていたストリングパースを開けて、細長い紙片を取り出した。それを私に手渡すのにさえ大変な努力をしているようすで、その紙片を手渡す彼女の手は、かすかに震えていた。教授と私はほぼ同時にその文章の冒頭部分を読んだ。

《ルイス・キャロルはリデル夫人から知った……》

それで全部だった。手書きの文字は丸みを帯びており、ややまとまりがなかった。例えば、ひとつの単語の中で不連続になっている箇所がいくつかある。私はコピー機に取り付けたガラスの板状の装置の上に、その紙片を裏返しにして置いた。その紙片の下を光がスクロールしていくと、顕微鏡の下に置かれた昆虫《こんちゅう》のように、手書きの文字が大きくはっきりと画面に現れるのが見えた。

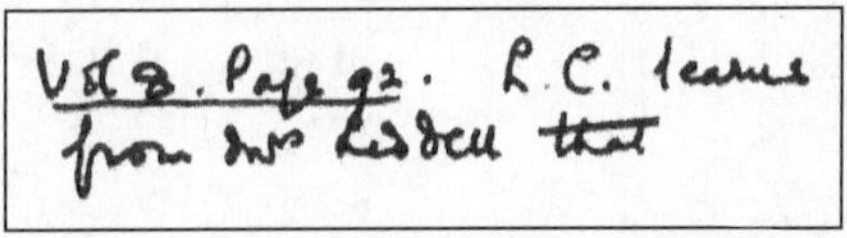
Vol 8. Page 92. L.C. learns
from Mrs Liddell that

イニシャルのLとCは、二つとも上部に同じ、小さくてきゅっと丸まったループがある。Liddellのiの点は省かれていた。Mrsのrとsは斜め方向に浮きあがっているように見える。名字の二つのdは、左手で書かれたように、左の方に傾いている。興味深いのは、tの横棒が、thatという単語全体の上を横切って延びていることだ。中間にあるhと交差してしまったとしても、線をもう一本引く労力を省きたかったように見える。私は手紙の束を再び手に取り、一つひとつ光にかざしてみた。最後の年代に書かれた手紙の一通だけ、tからtへ横切る線がせっかちに引かれたthatが登場していた。このディテールを教授とクリステンに指摘してから、手紙をガラスのプレートの上に置いた。画面に拡大された文字が現れるやいなや、それらは同じ書き手によるものだというはっきりとした手応えが得られた。私は二つの試料のサイズを調整して重ね合わせ、筆跡が完全に重なり合うこと、単語の書き始めと終わり方の相似性、文字の角度の一致と、文字と文字の間隔の特徴的な距離とを二人に示した。とはいえ、この時点で決定的な見解を述べるというリスクは冒したくなかったので、別途、運筆の動きから推測して最終的な検証を行う、と二人には告げた。当時のコンピュータはおそろしく遅く、数理研究所は研究者たちが数台の機器を並列で接続することで実現した処理能力を誇ってはいたが、カーソルが待機モードであることを示している間の何秒かは待たなくてはならなかった。光が点滅し、内部の小さなファンが立てる喘鳴音《ぜんめいおん》が聞こえるさまは、ビットを運搬するノームの軍勢に膨大な筋肉労働をさせているかのようであった。だが、ついに画面のトップに、二つの小さな鉛筆マークに伴われた平行に並んだ直線が現れ、スタートが可能になった。二つの写像によってリアルタイムに記された共通のテキストを比較対象として用意したかったので、私は二人にそれらしい続きの文章を考えてくれるように頼んだ。最初、クリステンのほうを見たが、彼女は唇を固く引き結んでいる。実際の文章の何かしらが口から漏れ出てしまうのを恐れて、一言も話せないようすだ。不意をつかれたのか、教授からも何の提案もなかったので、私は冗談めかして次のような文章を提案した。

《ルイス・キャロルはリデル夫人から知った……

彼女は彼を熱烈に愛している！》

クリステンは、何のそぶりも見せなかった。というより、努めて何も表さないようにしていたからこそ、その偶然できた文章の何か、おそらくは《愛》という言葉が、ほぼ正鵠《せいこく》を射ていたからであるように私には思えた。私がエンターキーを押すと、二つのデジタル鉛筆が画面を横切るようにして一斉に動き出した。ストロークのリズムと速度、両方の同時性を音で聞くために、私はボリュームを上げた。進んで行くにつれて、デジタル鉛筆がかすかに振動しているのが分かった。書いている時の振動と、時折生じる突発的な動きは、プログラムのエラーではなく、現代によみがえったこの死者がパーキンソン病を患っているからでしょう、と私は二人に言った。

「その通りよ！」クリステンはそう叫んで、初めて称賛のまなざしめいたものを私に投げかけた。「メネラは晩年、パーキンソン病を患っていたわ」

小さな鉛筆は、等しく固い決意に駆り立てられたマラソンランナーのように進み続け、どちらも優位に立つことはなかった。両者が完全に同じタイミングで文章の最後に到達した時、クリステンの顔がぱっと輝くのが見えた。

「それでは……」彼女は慎重に口を開いた。「私が思っていたとおりなのね？　その紙片は本物なのね？」

彼女は誇らしさで胸がいっぱいになっているようだった。張り詰めていた神経が不随意に反応して、顔には笑みが浮かんでいる。

「まったく疑問の余地はない、と言えるでしょう」私は言った。「その六つの単語の書き手は、これらの手紙を書いたのと同一人物です」

私は手紙の束と紙片のコピーをクリステンに返した。装置を持ち帰るために取り外していると、ひそひそと二人が話しているのが聞こえた。同胞団の臨時集会を招集することで同意しているようだった。クリステンが何か言っていたが、それは私には聞き取れなかった。それに対してセルダム教授が答えを返していたが、彼女を安心させようとして言っているふうだった。

「もちろんだ、必ずだよ。その紙片のことには触れないようにする。君がギルドフォードのキャロルの家で思いがけない発見をしたことを発表する、と言うにとどめておく」

私たちは連れ立って階段を上り、電気を消した。通りに出るのには、研究所の木製の通用口を使わなければならなかった。セント・ジャイルズは人影もなく、夜になった今はすべての活動が停止しているように見えた。遠くに見える街の灯りは、霧でかすんだ王冠のように輝いていたが、闇《やみ》の中では、教会の隣の芝生にたたずむ、不気味な白っぽい墓石がかろうじて見える程度だった。人の気配といえば、時折、連れのいないサイクリストがスピードを上げて通り過ぎていくだけだ。クリステンはマグダレン・ストリートまで歩いて行って、キドリントン行きのバスを待つと言い、教授はそこまで一緒に行こうと申し出た。別れ際に教授は振り向いて、いったいどうしたら私に感謝を示せるのだろうか、と大げさに尋ねた。

「そうですね、私もその文章の続きが知りたいものです！」私は言った。「金曜日の総会に私を特別に招待していただくのは可能でしょうか？　テニストーナメントの追加参加枠《ワイルドカード》のような扱いで？　それとも、入会を許されるためには、血の誓いを立てなければならないとか、秘密の試験を受けなければならないとか？　少し練習すれば、ルイス・キャロルお得意の鏡文字を書いてみせることもできると思いますが……」

　自信をつけて上気したクリステンが笑った。彼女の内気さは、いくらかは消失したようだった。

「いくつか首をはねなければならないだけよね、そうでしょう、アーサー？　私はそれでＯＫよ。それが正当だと思うし」

　クリステンは、若者同士、共謀関係を結ぼうとでもいうように、私と素早く視線を交わした。教授は反対するより譲歩する方が簡単だとばかりに、教え子たちの要求と彼を納得させようという作戦を甘んじて受け入れ、微笑みを浮かべた。

「手配してみるよ」教授は言った。「今度の金曜日午後六時、クライスト・チャーチ・カレッジの会議室で開催だ」

五章

翌日の朝、私はいつもより少し早く起き出した。レイトンより先にオフィスに着き、装置を元の場所に戻したかったからだ。そうすれば、何の釈明もせずに済む。しかし、セント・アルデーツを下っていくと、アリスショップの店番をしている娘が入口のシャッターを持ち上げようと奮闘しているのが見えたので、私は自転車を止め、彼女に手を貸した。それぞれが扉の片側に立ち、息を弾ませながら、どうにかこうにか鉄製のシャッターを持ち上げ、入口を開けることができた。彼女のそばにこうして立っている今、毎日自転車で猛スピードで通り過ぎる時に垣間見てきたものがすべて本当だったことが、幸いにも確認できた。彼女は、えくぼを見せながらにっこり笑い、束ねていない栗色《くりいろ》の髪を耳の後ろにかけながら、この上なく素敵な、思いのこもった言い方で私に礼を言った。彼女の輝く薄茶色の瞳《ひとみ》はくるくると動き、眉の片方に面白い形の小さなピアスをしていた。かすかな期待を込めて私を見つめてくるそのまなざしの何かが、私を少しだけ長くその場に留まらせた。私は、ルイス・キャロルの伝記が店に置いてあるか尋ねてみた。

「書棚いっぱいあるわ！」と言うと、オックスフォードに関する本がぎっしり詰まった小さな書棚の下のほうの段を指し示した。

最もボリュームがあり、私が最初に手にしたのは、ソーントン・リーヴスが執筆したものだった。その名前をラネラフ卿が口にしていたのを私は思い出した。店番の娘は私の傍《かたわ》らに跪《ひざまず》いたので、膝《ひざ》と膝がもう少しで互いに触れそうだったが、私も彼女もその位置から動こうとはしなかった。

「その本が最も最近刊行されたものの一つで、最も詳細だと言われているけれど、キャロルの甥スチュアート・ドッジソンが書いた、最初の伝記の複製版もあるわ。他にもいくつかあって、これが私のお気に入りの、ジョセフィン・グレイが手がけたもの。それと、キャロルが訪問した場所の写真が満載で、旅行者がよく買って行くものね。あちらの書棚には、女性心理学者がキャロルの生涯の節目となった出来事に基づいて、作品に登場するシンボルを分析した本があるわ。あとは、数学者のレイモンド・マーチンが手がけた、論理的パズルを集めたものだって、置いてあるのよ」

私は心底驚いて、彼女を見つめた。

「レイモンド・マーチンだって？」

その名前は、私が思春期に読みあさった、彼の手による数々の本の記憶を呼び覚ました。私が読んだのはどれも廉価版だったが、論理的パラドックス、魔術と数学、数学と文学について書かれていた。これまで、私にとってマーチンの存在は、本のタイトルページに記された名前に過ぎなかったのだ。私は本を開き、初めてブックカバーの袖《そで》に載っている彼の写真を見た。もうかなりの年配だったが、いまだ反抗的で人を小馬鹿にするようなまなざしをしており、ほぼ完全に白くなっている長い髪を、後ろでポニーテールに束ねていた。

「一時期、ここオックスフォードに住んでいたことは知っていたけれど」私は言った。

「いま言った作家たち全員が、この辺りに住んでいるのよ。オックスフォードからケンブリッジの間にね。マーチンの本は楽しいわよ。ルイス・キャロルの言葉遊びや、キャロルが考案した暗号化コードも取り上げられていて」

「君が書棚に並んでいる本をことごとく読破したっていうのは、納得だな」私は感嘆を込めて言った。

「実際そうなの」彼女は認めたが、そのそぶりはほとんど恥ずかしがっているような感じだった。「朝の時間は――旅行者が群れをなしてやって来るまでは――かなり退屈なの。ところで」突然そう言って、私に手を差し出した。「私はシャロンよ」

私も自分の名前を名乗り、二人は見つめ合った。その間、彼女は何度か私の名前を復唱しようとしたが、正しく言えるようにはならなかった。

「それは、スペインの名前なの？　それともイタリア？」

「実は、僕はアルゼンチン人なんだ」私は言った。「ここに来て一年になる。数理論理学を学んでいるんだ」

「そうよね」突然、何かに気づいたかのようにシャロンが言った。「そういえば去年の夏、オープンカーを運転して二、三度、ここを通ったのを見掛けたわ。赤毛の女の子を隣に乗せてた」

「ああ、ローナね」私はすぐさま説明を加えた。「一緒に組んでテニスをしていたんだ。でも、休暇の後、アイルランドに戻って、ＩＲＡの大物と結婚した。今はたぶん一緒に火炎瓶を投げているんじゃないかな」

シャロンは微笑んだ。やや当惑しているように見える。私が言ったことはすべて相手にひどく真剣に受け取られてしまうのだった、と私はあらためて思い出した。訛りを相当、改善しない限りは。私はその書棚から本をもう何冊か選んだ。同じシリーズを構成している本なので、一緒にまとめて並べてある。どの本の背にも、同じロゴがついていた。徐々に薄れていく言葉が螺旋《らせん》状に描かれ、《失われた物語》と記されている。

「それはルイス・キャロル同胞団が出版している本よ」シャロンは言った。

「明日、同胞団の集会に招かれていてね」彼女を感心させたくて口に出してみた。

「でも恥ずかしいことにキャロルのことは何も知らないんだ」

「どういうこと？　嫉妬《しっと》しちゃうわ」さらに顔をほころばせる。「私はデアズベリー生まれだから、キャロルのことは何だって知ってるけど、そんな招待は受けたこともないもの。懐中時計なんかして、いつもお茶ばかりしてる、取り澄ました偏屈な年寄り連中なんでしょうね。それでも、鍵穴からこっそりのぞけたら楽しそうよね」

「僕と一緒に来たらって誘いたいところなんだけど。でも、非公開の会合なんだ。君に今話すのもいけなかったんだろうけど、土曜日にここに立ち寄って、君に話すのは大丈夫じゃないかな」

「へえ！　秘密の集会ですって！　何が明らかにされるのかしら？　ルイス・キャロルが少女好きだったってこと？」シャロンは笑った。「私、土曜日はここにいないの。週末は別の子が店を開けることになってるから。でも、月曜日に話が聞けたら嬉《うれ》しいわ」

「じゃあ、明日の夜、集会の後で一緒にビールを飲むのはどうかな？」私は思い切って言ってみた。「きっと月曜日まで好奇心を抑えられないよね？」

シャロンは面白がっているような表情で私を見た。

「アルゼンチン人ね。そう、今なら分かるわ」礼儀正しい断り方を考えつつ、その一方では可能性を残しておきたいふうで、そこで間をおいた。「今夜と週末は、私たちが企画したオデオン座での映画のシリーズ上映で忙しくて。ジョン・フランケンハイマー監督の回顧企画なの」そして、レジのそばに山積みになっているチラシの一枚を私に差し出した。「確かに、興味をそそられるけど、どうにか月曜日まで我慢できると思うわ」

ベルがチリンと鳴る音が聞こえて、店に最初の客が入って来た。彼女は厳めしい表情に切り替えると、書架の本を差し示した。

「それで、本はお求めになりますか？」

私の手元には、スチュアート・ドッジソンによる最初の伝記と、レイモンド・マーチンによる伝記――パズル、ゲームと暗号を楽しめる伝記が残っていた。

「差し当たりこの二冊をもらいます」私は彼女に言った。「また来週、来ます」

私は自転車に乗り、まだ可能ならレイトンより前に着けるように、ありったけの速さでペダルを漕いだ。警察署に行く道すがら、私は人類という種に暗号化されて組み込まれた社会的な接触というもう一つの暗号コードや直感的な計算、そぶりや微笑み、まなざしといったものの足し算、引き算によって構成される象徴的な符号、すなわち古来の語彙《ごい》を解読しようと試みた。そして、組み合わせ解析を行った結果、私にも大いに可能性があるという結論に達した。私は、それがフォーチュンクッキーに包んであるおみくじであるかのように、フランケンハイマー監督の回顧企画の上映チラシをもう一度眺め、期待に胸を膨らませ、幸せな心持ちで屋根裏部屋への階段を上り始めた。オフィスのドアを開けると、レイトンはすでに一杯目のコーヒーを飲んでいた。私の姿を見ると、デスクの上で組んでいた脚を解き、頭で廊下の方を示した。

「コンピュータに取り付ける装置が消えた」レイトンは言った。

彼の口調には、疑ったり心配したりしている気配は露ほどもなく、単に思いがけない事実を述べているに過ぎなかった。ドアに嵌《はま》っている四角い窓枠を通して見える全景がごくわずかに変化した事実は、レイトンにとってはさほど気に病むようなことではなかったのだ。

「いや、実は私がここに持っています」できる限り平然を装って、私は言った。フィリップスのドライバーと一緒にバックパックから装置を取り出し、もう一度元の場所に取り付け始めた。「昨日、遅くまで残っていたら、急に動かなくなってしまって。修理しようと思って家に持ち帰ったんです。もう大丈夫だと思います」

もちろん、レイトンはそれ以上何も言わなかったし、装置を確認することに対しても少しも興味を示さなかった。後で彼が靴を履き直して法廷に立った時、数時間装置が消えていたことを記憶すらしているのかどうか。私は毎日、世界中で起きている莫《ばく》大《だい》な数の小さな代用や置換のことを考えた。最終的に集計すれば、それらはゼロになる。息苦しいほどの誘惑を備えたバタフライ効果の理論は――セルダム教授ならばそう言うだろう――中国に伝わる数々のことわざや、この理論に有利に働くすべての文献とともに、味気なくつまらないが、かといって頻繁でないわけではない、別の事象と共存する。その事象は、誰も気づくことのない無数の代替や置換、達成半ばの衝動、取り消し、変心、後退の瞬間を支配しており、それらが世界の反対側で嵐《あらし》を引き起こすことはない。いくつかの歯車を動かすきっかけになったクリステンの盗みの件でさえ、金曜日が過ぎれば、数日間、貸し出されただけと見なされるようになる。紙片は元の場所に戻され、宇宙はまったく元と同じ状態に戻り、その小さな切り傷は痕跡も残さず修復されるだろう。それこそが、私たちが調査しようとしていたコピーの問題ではなかったのか？　真の宇宙というものは、存在しないのかもしれない。宇宙は、微小な置換が行われた結果、あばたのような小さな傷跡で覆われており、その傷口は一つひとつが用心深く守られている秘密を持つ、完全なコピーによって縫合されている。私たちは宇宙をそんなふうに想像したらいいのかもしれない。

昼時になると、私は下に降りていき、リトル・クラレンドン通りにある馴染《なじ》みのカフェまでサンドイッチを食べに行った。その帰り道、私はセルダム教授と出会った。ラネラフ卿には話をして、私が総会の前半に参加できるよう許可をもらったという。また、同胞団の全メンバーにもすでにメールを送っていた。二人は翌日、ロンドンからやって来ることになっていて、これから自らジョセフィン・グレイの家まで出向いて話をすると言う。彼女はかなり高齢で、コンピュータも持っていないし、メールも使わないから、と教授は説明した。耳も少し遠くなっているので、電話だと声がはっきり聞き取れないのではないかという。

私は、まさにその日の朝、ジョセフィン・グレイが書いたキャロルの本を手に取ったことを教授に話した。

「近頃ではもう歩くのもおぼつかないようだ」教授は言った。「それでも、何をおいてもこの機会を逃さないだろうと思う。破り取られたページについて、独自の仮説を持っているからね。お抱えの運転手が連れて来てくれるといいんだが」

午後はずっと、気もそぞろでスチュアート・ドッジソンの書いた伝記にぱらぱらと目を通して過ごした。その本は、《キャロルの子ども友だち》に捧《ささ》げられており、それが一種の冒頭陳述のようになっていた。スチュアート自身がそうした子どもたちの一人であり、ハーメルンの笛吹きとなったキャロルのあらゆる手管や駆け引きを直に知っていた。読み始めてすぐに、ラネラフ卿がキャロルが生きた時代について強調しておきたかった点を私は理解しはじめた。叔父が子どもたちに献身的な愛情を注いでいることに関して、甥は何の不安も抱いていなかったばかりか、そのすべてを細部に至るまでつまびらかにし、こちらが拍子抜けしてしまうくらいに、何のてらいもなく誇りをもって褒め称えたのだ。さらに言えば、スチュアートは興味深い主張を持ち出し、キャロルのあり方に宗教的な側面さえ与えていた。《叔父は成人の男女への理解よりも、子どもたちへの理解の方が深かったと思う。文明が大人の人間を非常に不可解な存在にしてしまったからだ。それというのも、しきたりは、私たち一人ひとりのうちにある神聖な輝きを覆い隠すベールとなり、不完全なものが、完全になったものよりも、より完璧《かんぺき》に完全なものを反映するという、奇妙なことが起きてしまった。したがって私たちは大人よりも子どもの中に、より神の存在を見いだすのである》私はいったん読み進むのをやめて、その部分に下線を引いた。《不完全なものが、完全になったものよりも、より完璧に完全なものを反映する》何年も後になって登場する、ヴィトルド・ゴンブロヴィッチ（Witold Gombrowicz 1904～1969 ポーランド出身小説家、劇作家）でさえも、これ以上にうまい表現はできなかっただろう。この話を隠したり、最小限に抑えようとするどころか、スチュアートは後でまるまる二章を、叔父キャロルの子どもたちとの関係に割いていた。写真や手紙のこと、そして、キャロルが旅に出掛ける時には、そこで出逢《であ》うかもしれない小さな旅仲間を誘うために、いつもパズルの箱を持ち歩いていたことを、こちらがやや怖くなるくらい気安く語っていた。キャロルは、海岸に行く時には、安全ピンを忘れずに持参したとも語っていた。ドレスを濡《ぬ》らさず海に入りたい少女がいれば、この救いの贈り物を手に近づいていき、ドレスの裾《すそ》を膝上の位置で留めてあげる時間を使って、会話に持ち込めるように。

私は前に戻ったり、先に進んだりしながら、その本を読んだ。そこここに挟み込まれているキャロル自身による素描が出てくるたびに読む手を止め、それを精査した。それらの挿絵が、キャロルの人となりについてもっと何かを伝えてくれるとでもいうように。ふと気がつくと、八時の回を観るにはもう間に合わない時間になっていた。だが、今夜もう一度シャロンに会うチャンスが欲しかったので、シャワーを浴び、軽い夕食を用意し、十時の最終上映に間に合うように出て、人影がなくなった街の中心部の通りを歩いていった。「影なき狙撃者《そげきしゃ》」を観る人たちの列に並び、シャロンを探していると、「セコンド」（一九六六年公開の米国サイコホラーSF映画）を上映していた別のシアターのドアが開き、出て来た観客の中に突然クリステンの姿を見つけた。連れはなく一人で、現実の世界に戻ってきてしまったことにやや茫然《ぼうぜん》としているかのように、ゆっくりと歩を進めている。近づいて挨拶したが、クリステンが私を認識するまでにすこし間があった。彼女の眼鏡のレンズが曇っていることに私は気づいた。

「大丈夫？」私は尋ねた。「そんなに悲しい映画だった？」

彼女は眼鏡を外し、無理に笑顔をつくった。何もかけていない、澄んだ眼を私に見せてくれたのはそれがはじめてだった。眼には涙があふれている。恥ずかしさのあまり小さなうめくような声を立て、クリステンは涙を拭《ふ》いた。

「ええ、たしかに悲しかったわ。でも私は馬鹿だから、映画を観るといつも泣いてしまうの。特に今日は……観にいくべきではなかったわ。でもどうぞ私のことは気にしないで。映画は素晴らしかったわ」彼女は再び眼鏡をかけ、視線を上げて私を見て言った。そのようすは、自分の中に収め切れないようにも、信念を確認しているか、あるいは情熱的な告白をしているかのようにも見えた。「誰だって、あの哀れな人と同じように、第二の人生を選ぶ資格があると思うわ。何もかもがひどい終わり方をするようなことにならずにね」

クリステンは同意を求めるかのように、ずっと私を見つめていた。心の奥底では自分自身のことを語っているのだろう、と私は直感的に感じた。

「君が発見したあの紙片は、君自身の将来にとってはそのようなものの始まりなのだろうね」

「そうかもね」とクリステンは言い、涙を流しながら微笑もうとした。「そうしたら、明日、集会に行くのかしら?」彼女は聞いた。

「もちろん。何があっても行くよ」

私の決意を誇りに思ったかのように、彼女は微笑みを浮かべ、振り返って片手を高く上げ、背を向けて立ち去ろうとした。私は、彼女が一人で夜の闇の中へと遠ざかっていくのを見ながら、列に戻った。

六章

下宿の窓に張り出した瓦の庇《ひさし》に音を立てて降りしきる雨とともに、金曜日の朝が来た。午前十時前後に雨は弱まったが、まだやまなかった。それで、私は数理研究所まで傘《かさ》をさして歩いて行くことにした。サマータウンでの契約の最初の一年が終了するに当たり、私は指導教授からの申し出を受けることに決め、研究所により近い、セント・アンズにある大学院生向けの小さな部屋に引っ越すことにした。それで今は研究所まで歩いてわずか五分ほどのところに住んでいる。研究所に着くと、レターボックスにアルゼンチンからの封書が届いていた。何枚かの記入が必要な書式と、この学期のレポートを提出するようにとのメモが入っている。私はビジター用のラウンジに退避して、書類作成をできるだけ進めてしまうことにした。正午までのひと頑張りで、私があたためていたプログラムの説明を、技術情報は最低限に抑えつつ、どうにか書き終えた。評価委員会が、最初の予期せぬ適用事例を知ったら、何と言うだろうか、と私は自問した。その流れで、私はふたたびクリステンのことを思い起こしていた。

地下のコンピュータ室で見せた晴れやかな表情と、映画館から出てきた時に見せた涙を一杯溜《た》めた目との対比を。あれは、はたして映画の影響だけだったのだろうか？私には違うように思えた。

正午頃に雨が上がった。しかし、参考文献の項を埋められていなかったので、私は図書館に引きこもり、文献を検索して過ごした。メモを取りつつ、無作為に文献をぱらぱらとめくっている間も、クリステンのことを考えずにはいられなかった。ゆっくりとしか時を刻んでいかない時計を眺めるうち、あの文章の後半を知りたいのと同じくらい、クリステンにまた会いたいと切望しているのだと気づかされた。私の内には――もちろん位相幾何学ではない――二元性が広がっていた。というよりむしろ、私が二分されてしまったと言うべきだろうか。一週間前にはユニバーシティ・パークの芝生のコートを遠くに望むと、ローナのことばかり懐かしく思い出していたのに、今はシャロンとクリステンの顔が浮かんできて、二人の間で板挟みになっている。ヘーゲル（Georg Wilhelm Friedrich Hegel 1770～1831 ドイツの哲学者。ドイツ観念論を代表する思想家）の「反」以上に密接に互いと対峙《たいじ》し、そしてどちらの主張も強力で、かつ説得力があった。映画館で別れ際に、クリステンが手を上げてみせたのも、シャロンが私に本を見せていた時に二人の膝と膝がほとんどくっつきそうになったのも、私はほとんど約束のようにとらえていた。二人の魅力は甲乙つけがたく、自分なりのあらゆる論理的判別式を（キャロルの判別式も）駆使してもどちらか一方に決めることはできなかった。午後六時十五分前に、私はセント・ジャイルズを歩いてクライスト・チャーチ・カレッジへと向かった。途中でテイラー図書館から出てくるセルダム教授を見掛け、声をかけようとしたが思いとどまり、少し離れたところから観察するために、距離をとって彼の後ろからついて行くことにした。実際、考えてみれば教授のことはほとんど知らなかった。たとえかなり良く知っている相手でも、気づかれないよう遠くから観察してみるだけで、ある意味、謎めいてきてしまう。教授はいつもの姿勢で歩いていた。俯《うつむ》き加減で、大きなストライド、胴体をいくぶんか前に倒し、片方の手はズボンのポケットに突っ込み、もう一方の手には厚くて重そうな一冊の本を抱えている。今まで気がつかなかったが、うなじの上、灰色がかった髪の間に、毛髪のない部分が現れはじめているのが見えた。そうはいっても、彼は内に秘めた肉体的強勒《きょうじん》さを思わせる、エネルギッシュな歩調を保っていた。これまで行使する必要がなかったその肉体的強靭さは、セミナーにおける議論を方向づけ、あるいは、論理的な証明の重要なステップを素早い筆の運びで記す時、彼の思考から放たれる強靭さと等質のものであった。いまも女子学生たちは彼を魅力的だと思うのだろうか、と私は自問した。とりわけ、クリステンが博士課程の学生であった時の教授との関係はどのようなものだったのだろうか、と考えずにはいられなかった。バス停まで送っていくとの申し出自体は驚くにあたらなかったが、彼女の同意にはいくらか甘えた、ごく近しい何かが確かにあった。二人で一緒に歩いたのは、それが初めてではなかったに違いない。クリステンが教授をファーストネームで呼んでいたことも、私の注意を引いた。もちろん、こうしたことすべてがまったく罪のない話だった可能性もある。イギリスでは、金曜日の夜は、教授たちも学生たちとパブで一緒になって飲むものだというのは、私も知っていた。ビールも三杯目を過ぎる頃になると、その場にはありとあらゆる不可解なレベルの親密さが混じり合いはじめる。しかし、月曜日が来て、廊下で出くわすと、普段通りまた距離をとるのだ。私が知り合いになった教授たちは――少なくとも、数理研究所で出会った数人は――アルゼンチンの大学と比べて、学生たちとの距離が近く感じられる時と、遠く感じられる時がある。これは、英国の個別指導制度《チューター》によるものだろう。とりわけ、金曜の夜に開かれる酔っ払いたちのパーティーがこのパラドックスの所以《ゆえん》なのだろう、と私は想像した。マグダレン・ストリートまで来た時、私は歩みを早め、教授に声をかけることにした。教授は振り返り、不意を突かれつつも、いつもの丁重さで私に微笑んだ。私はやや自分を恥ずかしく思いながら、教授が腕の下に抱えていた本にこっそり視線を走らせた。奇妙な偶然と言うべきか、それは私が調べていたのと同じ、スチュアート・ドッジソンによる伝記の初版本だった。教授がその本を見たいと思った理由は気になったが、この偶然の一致について口にする勇気はなかった。クライスト・チャーチ・カレッジの入口に着くと、例外的に街に出掛けるという特別な機会のために、ぴかぴかに磨きあげられた、旧型のベントレーが駐められているのが見えた。インド人かパキスタン人の運転手が降り立ち、後部ドアの一つを開けて、年老いた婦人をアシストしていた。老婦人は大儀そうに、半ば運転手の腕に、半ばステッキに寄りかかっている。

「あれがジョセフィン・グレイだ」セルダム教授は言った。「来たまえ。君を紹介しよう」

年老いた婦人は、私たちを見つけるや否や、喜びの叫び声を上げた。瞬間、きらめく歓喜で彼女の顔は輝き、背筋も伸びて、若返ったように見えた。彼女の頰《ほお》の皺は、ベクトル場のように、上に向かって方向を変えていた。かつて彼女が間違いなくそうであったはずの、美しい女性の何がしかが表に出ようとしているように見えた。

「それでどうなの、アーサー？　素晴らしい日がついにやって来たのかしら？　私に話すことは禁じられているのかもしれないけれど、それでも話してくれなくては。私たちはこうして、この場にいるのですから。昨晩は一睡もできなかったわ。盗まれたあのページがついに出てきたの？　この件についてあれ以上何も知ることなく、私は死んでしまうに違いないと思ってたのにね。この日のために、特別に車を出させたの。今日の私には、タクシーは似つかわしくないと思って。それなのに、信じられる？」

そして、運転手を指差した。「マハムッドの息子が昨夜車を無断で持ち出して凹《くぼ》みを作ってしまっていて。それはそうと、例の娘は到着しているのかしら？　それから、こちらの青年はどなた？」

ジョセフィン・グレイは教授と私の腕を借りて身体を支え、私たちは一緒にホールに入っていった。彼女の喜びできらめくまなざしは教授と私の間で楽しそうに跳ねまわっている。

「こんなふうにエスコートしてもらって、『雨に唄えば』のデビー・レイノルズよりもはるかにいい気分だわ！　そうなの、彼はアルゼンチン人なのね。なんて興味深いことでしょう。私の記憶が正しければ、あなたの最初の奥さんもそうだったわよね、アーサー？　これまで、たくさんのアルゼンチン人と知り合いになったわ。イタリア人と同じアクセントで話すのよね、そうじゃない、アーサー？　そして、両手を振り回して、とても愛嬌《あいきょう》のある大袈裟《おおげさ》な身振りをするの。どう言ったらいいのかしら！そろそろ私は口を閉じなくてはだめね。そうでないと、この青年は私のことを帽子屋のように気が狂った年寄りと思うでしょうから。いつか、アーサーと一緒に私のところにいらっしゃい。そして、お話ししましょう――そちらではどう言うのかしら？　失われた雌牛？　失われた牡牛《おうし》ね！　失われた牡牛、失われたページについて……本当に話してくれないのね、アーサー？」

私たちは、彼女を担架で運ぶように持ち上げながら、ようやく二階に上がった。会議室を入ると、長いテーブルがしつらえてあり、そのまわりを囲むようにして、すでに数人が集まっていた。ほとんどが、ペイストリーの載ったトレイと、お湯とコーヒーのポットがいくつか置かれたコーナーのそばにたたずんでいる。セルダム教授は、ドアのそばに留まっていた、非常にやせた背の低い男性――小人国のリリパット人のサイズに縮んでしまったかのようだ――に私を紹介した。子ども服の店で買ったのではないかと思わせる皺くちゃで色褪《いろあ》せたブレザーを着ており、そのせいで年老いた、遠慮がちなピーターパンのようなムードを漂わせていた。私が彼のほうに身をかがめると、視線を上げずに、囁くような声で、ヘンリー・ハースと名乗った。おそるおそる差し出された手は、私が触れるや否やすぐに引っ込められてしまった。

「ヘンリーは、キャロルが友人だった少女たち全員と交わした手紙を集めた、極めて貴重な本を出版している」そう教授は説明した。その小柄な男は、誇らしさで微かに顔を赤らめながらうなずいた。

「そして、キャロルが撮影したこれらの少女たちの写真をすべてアーカイブにまとめたのよ」ジョセフィンはつけ加えた。「ヘンリー自身は、仕事として純粋に楽しかった、と言っていたけれど、重労働よ。無私無欲で、名誉を与えられるべき仕事だわ」

ヘンリーはもう一度うなずいた。先ほどよりも顔が紅潮している。そのようすはあたかも、彼女の言葉に密かな嘲《あざけ》りがこめられているのを感じ取ったようだった。そして、その思いは誰もが共有しており、そう思われることから彼は自分を守ることができないことを。私は周りを見渡してみて、すぐにクリステンがまだ姿を見せていないことに気がついた。三方の壁には、さまざまな年代に撮影されたルイス・キャロルの写真が、蹄鉄《ていてつ》の形に掲げられていた。母親の腕に抱かれた赤ん坊の頃の家族写真からはじまり、こめかみから束になった白髪が現れはじめた、亡くなる少し前に撮られた、おそらくは最後の写真と思われるものまでが並んでいる。背の低い書棚には、彼の著作の初版本や数々のデッサンの原画、書簡が展示されていた。また、一方の壁に、かなり前の同胞団の集会と思しき写真があった。グループの片端に写っているセルダム教授はまだかなり若かった。そして最前列に、白い装束に身を包んだ王室ゆかりの後援者が立っていた。写真に写るその貴いお方のことを指し示すと、セルダム教授は微笑んだ。

「あの方は、同胞団の名誉総裁をされていてね。ただし当然至極だが、一度も集会には出席されたことはない。この発足集会の時も、写真撮影のためだけにおでましになった。だが、テーブルの上座《かみざ》は、いつもあの方のために席を空けてある」

「キャロルもこうした心遣いを喜んだだろうと私たちは考えているの」ジョセフィンが私に言った。「彼は王室に心酔していましたからね」

私と教授は、私たちのやんごとなき荷を椅子の上におろした。教授が気遣わしげな口調で、何を飲むかと彼女に尋ねた。

「七杯目のカフェオレを」ジョセフィンは言った。「私があなた方全員を打ち負かそうとしてるってこと、忘れたのかしら？」そしてバッグから絹のハンカチーフを引っ張り出しながら、私に言った。「お若い方、これで目隠しをしてもらえるかしら？」

この頼みを聞いて、この老婦人は本当に気が狂ってしまったのではないかと怖くなった。だが、教授はハンカチーフを手に迷っている私を見て、頼まれたとおりにするよう、うなずいてみせた。

「ヘンリー・ハースが一度、ジョセフィンにコーヒーをサーブした時に、大罪を犯してしまってね。ミルクをカップに注いだのが、コーヒーの前ではなく、後だったんだ」と教授が私に説明した。「ジョセフィンがそのコーヒーを飲むことを拒絶したもので、私たちはみんなしてからかった。目隠しをしてサーブしたのだとしても、コーヒー〜ミルクなのか、ミルク〜コーヒーなのか、順番の違いを言えるなんて、誰も思っていなかったものでね。それで彼女は、試しにやってみようと、挑戦状を叩きつけたわけだ。フィッシャー（Sir Ronald Aylmar Fisher 1890〜1962 英国統計学者、統計学的検定法など）の統計上の実験を思い出した私たちは、カフェオレ八杯を、異なった組み合わせで順序はランダムにサーブすることに決めた」

「今のところ、6対0で私たちが負けている」ヘンリー・ハースの声はほとんど聞き取れないほど小さかった。

ジョセフィンは目隠しをしたまま、誇らしげに同意した。私はどうにか結び目を作り終えると、ピッチャーが載っているテーブルに向かい、セルダム教授の後ろに立った。背が高く、精力的な印象の男性――頭のはげあがった部分がてらてら光っている――が、マフィンを高くかかげながら、切迫した表情ですぐさま教授の前に立ちふさがった。

「あの娘は一体どうしたんだね、アーサー？　ギルドフォードに発ったきり、連絡がつかなくなっているんだが。この期《ご》に及んで、私の電話には出ないことにしたんじゃないかと思う。どうしてこんな謎めいたことをしているのか、理解できないね。彼女が発見したことが何であれ、私には直ちにそれを知らされる権利があると思っている。彼女を送り込もうと提案したのは、私なのだからね」

この男性がソーントン・リーヴスなのだろう、と私は理解した。彼は憤懣《ふんまん》やるかたないといった口調でセルダムに話していたが、そう装っているだけの部分もあるようだった。互いを充分に知っているから、心の底から腹を立てることはないだろうと思っているのか、この状況に憤慨するよりもむしろ傷ついているかのように。「私は彼女を完全に信頼していた。だが、その時がきたら、彼女は前の指導教授以外は誰とも連絡を取らないことを選んだ。彼女が発見したものが何であれ、それは厳密に数学に関するものなのだろうな。そうでないなら、ただじゃおかない」

セルダム教授は、私を彼に紹介しようとした。しかし、リーヴスはカップもマフィンも手放すそぶりを見せず、ただ眉を辛うじてつり上げてみせただけで、テーブルに空席がないか探しに行ってしまった。

「私は、まったく数学に関するものではないと思うがね」私と教授がようやく温かい飲み物のある場所にたどり着いた時、非常に年老いた男性がとても穏やかな声音で、ほとんど独り言のように言った。震える手でコーヒーを注ぎ、慎重かつ明確に論理的な主張を表明することと同じくらい、砂糖を山盛りにしたスプーンの平衡を保つことに集中しているようすだった。邪悪な時の矢に沿って、本のカバーまわりに載っていた著者の写真を心の中で苦労して移動させていくと――主に、ポニーテールの髪型のおかげだったが――私の前の足元の危なっかしい年老いた男性が、伝説のレイモンド・マーチンであることが判明した。彼は、ずり落ちそうにゆったりしたバミューダパンツとサンダル、《TOO LATE TO DIE YOUNG》（若くして死ぬには遅すぎた）と大きな赤い文字でプリントされた白いTシャツを身に着けていた。彼は頭を完全にはまわしたくないようで、セルダムを横目で見ていた。真っ直ぐに見てしまうと、満杯になったカップの微妙なバランスと、スプーンのぐらつき気味な軌道が乱されてしまうのではないかと恐れているようだった。

「アーサー君、君のメッセージを受け取

ってすぐ、私は臨時総会の招集を正当化できるほど重要な理由とは何だろうと考えた。最初は期待をしたのだ。数理研究所からの知らせで、しかも高名な君の名前で送られてきたからね。もしかしたら、キャロルが生涯のうちに創り出した、数百にも上るパズルや論理的謎かけの一つに、答えが見つかったとか？　彼が非常に誇らしく思っていた発明品の一つのスケッチが掘り出されたとか？　暗闇の中でメモを取る装置《ナイクトグラフ》とか、三輪車の速度計とか、スクラブルを先取りした言葉遊びゲームとか？　あるいは、これまで知られていなかった、新たな「枕頭《ちんとう》問題」のリストとか？　または、三段論法についてのまた別なユーモラスな分析とか？　ひょっとして、行列式についての実に創意に富んだ論文の、最初の草稿とか？　しかし、その後で気づいたのだ。君が何ごとをも予想したいと欲していなかったことにね。私という人間は、おめでたいにもほどがある。誰がこの悲しい時代に、ほんのわずかであれルイス・キャロルの知性に興味を持つだろう？　それでそこから一歩進めてまた考えた。すべてが明らかにされない限り、ほんの少しでも予測することができない発見とは一体どのようなものなのだろうか、とね。そうなると、またしてもお決まりの難問の話に違いない。こうして、《モーダスポネンス》（肯定によって肯定する様式）にも《モーダストレンス》（否定によって肯定する様式）にも頼ることなく、すぐさま議題を推論できたわけだ。私の手が言うことを聞いてくれない状態でなければ、自分でその議題を議事録に記録することだってできたさ。差し当たっては、この件に関する私のこれまでの主張をそのまま支持しておこう。この会合の後で私の本もさほど書き直す必要がないといいのだが」

自分の最初の番が回ってきたセルダムはまず、ミルクの次にコーヒーの順でジョセフィンのカップを満たした。自分の分はミルクは入れずブラックのままだ。カップがジョセフィンの前に置かれ、すでにテーブルの周りに腰を下ろしていた全員が、テストの結果を期待とともに待ち構えた。ジョセフィンはひとすすりして満足げにうなずいた。

「ああ、ありがたいことに今回は正しい順序で入れることにしてくれたみたいね。おかげで飲むことができるわ」彼女は目隠しを外し、新たな勝利の裏づけを求めて、セルダムの方を見た。「お願い、リチャード」彼女は子どものように喜んでこう言った。「他の議題の前に、結果は7対0になったと議事録に載せておいてちょうだい」

私が自分のカップを持ってテーブルに着くと、奇妙な外見の男女と向かい合わせになった。男性は背が低く、髪は染めたばかりのように真っ黒だった。すごく癖のないくつかの束に分かれた髪を、頭の片側から向こう側へと渡すようになでつけている。はげていることを隠そうとしたものの、あまりうまくいっていないのかもしれなかった。最近施された植毛がてかてかと光る頭蓋《とうがい》に広がっていこうと奮闘しているかのようだった。彼の顔もまた、何か若者の部分と老人の部分がせめぎ合っているように見えた。彼の頰の皮膚は、奇跡的に衰えから免れているかのように、滑らかでバラ色がかっていたが、目の周りは黄みを帯びた無数の同心円状の皺で暗く縁取りされていて、それが不完全な美容整形外科手術の結果なのか、ゆっくりとしたペースで彼の顔に降りてきた老いが、寛大な措置として、若々しい頰に手をつけるのを最後にまわしてくれているのか、判断するのは難しかった。彼はとてもやせていて、落ち着きがなく、そわそわしていて、彼の目は周りにあるすべてのものを支配したいと欲しているように見えた。彼はテーブル越しに急いで私に手を差し出し、私の手を電光石火の速さで握った。セルダム教授は、彼をドクター・アルバート・ラッジオだと私に紹介し、こう言い添えた。「彼は本当のドクターなんだ。そう、《人》を治療するほうのね」

「私は精神科医でね。学位はハイデルベルグで取った」やや自慢げにラッジオは言った。「とはいえ、診療室を去ってからもうかなり時間が経つ。それからは、私の興味はどちらかというと時間医学に向いていてね。君がアルゼンチン人だと聞いて嬉しく思うよ。君の国のとある偉大な作家のおかげで、私は同胞団に入ることになったものでね。彼はアリス本の中に見られる時間の停止と歪《ゆが》みについて、非常に洞察力のある評論を書いた。時が後戻りすると、メッセンジャーは裁判官の判決を受ける前に、すでに牢屋《ろうや》に入っている。裁判官に判決を言い渡された後で、彼が犯すかもしれない犯罪行為で裁かれる前にね。そして、時間はというと、帽子屋の家のお茶のテーブルで、午後五時に止まっていた。それは、私にとっては予言者が得た一瞬のビジョンのようでもあり、彼自身が言うように、他の人々が『追求し、正当だと証明する』ためになされた観察でもある。そして、その時以来、私はそれを追求し、正当だと証明することに専念してきたわけだ。それも、文字を通してだけではなくね」彼は不可解な誇りをこめて言った。

「そうだな」レイモンド・マーチンが混ぜ返すような調子で言った。「彼は我らが《時の翁《おきな》》だ。《彼とよろしくやっていくだけで、君が望むほとんどすべてのことを時計を使ってやってくれるだろう》」

私たちの隣にいた女性も、話が中断された短い時間を利用して、私に手を差し出してきた。彼女は、温かな震えを帯びた声で、ローラと名乗った。夫が羽根を見せびらかす孔雀《くじやく》のように自慢話を披瀝《ひれき》する間、忍耐強く待つのに慣れているかのように、彼女は夫が話をしている間じゅう、微笑みを絶やすことがなかった。彼女は、少なくとも、彼より二十歳ほど若く見えた。成熟期の最後にさしかかった彼女の美しさには、衰えの兆しを感じさせる脆《もろ》さ、傷つきやすさがすでにあったが、一見したところ、いまだまばゆいばかりの魅力を放っていた。素晴らしく美しいその顔を息長く維持できているのは、夫の秘密の実験を実践しているからではないだろうか、と私は考えた。彼自身は始めるのが遅すぎたが、傍らにいる女性を救うことで、自分の技術を完璧に磨き上げたのだろう。彼女は、私の恭《うやうや》しくあがめるようなまなざしを、嬉しく受け止めているようすだった。

「ローラは心理学者なんだ」セルダムは言った。「夢の論理学とアリスの物語に出てくる動物たちそれぞれの象徴的意義について、とても驚くべき本を出している」

セルダム教授の口から発せられる時、《驚くべき》という言葉が何を意味するか想像がつくくらい、教授のことは熟知していたが、それでも機会があればできうる限り彼女と話をするという私の決意を少しも鈍らせることはなかった。残念ながらアルバート・ラッジオは、彼の妻は言うに及ばず、誰に対しても話ができるようなわずかな隙《すき》すら残さないようだった。

「私は第四章に登場する犬に関して、学術誌で繰り広げられた種々の討論を読んで、彼女の学位論文のテーマとして提案したんだ。犬はアリスに話しかけない唯一の動物でね。実のところ、誰とも何も話さないのだが」

「賢い動物だな」諦めのため息をつきながら、レイモンド・マーチンが言った。そして、手を伸ばして、誰かがテーブルの中央に動かした砂糖入れから、スプーン一杯の砂糖をお代わりした。

「これは一本とられたな、レイモンド君」ラッジオは言った。「しかし、何度も警告したと思うが、そんなに大量に砂糖を摂っていると、君の魅力的な皮肉を私たちが聞けなくなる日は遅くなるよりむしろ、早く来てしまうぞ」自分のキャンペーンを推進するのに、私という新たな対話相手ができたことを喜んでいるようすで、彼はもう一度私を見た。「砂糖が毒であるということに、どうやったら気づいてもらえるのか分からなくてね。純然たる毒だというのに！　我々人類の最大の敵と言いたいくらいだ。すでにネズミでは証明済みでね。我々の分子にとっては、ずば抜けて優秀な酸化剤であり、老化の隠れた誘因なのだ。彼を見て、それから私を見てほしい。どちらが年上だと思う？」そして、ラッジオは自分の顔を前につきだし、二人の顔を並べて見比べられるようにした。私はどちらも傷つけない答えを考えようと試みた。レイモンド・マーチンは、わざとやっているのか、砂糖をもう一さじお代わりした。いたずらを楽しんでいるように、目を輝かせている。

「頼むよ、アルバート」マーチンは言った。「君の毛髪染料のブランドを教えてくれたら、すぐに追いつくからさ」

テーブルの向こう側から、包装紙がびりびりと破かれる音が聞こえた。誰よりも遅れて到着した、がっちりとした体格の男が、ぜいぜいと息の音をさせながら、注意深くチョコレートの包み紙をはがし、口の中に放り込んだ。私たちの視線に気づくと、彼は肩をすくめた。

「あなたを殺すすべてのものは、あなたを治しもする。それとも、逆だったかな？」

詫《わ》びる必要を感じたかのように、私を見て言った。「私は糖尿病を患っていてね。血中の糖濃度が下がるたびにチョコレートが必要になるんです」

「彼が言おうとしたのは」レイモンド・マーチンが私に分かるように通訳してくれた。「君にチョコレートを勧めてくれるなどと決して期待してはならないということだ。少なくとも、私たちの誰もが成功したことがないからね」

その男は何か答えようとしたようすだったが、質問やら苦情やらを同時に矢継ぎ早に繰り出しはじめたジョセフィン・グレイに機先を制されてしまった。まるで長い間会わないうちに、質問したいことが長いリストになっていて、それを無秩序に広げてしまったようだった。

「あれがレナード・ヒンチだ」セルダム教授は私に囁いた。「『失われた物語』や、同胞団のすべての著作の発行人だ。とはいえ、正会員ではない彼は、この場にいてはいけないのだが。どうやって彼はこの会合のことを探り当てたのだろうか」彼は心配そうに自分の時計を見やった。「もう六時十分だ。クリステンがこんなに遅れるなんておかしいぞ」

テーブルの上席に座っていたラネラフ卿もまた、セルダム教授と視線を交わした。

「もう全員揃っているぞ、アーサー。君の考えでは、彼女はまだかなり遅れるのだろうか？　待っている間に、ヘンリーに出欠を取ってもらおうか」

彼の隣に座っていたヘンリー・ハースが大きな黒い帳面を開いた。だが何も書き出さない内にドアがノックされる音が聞こえ、カレッジの受付に常駐している守衛の一人が入って来るのが見えた。

「アーサー・セルダム教授宛ての電話が、階下に入っているのですが」と彼は言った。

セルダム教授は心ここにあらずといった面持ちで椅子から立ち上がり、守衛の後について、部屋を出て行った。落ち着かない、長い沈黙が集会を支配した。

「あの娘の気が変わっておらず、会合を招集したことが無駄ではなかったことだけを願うよ」ソーントン・リーヴスが煩《わずら》わしげに言った。「授業の一つをキャンセルしなくてはならなかったものでね」

「我々は予定を繰り上げてロンドンから戻ってきた」アルバート・ラッジオが言い添えた。

私はざわめくテーブルを見渡し、一人ひとりの表情を眺めた。前の日にシャロンが私に言ったことを思い出す。「懐中時計なんかして、いつもお茶ばかりしてる、取り澄ました偏屈な年寄り連中なんでしょうね」と。彼女が間違っていたのは、一点だけだった。カップから判断する限り、大多数はコーヒーの方を好んでいるようすだった。
二、三分後セルダム教授が再びドア口に姿を見せた。顔面蒼白《そうはく》になっている。

「クリステンの母親からでした」教授は大きな声で言った。「クリステンは病院に収容され、重体だと聞かされました。昨夜、映画の帰りに車に轢《ひ》かれ、道に投げ出されたまま放置されたそうです。今はラドクリフ病院で集中治療を受けています。二回目の手術を行うべく、手術室に運ぼうとしているところだそうです。私はクリステンの母親に、すぐに病院に向かうと約束しました」

セルダム教授がテーブルを回り込み、椅子の背に掛けてあるレインコートを取ろうとしている間、誰もが愕然《がくぜん》とし言葉もなく黙り込んでいた。私も何も考えずに立ち上がり、教授の後について会議室を出た。教授も異議を唱えなかった。

七章

私たちが会議室を退出しようとしていると、ジョセフィンがセルダムの腕をつかんだ。

「マハムッドを下で待たせているの。私からの指示だと言って、お二人を乗せていき、その後で私を迎えに来てくれるように伝えてくださらない。彼には窓から手を振って合図を送るわ。そうすれば、ずっと早く着くでしょう」

セルダムはうなずいた。通りに出ると、彼は運転手に近づき、小声で二言三言運転手と話してから、窓を指差した。そこにはジョセフィンがいて、身振りで同意を伝えた。私たちはベントレーに乗り込み、すぐに出発したが、すべての交通信号や歩行者優先の指示を遵守《じゅんしゅ》し、ゆったりしたペースで走行しているので、私は自分の自転車がここにあったら、と切望した。しまいには徒歩のほうが早く着くのではないかと思い始めたほどだった。

ようやくラドクリフ病院の入口で車を降り、迷路のような廊下を縫うようにしてたどり着くと、クリステンはキャスター付きのストレッチャーで手術室に運び込まれた後だった。彼女は数ヶ所、骨折していて、肋骨《ろっこつ》の一本は折れて肺に突き刺さっていた。だがそれより懸念されたのは、脳にできた血腫《けっしゅ》がすべて再吸収されていないことだった。それで、運を天に任せて、二度目の手術が行われた。穿頭術《せんとうじゅつ》が必要だと判断された、と待合室でクリステンの母親が話してくれた。彼女は背が低く、日に焼けた、おおらかで純朴な顔をしており、農家の人のように見えた。娘に似ているところと言えば、深い青い目ぐらいだった。クリステンは、母親とは違うということを見せたいがために、これまで頑張ってきたのではなかったのだろうか、と私は考えてしまった。話をしながら、クリステンの母親は両手に握りしめていた小さなレースのハンカチをしきりとねじっている。彼女は病院からの電話を受けてすぐ、ギルドフォードから出てきた。郊外にある彼女の家は――菜園と猫たちともども――一番近い隣人に託し、最初に出る列車をつかまえたのだという。病院に到着すると、警察官が待ち構えており、クリステンをはねた車についてはまだ何の手がかりもつかんでいないと聞かされた。話しながら、クリステンの母親は突然泣き出した。非情にも、クリステンは現場に倒れたまま放置され、あやうく失血死するところだった。事故は前夜の午後十一時頃、映画館からの帰り道で起きた。クリステンはキドリントンのラウンドアバウトでバスを降り、家に帰る途中、ほとんど通行がない通りの曲がり角で、車にはねられた。

警察は目撃者を探していたが、人通りもない時間だったこともあり、捜査は難航していた。クリステンの母親は、おそらく酔っぱらった大学生の仕業だろう、と聞かされていた。時折、オックスフォードの郊外まで車を出し、レースに興じている学生たちがいるからだ。

セルダム教授は誰がクリステンを発見したのか、と尋ねた。ほとんど奇跡的に、犬の散歩に出ていた近所の人が見つけてくれたのだという。実際に発見したのは、飼い犬のほうだった。事故の衝撃で彼女の身体は草地の中まで転がっていってしまい、半ば埋もれていたからだ。クリステンの母親は、数時間前にクリステンが――短い間ではあったが――麻酔から醒《さ》めたことも話してくれた。その時、クリステンはまだ母親のことも見分けられない状態だった――こちらをじっと見つめてはいたものの、何も見えてはいなかった。それでも、セルダムの名前を叫んでいたという。そこで娘がその夜持っていたバッグの中を探してみたところ、電話帳はなかったが、手帳が見つかった。そこに、同胞団の会合の予定がメモしてあったので、クライスト・チャーチ・カレッジに電話してみようと思ったのだという。

教授と私は、クリステンの母親と一緒に留まり、手術が終わるのを待った。やがてストレッチャーがクリステンを載せ、再びガラスで仕切られた集中治療ユニットに戻って行くのが遠目に見えた。判別できたのは、何も掛けられていないむき出しの足先と、血清のプラスチック製チューブ、それに頭の周りに巻かれた白い包帯の膨らみだけだった。女医が近づいて来たので、クリステンの母親は身を震わせながら立ち上がった。私の腕をつかんで、なんとか身体を支えている。「できるだけのことはしました」と女医は慎重に口火を切った。「これから二十四時間は、容態の推移を見守らなければなりません。特に、昏睡《こんすい》状態から脱するまでの、この数時間が峠《とうげ》になります」クリステンの母親は十字を切ると、「今晩は娘に付き添いたいので、待合室で横になるかなにかします」と言い、駆けつけて来てくれたことにあらためて感謝を述べた。

だが、セルダムはそのまま帰ることに乗り気ではないようすで、中庭のひとつでタバコを吸おうと思うが、一緒に来てくれないかと私に言った。そして物思いにふけりながらゆっくりと階段を下りはじめ、窓が穿《うが》たれた垂直に切り立つ壁の間に設けられ、むき出しのタイルが四角形に敷き詰められたスペースへと向かって行った。あたりは既に暗くなり始めていた。セルダム教授は、苛立たしいほど緩慢な動作でタバコを紙で巻いた。彼が頭を下げ、ライターに顔を近づけた時、眉の間に深い皺が刻まれ、深く集中した時に見せるまなざしをしていることに、私は気づいた。まるで彼の手の内から逃れようとした何かを、彼自身の中で追いかけているかのように。

「君も私と同じことを考えているのだろうか?」セルダム教授は突然振り向き、私と向かい合った。そしてすぐに、自分が言ったことを訂正するかのように言葉を継いだ。

「いいや、あまりにも馬鹿げていて、想像することすらできない……百年以上もの間、どこかにしまい込まれていた日記の二、三語のために、誰かが殺人を犯そうとするなど、まったく筋が通らない。そう思うだろう？　君は同胞団のメンバーに会った。もちろん彼らはそれぞれ独特だし、そろいもそろって変わり者だが、間違いなく悪意はない。それでも……」

私は昨夜のことを話すことにした。映画館から出てくるクリステンに出会ったこと、そして彼女がひどく悲しげなようすをしていて驚いたこと。私は彼女と交わした短い会話をできるだけ正確に再現して教授に聞かせた。セルダムは紙巻きタバコを軽く叩きながら耳を傾けていたが、やがて重々しくうなずいた。手中にあるわずかな手がかりを寄せ集め、はっきりとした結論を導き出そう、と自分自身に命じているように見えた。

「最も有力なのはもちろん、本当に事故だったというものだ。だが私には、あることがどうにも気になって仕方がない。同胞団内部の人間以外には知らせるべきではないのだが、君とも共有したいと思ってね。マートン・カレッジでリチャード・ラネラフ卿と会った時に、その話をしてくれると思ったのだが、彼はどうやらその話題を避けることを選んだようだ。キャロルのノートをメンバー間で分けて、それぞれが特定の期間を担当するという話は、君にも話していたね。だが実は君に言わなかったことがある。私たちが日記の注釈版を準備すると決めてからというもの、多くの出版社がそのプロジェクトに関心を示した。当初は、今までの習慣からだろうが、そのプロジェクトを、昔から我々の刊行物を手がけてきたレナード・ヒンチに任せる考えだった。彼は我々の本の出版に関しては常に完璧な仕事をしてきたし、版権の一部を譲渡してもらう取り決めを結び、同胞団の必要経費に充《あ》てている。しかしながら、私たちが今回、注釈版を準備しているという情報が流れると、米国最大の出版社の一つから、断るのが困難なオファーが舞い込んだのだ。メンバーがそれぞれ、空いている時間を使って、名誉のためにしようとしていた同じ仕事に対して、一財産がオファーされたわけだ。それ以上に大きかったのはおそらく、今後のロイヤリティーの一定のパーセンテージ――終身もらえる給付金のようなもの――がオファーされたことだろうな」

「キャロルの日記にそれほど多くの潜在的な読者がいるなんて、想像すらしていませんでした」私は驚いて言った。

「そんなにはいないよ。私も実は驚いていてね。しかし、どこの国にも多数の大学が存在していて、その数は増えつづけている。そして、それぞれの大学が図書館を備え、蔵書を購入する予算を持っている。我々を誘惑しに来た蛇使いによれば、この日記は、世界中の司書という司書が欲しがる類いのものだ。誇らしげに書架に置き、そしてそのまま埃を集めることになるだろうがね。それで、ヒンチは招待せずに臨時総会を招集し、そこで二つの選択肢で票決をとることにした。議論は白熱し、不愉快なコメントもいくつか飛び交った。サマーセット・モーム（William Somerset Maugham 1874～1965 英の作家、劇作家。『月と六ペンス』など）だと思うが、私の母が繰り返し口にしていた言葉を思い出したよ。『お金はそれを持っている時は、何の重要性も持たないけれども、それを持っていない時は、絶対的な重要性を持つ』とね。長年見知っている人々の中に、思いもしなかった一面があることを、私は初めて目の当たりにした。しかもそれは、同胞団が他を利するという目的に関して真だとしてきたことすべてに反していた。ヒンチからの提案を拒絶しようとする中で、私が関知すらしていなかった彼の個人的な問題に関するコメントまでが飛び出した」

セルダムは、どこまで話していいか決めかねているように、いったん間を置き、煙をふうっと長く吐き出した。

「どんな類いのコメントですか？」私は尋ねた。

「原則、私は耳にしたゴシップを口にすることはしない。噂が伝播する力は、どこから来るのだろうか？　古典的な理論によれば、噂の伝播に必要な三つの条件の一つは、噂の信憑性《しんぴょうせい》だ。しかし、私はむしろ人々は、それがありそうもなかったり、下劣な内容に聞こえたりするほど、本当のこととして受け入れたがるものだと思う。そして、噂の伝播を助ける別の暗黙の条件がある。それは、責任を問われないということだ。

肩をすくめ、聞いたことをそのまま繰り返しているだけだ、と言えばいい。ただ、何かをそのまま繰り返しているだけ。やらなければならないことは、それだけだ。全員の耳に入るまで、ただ繰り返して言うだけ。噂の魅力と、噂が真実と虚偽の間を揺れ動くさまについては、私の著書『論理の美学』の中でも十分に説明している。だから、少なくとも前提としては、噂もまた虚偽でありうる、と信じるよう私は努めてきた。だが、君のことは信頼できると思っている。あれは、出版社での明らかに非難されるべき女性従業員の扱いや、女子奨学生に対する相当に執拗《しつよう》な口説《くど》きと関連しているに違いなかった。公式の告発はなく、ぼんやりとしたほのめかしだけだったが、証言はすべて合致していた。誰もが『耳にしたことがあった』この話を持ち出すだけで、票が割れるには充分だった。多くのメンバーにとって、ヒンチに反対票を投じられる格好の口実が、不意に出現したわけだ。単純明快な欲ではなく、はるかに高尚な懸案事項によるものがね」セルダムは皮肉っぽく、顔をしかめた。「私も洗面所に行ったのよ、といつも言っていたあのお高くとまった婦人のように。だが理由はまったく別だったのだ」

「最終的に票決はどうなったのですか?」

「それが、決着はつかなかったのだ。次の通常の会合まで持ち越しになった。ヒンチが何らかの方法で、自分がプロジェクトから外されるかもしれないと気づいたのではないか、と私は思っている。それも、何年もやってきて、まともに金を稼げる可能性がある唯一のプロジェクトからだ。招待されていなかったにもかかわらず、今日の午後、彼が会合にやって来たのは、それが理由だったのではないだろうか。自分が何票当てにできるのか、反対票を投じたのは誰なのかを突き止めるために。まあ、何でこんなことを君に話しているのか、自分でも分からないが、同胞団が設立されてからはじめて、何かが表面に出てくるのを目にしたからかもしれない。今まで疑いもしていなかった何かが。だが、たとえそうだとしても、こう言ってはなんだが、まったくもって分別をわきまえない行為のようにしか思えない。同胞団の誰かが、クリステンに対して、これほどまでに残忍なことを企てたなんて。私には関連性さえ見えない……だがこのまま立ち去って、クリステンを母親と二人だけで残していくわけにはいかないと思う」

　ピーターセン警部とは時々オフィスに向かう途中で会うし、教授に対しても何も遺恨はないのは確かです、と私は言った。

「しかし、警部には何を言ったらいい？」セルダム教授は尋ねた。「私自身、この考えは、誤報であり、行き過ぎのように思えるのだ。それになにより、私が警察を呼ぶことを躊躇している理由が、君には分かるだろう？」

　ある時、教授が私にした告白を思い出した。彼が数学を選んだ理由を。それは、指についた少々のチョークの粉以外にはまったく痕跡を残さず、黒板も仮説も綺麗《きれい》に消し去ることができる世界だったからだ。こうして教授は、青年期のそれもかなり早くから、できうる限り現実の世界から自らを切り離すという思い切った決断をした。現実世界というものは、一つひとつの行動や推測がひとりでに歩み始め、そして、悲劇的な結末から成る予測できない網を織り上げる。教授自身も認めていたことだが、彼の場合それは連続した不幸な出来事により、思春期から引きずってきた奇妙な迷信だった。だがそれは、たった一人の人間のためにつくられた法則であるかのように、教授が平穏の支配する黒いチェスの盤目から抜け出し、後戻りのきかない人生という三次元のチェス盤で駒《こま》をひとつ進めようとすると決まって、繰り返し、情け容赦なく現実に作用してきた。そして——私自身が真実であることを保証するが——一年前に二人でともに体験した出来事の間に、最も残酷な形で教授が正しかったことが証明されたのだ。

「おっしゃっているのは……」私は言い始めた。

「君が思っている通りだ」私の一連の思考をたどって来たかのように、教授は答えた。

「警察を呼んだら、殺人事件が起きるのではないかと恐れている」

八章

　それでも、私たちは警察を呼んだ。愚かにも、警察を呼ぼうと言い張ったのは、この私だと言っておかねばなるまい。教授が内密に打ち明けてくれた同胞団の会合での言い争いのことや、教授自身が抱いている危惧《きぐ》は、確かに私に合理的な根拠、言わば正当な理由づけを与えてくれたが、教授と同様、私の意識の中で支配的だった存在は、最初にひらめいた直感であった。数学において、最初の直感からその後に続く証明の論理的ステップへと明確化していくことの面白さについて、私は幾度となくセルダム教授と議論してきた。教授の『論理の美学』では、不意に舞い降りる直感のひらめきを、チェスゲームのナイトの跳躍になぞらえていた。見事なほど鮮やかなステップの短縮が、その突然の光明の下で、以前のつながりの痕跡をすべて消し去ってしまうからだ。私にとってそれは、自分自身に課した真実の感覚だった。あたかも観念的な対象物たちの天国が一瞬姿を現し、それ以降は執拗につづく呼び声、密かに鳴り響く鼓動として留まりつづけるのだ。私の場合には、クリステンが車に轢かれたと耳にするや否や、映画館から出てきた彼女が浮かべていた、あの無力感と弱々しさに満ちた表情と、無意識に口走ったに違いない、第二の人生についてのあの奇妙な言葉が思い浮かんだ。あの日、何かが起きたのだ。前夜に彼女が抱いていた、天にも昇るような幸せな心持ちを変えてしまった何かが。

受付で電話ボックスの場所を尋ねると、廊下の突き当たりにある公衆電話を案内された。私は手持ちの硬貨をすべてセルダム教授に渡したが、教授は外した受話器を手にしたまま、まだ躊躇《ためら》っているようだった。

「しかし、どう言えば私の言うことを信じてもらえるのだろうか？」

「可能な限り、真実に寄せた話をしたらどうでしょう」私は言った。セルダムが忌み嫌っており、この瞬間も彼を躊躇させているのが、嘘《うそ》をつかねばならないことにあると知っていたからだ。「誰かが故意に彼女を轢いたと信じる理由があるが、今はまだそれ以上話すことはできない。すべて明日説明する、と伝えましょう」

セルダムはため息をついて、そらで覚えている番号を回した。受話器から女性の声が聞こえた。そういえば、ピーターセン警部には娘がいて、以前、彼女とセルダム教授が、スコットランドの血筋のことや、高地地方の馬のことを延々と議論していたことがあった。だから教授は電話番号を覚えていたのではなかろうか、と私は思った。セルダム教授は先方の声が大きくなり、高圧的な調子になっているのが聞き取れた。

気まずさが増していくようで、口ごもり始め、答えも返せないようなようすになった。私はいくらかでもプライバシーが保てるようにと教授から少し離れ、廊下に沿って貼《は》ってある掲示を眺めているふりをした。しばらくすると口調が変わったので、ようやく警部と話し始めたことが分かった。会話は短かったが、電話を切って私の方に向かってくるセルダム教授は、安堵《あんど》しているふうに見えた。

「済んだよ」教授は言った。「部下の一人を派遣して、夜通し残ってもらうように手配するそうだ。人目に立たないようにと頼んでおいた。クリステンの母親には何も言わないで欲しいと。これ以上心配をさせたくないのでね。さて、引き上げる前に挨拶をしてこようか」

私たちは再び二階に上がった。セルダムは、昔そこで生活していた者の確かな足取りで、誰もいない迷路のような廊下を進んでいった。私もまた、ガラスのドアの後ろから看護師が顔をのぞかせる姿を見た時、めまいがするような既視感を覚えた。それは、ガラスドアの向こう側で、看護師のユニフォームを着たローナにまた遭遇するのではなかろうかという、私の身体の中にある不可能かつ錯誤した感覚であった。集中治療室は、完璧な静寂に包まれていた。クリステンの母親は、ガラスの仕切り越しに教授と私の姿を見つけると、入っていらっしゃい、とこっそり合図を送ってきた。彼女は、そろそろ寝ようとしているところだったのか、ヘアネットを着けていた。私たちが近づいて行くと、そのような姿を見られることに恥じらいを感じているようすだったが、だからといってネットを外す時間はなかった。病室の間を走る狭い廊下から、ガラスの仕切り越しに、クリステンのベッドが見えた。彼女の身体はほぼ首までシーツで覆われていて、むごいことに、二本の透明な管が喉《のど》と鼻孔に挿入されている。顔面の片側は、識別できないほどに腫《は》れて、青みがかった紫色になっていた。セルダム教授は、クリステンの母親に自分の電話番号を渡し、翌日は彼女が休めるように、教授と私が付き添いを交代する旨、申し出た。彼女は礼を述べ、両目には再び感謝と苦悩の涙があふれた。

「娘に言います。娘が目覚めたらすぐ、あなた方お二人がどんなに私によくしてくださったか言って聞かせます。私にも、娘にも……」

彼女は、両手を握りしめ、胸に押し当てた。そして両手をいったん離し、再び両手を握りしめる。言葉では言い表せない感謝の念を身振りで伝えようとしているようだった。セルダム教授は、アングロサクソンが肉体の接触を許容する時の、あの気まずそうな、不慣れなようすで彼女の肩に片手を置いた。

「夜の間、どんなことでもいい、娘さんの身体が動いていることに気づいたら」ほとんど個人的な頼みのように、教授は言った。「例えそれが瞼の微かな震えであったとしても――どうか彼女の身体に触れてあげてください。手を握ってあげるのもいいですし、額を軽くとんとんとしてあげるのでもいいですから」

クリステンの母親はいくらか驚いたようすだったが、うなずいた。私たちは別れを告げ、集中治療室を出た。だがセルダム教授は、一瞬長くその場にとどまり、ガラス越しにベッドの上に身動きせず横たわるクリステンの姿を見つめていた。

「君には、私が昔、自動車事故に遭った話をしたと思うが」教授は言った。「私の最初の妻と、二人の親友を失った時のことだ。数日間、私は昏睡状態で、クリステンと同じように、金魚鉢の一つに横たわっていた。実は、君には話していないことがある。誰にも言っていなかったことがね。当時、私はすでにゲーデルの定理の哲学的延長の可能性、特に、数理言語学における自己言及の問題について研究していた。そして、自己言及できる数学の公式に、意識を数学的に定義できる可能性を開く鍵が存在するのではないかと思いついた。しばらくの間、私は脳について書かれた様々な本を研究し、神経学者や精神科医ともその件について議論した。ニューロンの機能の中に、ゲーデルの数学的ループのレプリカ的なものが存在するに違いないとね。ロジャー・ペンローズ（Roger Penrose 1931～　英国数理物理学者、数学者。二〇二〇年ノーベル物理学賞受賞）が現に今、手がけているのと同じように、私はある種の手がかり――最も基本的な自己認識に関する、生理学上のパラレルとしての有機的痕跡――を探し求めていた。ちょうどこの時期、私は当時まだ髪を染めていなかったアルバート・ラッジオと知り合った。ラッジオは、人間の意識の準仮想モデルを提案していた、ある神経生理学者の講義に私が興味を持つのではないかと考えた。私はその神経生理学者の講演会に行ったのだが、あいにくと最前列の席に座ってしまった。この人は、すぐに世界的に有名になるだろう、と私は思った。アメリカ合衆国のどこかの出身だったが、もう名前も覚えていない。覚えていることといえば、一見すると、彼が日曜に教会で説教する牧師のようだったというぐらいだ。ある種、モルモン教の聖職者のようだった。おそらく彼が、綺麗に髭《ひげ》を剃《そ》り、聖職者のように詰襟《つめえり》シャツにリボンを結んでいたからだろう。メフィストフェレス的な柔和な微笑みを浮かべていたことも覚えている。満面の笑みを浮かべながら話すことができる人たちがいるが、彼もその一人だった。講演の冒頭部分でボランティアが必要だと言って、神経生理学者は私を指名し、前に出て彼と合流するように言った。私に職業を尋ね、論理学の教授だと答えると、彼は歯を見せて笑った。聴衆に向き合うようにして座るよう、私は指示された。謎めいた奇術師のような雰囲気を漂わせたその学者は、まず精神と体の二元性について少し話をした。次いで心理的実験を提案した。『私たちは今、手術室にいる、と想像してください』と言い、私の片脚を持ち上げた。そして、自分の手を鋸《のこ》のように動かすふりをした。私はその刹那《せつな》、膝に刃先が当たるのを感じた。誰もが笑った。『ここにいる私たちの友人の片脚を切ってしまったとしても、当然、彼が何者であるかは変わりません』と学者は言った。『実体のない脚に、想像の中だけのむずがゆい感覚はあるかもしれませんが、本質的にはあなた方が知っている人物と同じです。ただ今では片脚で跳ねて、動き回っているだけでね』そして私のもう一方の脚も持ち上げ、その脚も切り落とそうとするかのように、先ほどと同じ鋸の動作をした。『さて、これで彼は前ほど背丈が高くなくなりました』彼は言った。『もう靴にお金をかける必要もありません。でも、それ以外の部分では、そう、心の奥底では、今までとずっと同じ人物であり続けるのです』神経生理学者は私の両腕を持ち上げた。そして両腕を切り落とそうとするかのように、空中で二回、叩き切るような動作をした。『彼にはもう腕もありません。カトラリーを使うのは前より大変になりますが、それでももちろんまだ彼は彼自身であり、名前を呼べばうなずいてそう認めるでしょう』彼は私の後ろに立ち、私の脊柱《せきちゅう》に触り、長い上着のジッパーを下から上げていくような動作をした。『今、彼から脊柱を抜き取りました』と神経生理学者は言った。『ですから彼は、まったく身動きができません。ですが、こんな状態であるにもかかわらず——瞼さえも動かせないですが——心の奥底では依然として彼のままなのです』次に神経生理学者は私の頭をつかみ、私の身体からねじって外そうとするかのように、頭を左から右へ、右から左へとまわした。私の見えないところで、おそらくおどけた表情でもしたのだろう。聴衆は皆、笑っていた。『そして、たとえ彼の首から頭を外すことができたとしても』彼は言った。『分離された小さな頭は、血液を少し環流させさえすれば、たとえ単体でも、何の問題もなく講義をし続けられるでしょう。フリークショーでよくやっている胴体のない女のトリックのようにね。しかも、われらが友人は論理学の教授なのですから』突然、まるで猛禽《もうきん》のかぎ爪《づめ》が食い込むように、彼の両手の爪の先端が頭蓋の上に当たるのを感じた。聴衆に対して、卵のように頭蓋を割るようなしぐさをしているのだろうと私は想像した。『頭蓋を開けます』と彼は言った。『そして、《私》個人の意識の聖域である脳は取っておきます。一・五キロの灰色の物質です。しかし、実はそれほどの分量は要りません。小脳をナイフで切り取っても、本質的なものは何も変わりません。さて、私たちには二つの脳半球がありますが、右の半球はまだ余分です』彼は肉屋が肉片を切り落とし、不要な部分を捨てるような素振りをしてのけた。『いくつかの変化はありますが、私たちの友人はほとんど気がつかないでしょう。そして、今、そうです、私たちの手元に残ったものは……』両手で滑りやすいものを運んでいるようなようすで壇上のテーブルまで行き、用意してあった水差しの中にそれを落とすふりをした。『この水差しの中に入れます。そして、時々、水分を与えます。これらのちょっとした手技を施す間、私たちの友人には深い眠りについてもらうとしましょう。慎重に、このゼラチン質の部分に必要な湿り気を与えてやります。ニューロンがその小さな光を点滅させることを止めなければ、再びスイッチを入れて彼を起こすと、すぐに彼には自分自身であることが分かります。自分の体重が激減したことと、水差しの中に入っている理由を理解するには、まだもう少し時間がかかるでしょうが』」セルダムはもう一度私に視線を投げ、これまでいた場所では吸うことができなかった紙巻きタバコを探して、ポケットをまさぐった。「講演の内容はそれ以上はあまり記憶にない。ただ私を引き裂こうとしたあの指の嫌な感触がかなり長い間、私の中に残ってしまった。今でも、頭蓋に置かれた爪の先端を感じることがある。私が自動車事故に遭ったのは、その年の夏だ。昏睡状態から抜け出す前、深い眠りの中で何よりも先に蘇《よみがえ》ってきたのが、その時の出来事の記憶だった。私には何も見えず、何も感じなかったが、考えることはできた。実際、この時のことを今でも私は何よりも恐ろしいと思っていて、自分が水差しの中で浮いていたのか、そうでないのか推論できる純粋に論理的な方法を考え出そうとした。その絶望的な数秒間、いや、数分間かもしれないが、誰かが外からやって来て、私に触れてくれないものか、と祈ったものだ。だからクリステンが目覚めた時、私と同じような体験をさせたくないと思った」

　教授と私の耳に、大理石の階段を上ってくるブーツの重々しい足音が届いた。かなり太った警官が一人、プラスチック製の椅子を持って、息をひどく弾ませながら近づいて来るのが見えた。

「さて、これでもうここを出られるな」セルダム教授が言った。

九章

　翌日の午前中ずっと、私は気をもんで過ごした。再び雨が降りだしており、雨脚も強まっているようだった。部屋の中を囚人のように歩き回る以外、何もできない気分だった。激しい雨の中から何かのサインが届くとでもいうように、私は時折、窓から外をじっと眺めた。レイモンド・マーチンの本にざっと目を通そうとしたが、第一章より先にはたどり着けなかった。マーチンが提示した謎かけのどれにも、十分に集中することができなかったのだ。にもかかわらず、キャロル自身が提案したその本の最初の謎かけが、不愉快な歌のリフレインのように、私の頭でぐるぐる回っていた。**《死者を生き返らせる(To make the DEAD LIVE)》**。問題そのものの意味するところは、ずっと穏当な内容で、四文字から成る単語を続けて書いていき——次の単語は一文字だけ前の単語と異なるものにする——、《dead》が《live》になるまで続ける、というものだった。私は何回か挑戦してみたが、私の英語の語彙は腹立たしいほど限られていたし、単語が続いても三つか四つ以上にはならなかったので、どうにもならずに頓挫(とんざ)してしまった。それでも、この二つの単語の間に、何かはるかに重要なものが懸かっているかのように、ほぼ一時間、私は挑戦し続け、何枚もの紙を埋めていった。夜の間に幸先《さいさき》のいい組み合わせの単語が浮かんだとしたら、クリステンをこの世に留まらせられるのではなかろうかと、思わずにはいられなかったのだ。正午近くに、私は傘をさして通りを渡り、研究所に立ち寄った。階段を上ってビジター用のラウンジに行き、セルダム教授宛てにメールを送った。

「クリステンのことで、何か新しい情報はありましたか？　クリステンの母親と話すことができましたか？」

二時間ほど後、研究所を出る前に、私は返信を受け取った。「クリステンはすでに目を覚ましていて、見たところ、意識はかなりはっきりしているようだが、当面は面会謝絶だ。まだ、ありとあらゆる検査やら、追加のX線写真の撮影やらをしているような状況だ。医師団は、脊髄《せきずい》の損傷による後遺症が残る可能性があるとクリステンの母親に伝えた。他に新しい情報が入れば知らせる」とのことだった。追伸として、ピーターセン警部から電話があったが、まだ返事をするかどうか決めかねている、と書き添えてあった。

次の日は日曜日だった。セルダム教授からは何の知らせもなかったが、私はもう一度メールを送るのはやめることにした。だが、月曜日の朝、数理研究所に立ち寄ってみると、レターボックスにセルダム教授からの二つ折りの紙片が入っているのを見つけた。クリステンが私たちに会いたがっている、とあった。教授は昼食後にオフィスに立ち寄って欲しい、一緒に病院に行こう、と提案していた。

二日間、雨に降りこめられた後の空は再び晴れ渡り、空気は花壇の湿った土や、小道に沿ったヤドリギの生垣、開花した樹々から放たれる強烈な匂いにあふれていた。雨で地面に落ちたブラックベリーの残骸《ざんがい》の上を、ブンブンとしつこく騒がしい羽音を立てて飛び回るミツバチや昆虫たちもいた。歩きながら、ピーターセン警部からの何度目かの電話を何とか避けられたと、教授は私に話してくれた。クリステンを轢いた車に関する情報が出てきて、不運な事故に過ぎなかったことが確認できるのではないかと期待して、週末じゅうテレビで流れるニュースを片端から観て過ごしたと教授は打ち明けた。

受付でクリステンの病室を尋ねると、二階の急性期治療ユニットに行くよう案内された。それは、明るい兆しであるように思えた。私の記憶にはセルダム教授の話が刻み込まれていたからだ。ラドクリフ病院で教授自身が地獄に堕ちた体験、そして運命の分かれ目となる一階について、ディーノ・ブッツァーティの話からセルダムが引用した言葉のことを――《一階で働いているのは神父だけです》。クリステンは、少なくとも一段階、上に行くことができたのだ、と私は自分に言い聞かせた。

クリステンの母親は、私たちの姿を見るとすぐに廊下まで出迎えた。クリステンは未だ絶対安静の状態で、話すこともほとんどできなかった。それでも私たちに会うと言い張ったので、クリステンの母親も今一度教授を煩わせることにしたのだという。クリステンはまだ脊髄の損傷については知らされていないが、再び歩くことはかなわないかもしれない、とクリステンの母親は言った。その事実を私たちに伝える時、彼女は今にも崩れ落ちそうに見えた。そして、娘に決して感づかれないようにしてください、と懇願した。とはいえ、医師団はまだ奇跡が起きることを期待していた。クリステンは、私たちとだけ話をさせてくれ、と頼んだという。クリステンの母親は、その間に少しだけ身体を休め、服も着替えたいと言った。週末じゅう、病院から一歩も出ていなかったからだ。

教授と私が病室に足を踏み入れた時、クリステンは仰向けに横たわっていた。私たちの声を聞いて、彼女はゆっくりとこちらを向き、ベッドの鉄製の枠に背を預けて、半ば上体を起こそうとした。クリステンは、彼女だと分からないような状態だった。頭には包帯が巻かれ、顔は腫れ上がり、額の皮膚は紫色に変色して、両眼は血走っていた。片方の腕はギプスで固定され、喉に挿入された一本のチューブは漿液《しょうえき》の瓶につながっていた。来たのが誰なのか完全には分からないようなようすでこちらを見た後、サイドテーブルの上を手でまさぐり、眼鏡を探している。包帯の上からできる限りきちんと眼鏡をかけると、あたかも彼女の口元にもまた焦点が合ったかのように、痛ましくも勇敢な微笑みが広がった。彼女が話しはじめた時、その声は勢いこそなかったが、はっきりとしていた。それはあたかも、少しずつ彼女の話す機能が回復しているかのようで、彼女自身も自分がきちんと話せていることに驚いているようだった。

「おいで下さってありがとう」クリステンは言った。「しばらくしたら、誰か警察の人が——ピーターセン警部と言ったかしら——話をしに来るらしいわ。母から、私は車に轢かれたのだと聞いたので、あの夜のことをなんでもいいから思い出そうとしているんだけど、何もかもがぼんやりとしていて。お二人に会ったら、何か思い出せるのではないかと思ったの。あなたが映画館の列に並んでいた姿が浮かぶわ」私を見ながら彼女は言った。

「そう、そのとおりだ」私は言った。「君は『セコンド』を観に行ってたんだよね。君が出てきた時、会ったんだ」

「そうだったわ」靄《もや》の中にその場面の断片が垣間見えたかのように、クリステンはうなずいた。彼女はその場面を思い返して恥ずかしがっているようだった。「私は馬鹿みたいに泣いていた」

彼女はしばしし物思いにふけった。

「映画館から出て、雨が降りだしそうだった。傘は持ってこなかったのに、と思ったことを覚えている。そして、その後……」

彼女は天井の方を見上げ、それ以上はどうにも先に進めないかのように、頭を振った。

「君はキドリントン行きのバス停まで歩いて行ったに違いない」セルダムは助け舟を出そうとした。「バスに乗っていたことは覚えていない？　そして、君はラウンドアバウトの少し先でバスを降り、徒歩で家に向かった。少なくとも、そこが君が発見された場所だった」

クリステンは、私たちを見つめていた。自分の気持ちを引き締め、深く暗い沼のうごめく水の中へと飛び込もうとしているように、目には何の表情もない。彼女は再び、頭を振った。やはり何も思い出すことはできなかった。

「君を轢いた車については？　衝突の瞬間は？　ライト、クラクション、ブレーキをかけるキーッという音は？」セルダムは尋ねた。「少なくとも、もし君がこのうちのどれかを覚えているのであれば……」そして、彼は言葉を切った。私は彼の思考の流れを追えるような気がした。彼女が車のライトを見たか、あるいは、ブレーキ音を聞いたのであれば、事故だったのだと考えることができる。

クリステンは黙って、首を振った。

「《私に分かっていることは、びっくり箱みたいに何かが私に迫って来て、私が宇宙ロケットのように、上方に飛ばされたことだけ』。『不思議の国のアリス』に出てくる可哀想なトカゲのビルみたいに」彼女は呟《つぶや》いた。「事故そのもののことは、何も思い出せないわ」

「でも、君はあの紙片のことは覚えているのだろう？　私はそう信じているが」いくらか不安げにセルダムは言った。

「もちろんよ」クリステンは言った。そして、勝ち誇ったような弱々しい笑みを見せた。「目覚めた時、最初に思い出したのがそのことだったの。ありがたいことに、どこに隠したかもね」

クリステンはヘッドレストに身体を押しつけるようにして、もう少し上体を起こそうとした。

「変だわ。脚の感覚がまったくない」

彼女は奮闘し、片方の手だけをてこのように使って、何とか身体をもう少し上の方まで引っ張り上げた。手を貸そうとした私を視線で思いとどまらせ、もう一度セルダムの方に向き直る。

「いつ金曜日の集会の案内メールを送ったの？」クリステンは尋ねた。「私たち三人で集まった日の夜？」

セルダム教授はうなずいた。

「そう、その日の晩、家に帰ってからだ。ジョセフィンを除いて、全員に通常の案内メールを送った。ジョセフィンのところには翌日の朝、直接出向いた」

「メールではあの紙片のことは何も言わなかったのよね」

「むろん言わなかった」セルダム教授は言った。

「そうだとしても、当然、私の名前は出ていたんでしょう？」

「ああ、もちろんそうだ。私たちがあの日、合意したように、君がギルドフォードの家で発見したことについて話をすると書いた。それ以上は何も言っていない。そのメールを君に再送してもいい」セルダム教授は訝《いぶか》しげな表情を浮かべて彼女を見つめていた。

するとクリステンは、椅子の上に置いてある手提げ袋を彼女のところに持って来て、それを開けてくれるよう、唯一自由のきく手を動かして伝えた。彼女は袋のほうにできるだけ首を伸ばし、中をのぞきこんでいたが、やがて二本の指で、とても小さな、心がかき乱されるような、一枚の写真を取り出した。それは、十歳ぐらいの少女の写真だった。何も身にまとっていないその少女はカメラを正面から見据えている。川岸に生えている樹木にもたれて座り、胸元を二分する線に沿って右脚を折り畳み、片方の手でつかんだ左脚は、折り畳んだ脚の下で結び目をつくるように交差していた。その隙のポーズが形づくる三角形の隙間は、見る者にその内側の秘所を想像させた。その隙間が見る者の目を引きつけつつも、あからさまに何も見せることがないよう、カメラマンが出した指示や、その脚で試したであろう数々の角度のことを、考えずにはいられなかった。それとも、実は見せていたのか？

クリステンはこの画像を知っているか、セルダム教授に尋ねた。教授は嫌悪感をあらわにしながらもう一度写真に目をやり、頭を振った。

「これは、ルイス・キャロルの作品よ」クリステンが言った。

セルダム教授は、邪悪なものを自分から遠ざけようとするかのように、それを私に渡して寄越した。

「キャロルの生涯におけるこの側面は」教授は弁解がましく言った。「前々から私に嫌悪を催させてきた。だからこれまでキャロルが撮影した少女たちの写真コレクションを、仔細に見たことはなかった。ヘンリー・ハースが本を出した時でさえね」

私の手の中にある写真を、私ももう一度眺めてみた。その画像は、かなり昔に、やや怪しげな手つきで彩色されていたようだった。暗い色調のせいか、少女の顔は奇妙に大人っぽく見え、ややまがまがしい様相を見せていた。その表情は真剣で、謎めいていた。彼女の輪郭は、背景の牧歌的な景色に貼り付けるために注意深く切り抜かれていたが、頭髪の端にハサミで切った痕跡が見て取れた。

「キャロルがベアトリス・ハッチという少女を撮った一連の写真があって、これはその一枚なの。牧歌的な風景の効果を出すために、キャロルがロンドンのアン・ボンドというアーティストに正確な指示とともに送り、着色を依頼した。私が車に轢かれたあの金曜日、私のレターボックスで、何も書いていない白い封筒に入れられたその写真を見つけたの。ちょっと戸惑ったけど、最初はあまり気に留めていなかった。ソーントン・リーヴスの助手としても、また私自身の研究でも、よくキャロルについての資料を受け取るから。でも今は、この写真がその後私の身に起きたことの、ある種、警告のようなものだったのか、ずっと考えてしまって。そうは言っても、誰かが私を殺したいと思っていたなんて、ちょっと信じられないんだけどね。母は、あれは事故で、きっとすぐに警察が犯人を見つけてくれる、って話してたし」

「いずれにしても、これを手で扱ってはいけないな」セルダム教授は言った。「指紋が残っているかもしれない。ピーターセン警部に会ったらすぐに渡したほうがいい」

　クリステンは考えこんでいた。

「私は実際、どの程度、警部に話さなければならないのかしら。もちろん、この写真は引き渡すし、紙片のことも話せるけれど、実物は当然見せたくないし、書かれている文言も明かせないわ。警部でもそれは無理強いできないわよね」

「君がその紙片のことを口外したら——ピーターセンという人物を我々が理解しているとするならば——その文章を知りたいと思うだろうね。私たちの誰よりも強く」

クリステンは私たちを見上げた。驚くほど固く表情のないまなざしをしている。時々、取り憑《つ》かれた数学者がこんな目をしているのを私は見たことがあった。

「意識が戻ってからずっと考えていたの。紙片の文言が開いた新たな観点からなら、一つの論文というより、本をまるまる一冊だって書くことができると確信してる。今となってみれば、違った風に読めるであろう、セクションやフレーズが日記にはたくさん登場することを思い出したの」今後、書き上げられるだろう作品のなにがしかをすでに想像しているかのように、クリステンは独り微笑んだ。セルダム教授もまた、彼女の目に輝く新たな陶酔の輝きを見て取っていたように私には思えた。

「紙片のこの文章は、大草原に――いえ、大草原というよりもむしろ、間違った著作の森に着火する火花のような存在になると思うの。誰も想像がつかないはずよ。なぜなら、思いもよらないものだから。でも、それを成し遂げるには、多少の時間が必要なの。それに、まずはここから出なければ。警部には私が覚えていることはすべて言うわ、アーサー。でも、あの紙片のことは、あまり多くは覚えていないかもしれないけど。ショックと手術ですべて忘れてしまったのね。そう言うこと自体は、何も違法なことではないはずよね。結局のところ、あの紙片と、今回起こったこととはどんな関係があるのかしら？　私たち三人だけが、紙片の存在を知っている。そして、あなた方二人はどちらも私をこんな目に合わせたいなんて思ってなかったでしょう、そうじゃない?」そして、私たちに微笑みかけ、信頼を示そうとした。そうすることで私たちと協定を結んだ、とでもいうように。彼女が私たちを病床に呼びつけた本当の理由は、これだったのではなかろうか、と私は自問した。彼女はラネラフ卿も紙片の存在を知っていることは知らないはずだった。セルダム教授は彼女を説得しようとした。「私には君のやろうとしていることが正しいとは思えないね」と教授が言った。「あれが事故でなかった場合、文言の内容を皆に明かせば、君ははるかに安全なポジションに身をおけると思うのだが」

クリステンは初めて疑念を抱いたように見えた。おそらくその瞬間まで、彼女はそう信じることを拒んでいたのだが、セルダムがそのもう一つの可能性を口にするのを聞いて、彼女ももはやそう簡単に無視することはできないと感じたのかもしれない。結局のところ、セルダム教授は、彼女の研究のアドバイザーを務めていたし、クリステンは私と同様に、教え子として反射的に助言を受け入れていたに違いなかった。しかもセルダムの推論はほとんど常に的確であったから、実際にはそれ以上だったはずだ。個人的なパスカルの賭け《か》（Blaise Pascal 1623〜62　仏　哲学者、数学者、物理学者。『パンセ』の一節にあり。理性によって神の実在を決定できないとしても、神が実在することを賭けても失うものは何もない）のように、紙片を自分で持つことに関して、彼女が葛藤していることが伝わってきた。誰かがクリステンを殺害しようとしたという蓋然性《がいぜんせい》は、彼女にとってますます貴重と思われるものを手放すには、あまりにも低かった。

「医師団の話では」ゆっくりと、しっかりした声で彼女は言った。「私は奇跡的に生き延びた。臨床学的には手術室ですでに死んでいて、全員が助かる見込みがないと思った。私の第二の人生は、今始まったの。前の人生で抱いていた恐れをまた繰り返すつもりはないわ。それに説明は難しいけど、私は何かもっと崇高《すうこう》な存在に庇護《ひご》されていると感じてて。一階にいるシスター・ロザウラという女性は、亡くなって行く人々を慰める役目をしているの。母もこのところずっと彼女と祈っていた。ある意味、私もまた、もう一度神を見いだしたのね。こうなったら、恥ずかしげもなく言ってしまうけど、私は自分が庇護されているって分かってる。より大きな力を持つ存在に見守られていることを知ってるの」

その場ではもうこれ以上できることがないとでもいうように、セルダム教授は落胆して私を見やった。私には、教授が考えていることがよく分かった。神が登場すると、教授のすべての思考が止まってしまう。それは余りにも強烈な仮説であり、私が知っているほぼすべての論理学者と同様、どのような思考体系をも、さらに言えば、思考を続けるといういかなる試みをも取るに足らないものにしてしまう。そう教授は主張していた。ある時、教授がふざけて、《もし神が存在しなかったら、すべてが可能になる》というテーマで議論するのを、私は聞いたことがある。その時、教授はこうも言った。「しかし、もし神が存在しても、またすべてが可能になる」と。セルダム教授は話をするクリステンを見てはいたが、もう彼女の話に耳を傾けるのはやめてしまったような印象を受けた。全面的に注意を払うのもやめてしまった。彼の表情から、失望と驚きと憐れみがせめぎ合っていることが見て取れた。

ドアを二、三度ノックする音が響いた。ガラス越しに、片手を上げて挨拶しているのが見える。クリステンは、片方の腕をできるだけ高く持ち上げて、もう少し後で戻って来てほしいと指で合図をした。

「あの女性が、さっきお話ししたシスター・ロザウラよ。一緒に祈りを捧げたい人たちがいるかもしれないからって、すべての病室をまわってるの」

「そろそろ私たちはお暇《いとま》したほうがいいようだね」セルダム教授は言った。「お見舞いは短時間で済ませると、君の母上に約束したのだ」そして、椅子から立ち上がりかけた。厳しい顔つきをし、居心地悪そうにしている。「それでは、次回の同胞団の会合では、何と言うべきだろう？　君がその紙片を戻すということで私も合意したのだが」

「戻すわ、アーサー。紙片は必ず返すと約束する。ただここを退院して、参考文献の相互参照をすべて確認するまでの時間の猶予をお願いしたいの。私は偶然、氷山の一角に遭遇した。十分な時間さえ与えてもらえれば、氷山の見えていない部分もすべて浮上させることができると思うの」

セルダムは最終的な決断を下したようだった。

「君が病院から退院するまでしか、私は待てない。同胞団の中でこれ以上君を擁護することはできないし、ピーターセン警部がこの件について尋ねて来たら、嘘をつくわけにもいかない」

「でも、警部があなたに聞きに来る理由があるかしら？」クリステンは言った。「私は紙片のことは何も話さないし、その存在を知っているのはそもそも、私たち三人だけ。そうよね？」欠片の疑念も抱いていないようすで、信頼を込めて、私たちを再び見上げた。

ドアが開き、一人の看護師が頭を病室に突っ込んできた。感心しないという目つきで私たちを見ている。

「あなたと話したいとおっしゃって、警部がいらしてます」とクリステンに言った。

「お会いになる準備はできてます？」

「今なら大丈夫よ」とクリステンは言って、果敢にももう一度私たちに微笑もうとした。

十章

「階段で降りよう」とセルダムは言った。「今はまだピーターセン警部と出くわしたくない」

廊下の突き当たりまで行き、階下に通じるスイングドアを押したところで、階段をあえぎながら上ってくる警部の恰幅《かっぷく》のいい姿が現れるのを見た。

「セルダム教授！　いや、これはたまげた」皮肉を込めて警部は言った。「どうやらお互いエレベーターを使うのが好きではないようだな。下の階で例の娘の母親と話をしたら、急いで上がっていけば、まだ君がいるかもしれない、と言うのでね。我々のちょっとしたおしゃべりは、まだお預けになっていたんじゃなかったかな？　七階のカフェテリアで、二人で待っていてくれるというのは、どうかね？　君の教え子とちょっと話をしたら、コーヒーを飲みに上に行くよ」

セルダム教授は理由をつけて断ろうとしているようすだったが、最後の瞬間に思いとどまり、唇を引き結んだまま、同意のしるしにうなずいた。私たちは廊下を引き返してエレベーターまで戻り、セルダム教授は若干の動揺と諦めを漂わせながら、七階のボタンを押した。私は、ローナのシフトが終わるまで時間をつぶしに、一度だけそのカフェテリアに行ったことがあった。まだその中にローナの姿があるような気がして、テーブルに座る看護師たち一人ひとりに視線を投げずにはいられなかった。今は改装され、明るい感じを出そうと、さまざまな色合いの電灯やカーテンで彩られていたが、その成果はまったく出ていなかった。おそらく、回復期の患者の車椅子やサージカルマスク、カテーテルの作用を打ち消すのは難しいということなのだろう。私は直感的に最も入口から遠い窓の隣に席を探してトレイを運んだ。セルダムは黙ってコーヒーをすすった。彼は何かを心配しているようにも、心を痛めているようにも見えた。その時、クリステンの病室のドアのところで待っていた女性と同じような長いグレーのスカートを身につけた女性が二人、入ってくるのが視界に入った。

「あの女性たちを見ると」セルダムは言った。「悪寒がする。メソジスト派のどこかの分派らしいんだが、私が集中治療室から出ると、側から離れてくれなくなってね。わずか二日の間にクリステンにしたことは、信じがたいと思わないか？　死が頭から離れず、最大限に弱っている時を狙《ねら》って襲いかかるすべを知っているのだ。しかし、クリステンがあんなふうに引きずられてしまうとは、想像もしなかったよ。公理の体系や逆説の機微、論理的な前提条件の一貫性において鍛えられた数学的知性を何もかもかなぐり捨て、子どもの教理問答書に描かれた神を再び受け入れるなど、どうして可能なのだろう？　君も彼女の言葉を聞いただろう。はるか上の方にいる誰かが守ってくれると信じているから、怖くはないと言っていた」

セルダム教授は、まるで彼の教え子を永遠に奪われてしまったかのように、当惑し、落胆しているようだった。

「おそらく、一時的なものですよ」私は言った。「事故から生還した人たちにとって自然な反応なのだろうと思います。自分たちの身には、特別な形で運命によって定められた奇跡が起きたのだ、と感じるのです。教授自身、『論理の美学』に書いていらっしゃいませんでしたか？　誰しも、統計学の海で偶然に生じた例、ガウスのベル曲線に分布する無作為の数字になどなりたくないのです。誰もが運命づけられた奇跡、何かより崇高な存在によって触れられたと信じたい。クリステンも退院したら、以前の彼女に戻るのではないですか」

「私には分からない」セルダム教授は言った。「クリステンの博士論文のテーマが何だったか、知っているかね？　ゲーデルが彼の生涯で行った最後の講演についてだった」

「ギブス講演（Josiah Willard Gibbs Lectureship ギブスに敬意を表して毎年授与される数学賞。ゲーデルは一九五一年受賞）ですか？　しかし、あの講演では、ゲーデルは神秘主義の入り込む一定の余地を残していたように思います。プラトン哲学のアーキタイプのような、特定の数学的なパターンや対象が先験的に存在する可能性です。天はいつだって人間の理性による構築物のはるか彼方にあります。プラトン哲学はすべての数学者たちが真に信奉する、秘められた宗教であると、いつだったか教授が私におっしゃいませんでしたか？　数学者たちというものは、月曜日から金曜日まで全員がプラトン信者であって、それは週末に通っているかもしれない教会とは関係ないとも？」

「それが現実的な考え方だ、と言ったのだ」セルダムは、幾分焦《じ》れているようすで言った。「それは、一定の段階までは避けられない。君が散歩した距離を測るとき、地球の湾曲を考慮に入れないのと同じだ。しかし、地球が平坦《へいたん》であるかのように歩いたとしても、実際にはそうではないことを私たちは知っている。そして、クリステンの場合、当時戦わせたすべての議論において、彼女は間違いなく無神論者だった。ゲーデルが暗示した命題に反するものをむしろ支持しようとしていた。選択の公理、ブラウワー（Luitzen Egbertus Jan Brouwer1881～1966　蘭数学者。トポロジーにおける不動点定理など）の自由選択の行動、非決定論的チューリング（数学者、ナチスのエニグマ暗号機の暗号を解いた。初期のコンピュータを考案）の機械による神託、非ユークリッド幾何学を研究していたんだ。つまり、人間による意図的な選択を必要とするあらゆる数学的構築物についてだ。当然、私たちは、幾度となく宗教について話をした。そして、私の考えでは、クリステンは実のところ、宗教を否定していたと思う。宗教は母親のことを、そして、彼女が生まれた小さな保守的な村について彼女が憎んでいたすべてを思い出させたからだ。いずれにしても、アインシュタインがそうであったように、クリステンが宇宙の調和、人類の出現以前の普遍的な秩序という考え方を信奉したのなら、理解できる。だが、幼年期に退行し、彼女を気遣う人格を持った神がいるという考えに戻るとは……」

教授は、この驚きを分かち合って欲しいとでもいうように、こちらを見た。私は、彼に思い出させてしまいそうになるのをこらえるため、固く口をつぐむしかなかった。結局のところ、彼もまた同様の——方向性こそ逆だが——ある種個人的な迷信を、彼に仮借なく不幸を与えた運命への恐れを抱いていたからだ。

「クリステンが紙片のことを話した時の、あの狂信的な輝きを帯びたまなざしに、君も気づいていただろう。私にとって最も気がかりだったのは、おそらくあのまなざしだったのだと思う。私がすっかり忘れてしまっていた何かを思い出させたからだ。そう、宗教について話していたところだったね。若い頃、私は当時非合法だった英国共産党の党員だった。私と友人たちには、マルクス主義を教えてくれるチューターのような人がいてね。若い生物学者で、弁証法的唯物論の原理や、エンゲルス（Friedrich Engels 1820～1895 社会政治思想家。カール・マルクスと協力して労働者階級の歴史的使命をあきらかにした）の《反デューリング論》（Uugen Duhring マルクスのマルキシズムに代わる独自の社会主義を提唱）における生命の起源と創造についての議論、貧困が広がる中で剰余価値が握る経済上の鍵、あらゆる分野における科学的唯物論の優位性といったことを説明してくれた。そうしたことを彼は飽くなき情熱を込めて語った。密かにソ連に渡り、帰国すると、一人で英国の労働者階級に武装蜂起《ほうき》を促すことができると確信したようだった。彼は素晴らしい雄弁家だった。共産党内でたちまち出世し、リーダーの一人になるだろうと、私は何の疑いもなく思っていた。

私は大学院で学位を取るためにドイツに行ったので、彼の消息は途絶えてしまった。そしてここに戻ってきた時はじめて、彼が共産党を去ったことを知った。二年後にあるパブで彼に再び出会った。彼はすでに何杯かビールを飲んでいて、私と一緒にさらに二杯ほど飲んだ。何が起きたのかと聞いてみると、彼は天啓を得たと言い、今日クリステンがしていたように目を輝かせて、ラエリアン・ムーブメント（「ラエル」と名乗る仏人ジャーナリストが創設した無神論を掲げる団体。異星人から人類の起源と未来に関するメッセージを受け取ったとされる）のメンバーになったと語った。かつてと同じ高邁な決意と確信に満ち、彼は今、不死の秘密をもたらすであろう地球外生命体や、地球にやって来るであろう空飛ぶ円盤、そして、教会のことを語った。別世界の存在を歓迎するために、エルサレムに教会を設置すべく、資金集めをしているのだという。私は深い感銘を受けた。あたかも、中身を取り出されたにもかかわらず、私がかつて知っていたのと同じ特徴、身振り、声のトーンをいまだ保持しているトーキングマシンに耳を傾けているかのようだったからだ。以前、鎌《かま》と鎚《つち》を組み合わせた紋章のついた債券を提供してくれた時と同じように、彼はすばやくラエリアンの星とモノグラムのついた宝くじを取り出した。私は、できるだけ早く逃げ出すためだけに、すべて買い上げた。この一件の後から、私は自問しはじめた。この種のコペルニクス的な転換、信じていたことすべてを極端な形で放棄し、一つの信念体系を真逆のものに置き換えてしまう事例を説明しうる深遠な理由は何なのだろうかと。ニーチェなら、すべての価値観が逆転した、と言うだろう。私は、脳の具体的な働き、ニューロンのつながりの問題やルリア（Alexander R. Luria 1902～1977 ソ連の神経心理学者）の研究にさえ興味を持ち始めた。

「もしかして、クリステンが脳に損傷を受けたかもしれないと思っています？　彼女の場合、酷いトラウマ的体験をしたばかりです。でも、それは一つのフェーズに過ぎないのではないでしょうか」私は言った。

「そうかもしれない。君の言う通りだと良いのだが」セルダム教授は私の肩越しに向こうを見て、眉をつり上げた。コーヒーを注文し終えたピーターセン警部が、トレイを持って私たちの方にやって来た。手を添えたカップをテーブルに置き、同時に別のテーブルの椅子を引き寄せ、私たち二人の間に座った。

「ようやくだ」警部は言った。「君が私を避けようとしているのではないかと考え始めたところだった。君には説明する義務があるのでは？　数日前から階下に監視の警官を一人貼り付けているが、未だにその理由が分からない」

「実を言えば、確かにあなたを避けようとしていた」セルダムは認めた。「しかし、それはただ単に、あなたに対して、いや、私自身に対しても、十分に妥当だと思われる説明ができないからだ。あの日、あなたに電話した後、私は自分を恥じた。間違った衝動に駆り立てられたのではないかと思った。その間にも、警察が車の運転者をつきとめていはしないかと私は期待していた。想像した通り、酔っぱらった学生だったとね」

「車についても、車の運転者についても未だ何の手がかりもない。しかし、この種の捜査は通常、耐え難いほどの時間を要するものだ。車にはほぼ確実に損傷の痕跡が残っているだろう。そして今はもう隠されているに違いない。どこかの鍵のかかったガレージにね。あるいは、車で街から出て、北の方のどこかの解体所に持ち込んだのかもしれない。残念ながら、歩道にもなんの痕跡も残っていなかった。雨が降り始めたのは夜だった。どんな些細なことでも捜査の助けになる、何か思い出せることはないかと、あの娘には尋ねてみたが、衝突の瞬間はごっそり記憶から消えているという。最後の記憶は、映画館で君に出会ったことだというのだ」私に向かってそう言い、突き刺すように鋭いまなざしを向けた。「君と彼女はどの程度の知り合いなのかな?」

私は驚いて警部を見た。

「ほとんど知らないです。彼女に会ったのはあの時が生涯で二度目ですから」

「そうだとしたら、君がここにいるのはおかしいのでは?」

私は困惑した。これ以上のこととなると、どの程度話してもいいのか分からなかった。

「クリステンに頼まれたんだ。私たち二人に会いたいと」セルダム教授が助け舟を出した。「映画館で彼に出会ったことを覚えていたので、彼が同席してくれれば、残りの記憶を思い出す足がかりになるのではないか、と考えたのだ。あなたと話をしなければならないことが分かっていたから、できるだけ多くの記憶を思い出したいと望んでいた」

警部は顔をしかめながら、同意した。

「その通り。彼女もそう話していた。誰か彼女を傷つけたいと思っている人に心当たりがあるかとも尋ねたが、思い当たらない、との答えだった。それで、事故の前の数日間、何か普通でないこと、あるいは、何か脅威を感じるようなことに気づかなかったか、聞いてみた。彼女はしばらく考え込んでいたが、やがてこれを私に見せてきた」

警部は、クリステンが私たちに見せてくれた写真を、ポケットから注意深く取り出して、テーブルの上に置いた。警部のがさついた、染みだらけの手と並ぶと、その写真は一層陰湿で倒錯した、独自の生命を持ち始めたかのようだった。

「クリステンは事故に遭った日の朝、宛て名書きのない封筒に入ったその写真をレターボックスで見つけた、と言っていた」

「ええ」セルダム教授は言った。「私たちにもその写真を見せてくれた」

「振り返ってみると、彼女の注意を引いたのは、写真そのものではなく、封筒に何も書いていなかったことだったと言っていた。だがその時は、彼女もそこにあまり重要性を見いだしていなかった。普段から彼女は、キャロルに関するありとあらゆる種類の資料を受け取ったり、交換したりしていたそうだ。誰がその写真を送ったのか突き止めるところまでまだ手が回っていなかった。この封筒に関しても、完全に理にかなった説明があるのかもしれない、と彼女は言っていた。例えば、クリステンの指導教授は、似たような感じの封筒を普段から彼女宛てに残していくが、封筒には必ず彼のイニシャルが記してある。でも、その日は手元にペンがなかったのかもしれないとね。私はその教授の名前を聞いた。その他、彼女が資料のやりとりをしている、多数の司書たちやキャロルの研究者たちの名前も。それからもう一度、聞いてみた。どんなに馬鹿げたように思えることでもいい、誰かが故意にこんなことをするかもしれない理由について、何か思いつくことがあるかとね。そして、その時、私は彼女に言った。実際、誰かが彼女に危害を加えようとしているのかもしれないと、セルダム教授は信じていたと。病院での警察の警護を依頼する電話が、君からかかってきたからね。彼女は、君が電話したことは知っていたが、少々考え過ぎではないかと自分には思えた、と話していた。彼女はギルドフォードに保管されていたキャロルの文書記録の中から見つけた数枚の文書を調べていて、翌日の同胞団の会議でそれを披露しようと思っていたと言っていた。ただ、それらの文書は誰にとっても危険なものではなく、そのために自分が襲われたとは決して考えられないともね。誰かが彼女を殺したがっていると君が考えた理由は、彼女にはよく分からないと言われた。まあ、いずれにせよ、この件については君と話すべきだと思ってね」

警部はここで口をつぐみ、沈黙した。ついに話さなければならない時が来たのだ、もう逃れられないぞ、とでも言うように、教授を見ている。

「彼女が話したことはすべて事実だ。私の懸念は度を超していたかもしれない。すでに話したように、私はあの電話について詫びたかっただけで、あの写真と封筒の件が解決した暁《あかつき》には、やはり謝罪は必要だろう。だが、解決を見るまでは、あなたに電話した理由と、なぜいまもクリステンの身が危険だと考えているのかをむしろ話しておくべきだと思う」

セルダム教授はどこまで、どのくらい詳しくピーターセン警部に話をするつもりだろうか、と私は思いをめぐらした。クリステンの病室を離れる時、どんなに気が進まなくても、退院するまで彼女を守るしかないのだということを、教授は受け入れたのだろうという感触があった。だが、今すべてを警部に打ち明ければ、明かさないと約束したその紙片のことも必然的に話さなければならなくなると私は気づいた。セルダム教授自身もジレンマに陥っているのだろう。警部の話を聞く限り、クリステンはどうやらギルドフォードの紙片について詳細を話さずに済ませるすべを見つけたようだったが、本当にそうだったのだろうか？　セルダム教授も同じことを自問しているようだった。

「ギルドフォードの文書について、クリステンはどの程度話しましたか？」教授は尋ねた。

「すべてを話してくれようとしたよ」警部は言った。「キャロルの日記についてだとうとか、親戚《しんせき》だかに破り取られたり、都合よくインキの染みがつけられたページの話とか。細かい話にはついていけなかったがね。参ったよ、彼女はあの件に、心底情熱を注いでいるらしいね。頭がくらくらしてきて、途中で彼女を制止しなければならなかったくらいだ。発見された文書は、収集家にとって価値があるものなのか、その文書に巨額を投じてもいいと思う者がいるものなのかどうか、聞いてみたのだが、彼女は『いいえ』と答えた。君もそう思うかね？」

セルダムはほっとしたようだった。クリステンは、ほとんどすべての真実を話す作戦を選んだが、微に入り細に入り怒濤《どとう》の勢いで話したので、ピーターセンはある時点で彼女についていけなくなってしまった。だから、彼女がその紙片の話をしなければならなくなる前に、警部は自ら手順を端折《はしょ》って、その文書に金銭的な価値があるのか、と聞いてしまったのだ。セルダム教授がいつか言ったことが思い出された。警察の論理では、所有の二つの最も基本的な形態である、金と嫉妬だけが重要な役割を持つと。セルダムは頭を振って否定したが、それは彼なりの真実を語る流儀だった。

「いや、クリステンが見つけた文書は、それ自体には、物質的価値はない。最悪でも、何冊かのキャロルの伝記本の特定の段落について、訂正が必要になるか、矛盾する内容が提示されるか、それくらいの害しかない。何人かの評判を少々、傷つけるくらいだろう。だが、それとはまったく別の理由から、この件にはかなりの大金が絡んでいる」

そしてセルダム教授は、私に語ってくれた話——日記の出版に関して、同胞団内部で見苦しい言い争いが勃発《ぼっぱつ》したこと——を繰り返した。ピーターセン警部は、ついに問題の裏に自分好みのネタを見つけたとでもいうように、時折うなずいていた。

「これは私が抱いた印象に過ぎないのだが」セルダムは自分を正当化するように言った。「その議論を通して、長年会ってきた人たちを、まったく知らなかったのだと初めて感じさせられた」

「だが、クリステンが披露しようとしていた文書が、どうしてその取引に混乱をきたしたり、台無しにしたりするのか?」

「例の文書の存在は……取引を遅滞させる可能性がある」セルダム教授は言った。「私たちが信じている通りに、もしその文書がキャロルについてのこれまでの見方と矛盾するような側面を明らかにするようなことがあれば、これまで彼について書かれ、信じられてきたことすべての見直しを余儀なくされるかもしれない。それに、大至急、金を必要としている誰かがいた可能性もある」

ピーターセン警部はしばらくの間考え込んだ。

「しかし、たとえそうだとしても、なぜ彼女を襲うのだろうか? それではメッセンジャーを襲うようなものだろう。文書の写しもあるに違いないし、私が知る限り、彼女はその文書を携帯さえしていなかった」

どのようにセルダムは、一層薄くなっていく氷の上を渡っていくのだろうか、と私は思いをめぐらした。

「理由は分からない」より安全な場所に滑り込んで、セルダム教授は言った。「私にもわけが分からない。単なる偶然の一致に過ぎなかったのに、感化されてしまっただけかもしれない。彼女が車に轢かれたと聞いた時、皆で到着を待っていたところだった。そう、あれは事故に違いないし、従って偶然の一致だったのだ。とはいえ、この写真の問題には説明が必要だ」

ピーターセン警部は、セルダム教授が挙げた懸念を自分もまた抱くようになったことが、相当心外であるかのように、ため息をついた。

「その封筒を置いて行った人を、誰かが見たかもしれない」警部は言った。「部下を一人、研究所に派遣しよう」

「可能性はある」セルダム教授は懐疑的な口調だった。「しかし、誰かが注意を払っていたとしたら逆におかしいかもしれない。レターボックスは入口ドアのすぐ近くにある。最近の改装で、郵便配達人の仕事が楽になるよう、その位置に設置することにしたのだ。一方、秘書のオフィスは、廊下を更に入った場所にそのまま残されている。だから誰でも通りから直接入って、誰にも気づかれずに手紙を置いていくことができるわけだ。たまたまその瞬間に、秘書が姿を現すか、教授の誰かが自分のレターボックスを確認していたりしない限りは……しかし、もちろん、尋ねてみる価値はある」

「君自身の写真に対する考えは？」

「分からない」セルダム教授は言った。「キャロルの生涯のいかがわしい側面を思い出させたい誰かの仕業かもしれない」

「何らかの形で小児性愛者を排除したい誰かが、キャロルの日記が書店に並ぶのを阻止しようとしたとか？」

「可能性はある」セルダム教授は繰り返した。「しかし、先日の会議で見たことを考えると、出版社の支払う金額が発表されたら、日記が出版されないようにするには、メンバー全員を殺すしかないだろうな」

十一章

私はセルダム教授と一緒にエレベーターで下へ降りたが、一階に着くまで待ってから、話しかけた。離れていても警部に聞こえてしまうかもしれないとでもいうように。

「すんでのところでしたね」私は言った。「警部が文書のことをもっと詳しく聞いてきたら、何とおっしゃるつもりでした？」

「分からないね」セルダム教授は言った。「おそらく、真実を言っただろう。あいにくと、最初に私が思いつくのはだいたいいつも真実なのでね。だが、警部は聞いてこなかった。とはいえ、次回も聞いてこないとは限らない。日々の生活において、真実はほんの一歩先にあるものだが、その一歩を私たちは往々にして踏み出さないのは、不思議だと思わないか？　私たち数学者たちは、偏執的だと言われている。しかし、小さなステップをもう一歩だけ先に進めなかったために、十分に徹底的にやらなかったために、証明されずにそのままになってしまった定理がどのくらいあるのか、一度でも考えたことがあるかね？　私たちが考察し、推測し、そして放棄したものの中に、直感的跳躍をあと少し、方向転換をあと一つ、計算に基づいた手法をあと一種類、というところまで行ったものがあるだろうか？　最初の結果を証明しようとした時、私が絶望したのはまさにここだった。私の推測は正しかったが、論理の木の分岐した枝の中で、可能性の迷路の中で、王道《ヴィア・レギア》、すなわち正しい小さな扉へとつながる枝を見落としたのだ。あるいは、最低でもすべての鍵を試したという認識を逃した。だが少なくとも、ピーターセン警部は、クリステンの病室の監視を中止しなかった。

私たちは病院の表の階段を降りて、街路へと出た。病院の外に出ると、普段通りの生活が再び顔を出す。樹々や、車や、様々な音や彩り。セルダム教授はその場を離れる決心がまだつかないようだった。

「同胞団でもう一度、会合を招集する」セルダム教授は言った。「君には今回も来て欲しいんだ。例の紙片に関して私たちが知っていることはすべて皆に話そうと考えている。この重荷を一人で負い続けたくないんだ。だが何より、伝えた時の皆の表情、それぞれの反応を見てみたいと思ってね。その時に、君にもその場にいて欲しい。驚いたようすのない者が一人いるかもしれない」

私はうなずいた。「その誰かは驚いたふりをするかもしれませんから、私たちも気がつく可能性がありますね」

「何人かがすでにクリステンのことを私に尋ねてきた。最善の意図をもって尋ねているのだといいのだが」この最後のコメントを後悔するかのように、彼は言った。「何と嘆かわしい……メンバーたちのことを、こんなふうに考える日が来ようとは想像もしていなかった。ピーターセン警部が最後には犯人の車を見つけてくれて、すべてがまた元に戻ることを願うばかりだ」

その時、誰かがよろけながら階段を降りてくるのが見えた。頭を垂れ、こらえきれず号泣している。苦悩に打ちひしがれたクリステンの母親だった。私たちを見つけると、二、三歩近づいてきた。

「クリステンはもう二度と歩けないだろうと、たった今、宣告されました。子どもを持つこともかなわないだろうと。もう一度、病室まで上がっていく気力が私にあるとは思えない。どうやって伝えれば？」私たちが答えてくれるのを期待するかのように、こちらを見た。「そもそもどうして彼女にそんなことを言えるでしょう？」

セルダム教授は、高波に呑《の》み込まれるかのように、彼女の苦悩に圧倒されているように見えた。不幸を招く例の秘密の法則が非情にも再び現実となった、と感じているのかもしれない。彼は、身を守るすべがないといった素振りで、頭を下げた。クリステンの母は、絶望のあまり、教授の腕をつかんだ。

「こんなことをした奴を探し出してやる、とどうかおっしゃってください。名前を教えていただくだけで結構です。後は私がやりますから」

涙で濡れた、赤らんだ顔に、哀願するような表情を浮かべた彼女は、盲目的な信仰をもって、オックスフォードの貴族《ドン》に懇願する、中世の農婦の絵そのものだった。セルダム教授はなにごとか私が聞き取ることができなかった言葉を呟き、まるでその場にはもう一秒たりともいられないとでもいうように、表情を一変させ、そっけない素振りで別れを告げた。

その日の午後、セルダム教授からの新たな招集のメールが届いた。集会はわずか三日後の金曜日に開催するという。この件でセルダムの手が焼けこげそうになっているかのように急だった。こんなに直前の通知で皆を集めることができるのだろうかと私は自問した。翌火曜日の朝、レイトンのオフィスに自転車で向かっていると、シャロンがまた一人で入口の鉄格子と格闘しているのが見えた。私は自転車を止め、声をかけた。彼女は愛想よく笑みを浮かべて応えたが、その態度はどこか引いているように思えた。どうかしたのだろうか、と自問しつつ、その理由を推し量ろうとした。

「木曜日、フランケンハイマーの連続上映会に行ったんだ」私は言った。「君に会えると思って」

「そうよね、知ってる。私もいたけど、あなたは気がつかなかった」

「どうしてそんなことがあり得る？　僕はロビーで長いこと列に並んでたけど」

「『セコンド』が上映されていたシアターの案内係をしてたの。中からあなたがクリステン・ヒルと話をしてるのが見えたわよ」

そういうことか、と私は心の中で思った。

「君がクリステンと知り合いだったとは知らなかったよ」私は言った。

「私も、あなた方二人が知り合いとは知らなかったわ。クリステンは週末にこの店を開ける係なの。もしかして、それも知らなかった?」信じられないと言わんばかりに、彼女は私をじっと見た。

「実を言うと、知らないんだ。一週間足らず前に、数理研究所で知り合ったんだ」

彼女は辛辣《しんらつ》な笑みで顔を歪めた。

「あちこちで、たくさんの女の子と知り合えて、何て運がいいのかしら」シャロンは言った。「時間をずらして、かぶらないようにしているんでしょうね」

「そんなことないよ」私は抗議した。「実際、彼女のことはほとんど知らないし。二、三回、話をしただけだよ」

「よしてよ」気分を害して、シャロンは言った。「二人を見たんだから。どんなふうに見つめ合っていたかも、彼女が泣いていたところも見たわ。私でさえ肩を貸して泣かせてあげようと思ったくらいよ」

「映画を観て泣いていたんだ」困惑して私は言った。

「お願いだからやめて」シャロンは言った。「自分の目で見たことは分かっているし、クリステンのことも十分に知ってるの。あんなふうに映画でなんか泣かないわ」

何を言えばいい？　彼女が想像したあれこれの中で、ただ一つだけ真実があった。それは、あの夜、私がどのような目でクリステンを見ていたかだった。残念ながら、彼女が想像した場面全体は、真実ではなかったけれども、その唯一の真実の瞬間を彼女は自分の目で目撃していた。彼女とはもう絶望的だと私は悟り、再び自転車に乗るために彼女から離れた。

「もちろん、あの夜、彼女が映画館からの帰り道、車に轢かれたことは知っているよね？　今も、入院中だ。危うく命を落とすところだったんだ」私は彼女に言った。

「ええ、知ってるわ。ニュースで見たの。昨日、クリステンが母親に頼んで、私に電話が来たの。彼女の分もシフトに入ってくれって言われたわ。今日の午後にでも、見舞いに行こうと思ってて。絶望のあまり、故意に……自分で仕組んだ結果でないことを願うわ」シャロンはその目にかすかに疑惑の影を宿しながら、私を再び見た。

「君は一体何を言っているんだ？」今度は私が腹を立てる番だった。「君は誤解している。それも、非常に大きくね。僕が知っていることを話せないのは申し訳ない。でも、どのみち、君は僕の言うことを信じないと思う」

私は怒りに任せてペダルを踏みこみ、その場を去った。一連の出来事から学ぶべき教訓があるのだろうとは思ったが、それが何なのかは確信が持てなかった。その教訓が自制という嘆かわしい道徳則、あるいは、一度に一人の女性と過ごすことを勧めるヴィルヘルム・ライヒ（Wilhelm Reich 1897～1957　オーストリア出身の医学博士。フロイトの古典的精神分析を今日的自我心理学に発展させた）風の性経済論が掲げる何らかの原則であることを、私は受け入れることはできなかった。人生はそもそも非常に短いのだから、それほどしみったれたものであるはずがない。私たちの慰めようのないほど哀れな有限性や二つの永遠のゼロの間に横たわるデルタ関数の最小のひらめきが、少なくとも恋愛関係の多重性を推進してくれることは、より理にかなっているようには見えないだろうか？　そして、何より、二人に同等に引かれたからといって、私は責められるべきなのだろうか？　包帯に包まれ、生涯にわたり身体の自由を失ったクリステンの姿を見、怒りと軽蔑に燃えたシャロンの栗色の目――それでも、とても美しいのだが――が私に注がれているのを感じる今でさえ、私はどちらか一方の女性を選ぶことができただろうか。だがめぐり合わせは勝手に、二人とも私のもとから去って行くことを決めてしまったのだった。

十二章

セルダム教授は、同胞団に送った二度目のメールで、最初のメッセージに関連することについては一切漏らさず、《ギルドフォードでの発見》以上のことには触れないように気を配っていたが、メンバーの好奇心は著しく増してしまったようだった。金曜日に私がクライスト・チャーチ・カレッジの会場に着いた時には、テーブルのまわりの前回座っていたのとまったく同じ席に、すでにほぼ全員が顔を揃えていた。まるであのとき以来ずっとそこで動かずにいたかのように。何人かの服装の変化（ローラ・ラッジオの興味深いドレスを見て、そのことにはすぐに気づいた——なぜなら私もまた彼女の向かい側の、前回と同じ席を選んだからだ）だけが、このテーブルでの時間が止まってはいなかったことを証明していた。私はここ数日、セルダム教授を見掛けておらず、彼からの連絡も受けていなかった。複数主催しているセミナーの一つを開催するために、リーズか、近頃よく足を運んでいたケンブリッジにでも行っているのだろうと私は思っていた。教授が入口に姿を現した時、額のそここにチョークの跡がついていた。どうやら授業を終えて直接やって来たようだ。教授が私の隣に着席するとすぐに、レナード・ヒンチが入って来た。彼の登場は、セルダム教授を狼狽《ろうばい》させたようだった。教授が目立たないようにラネラフ卿に身振りで合図をするのが見えた。二人はコーヒーのピッチャーの傍らで落ち合って、二言三言、言葉を交わした。

教授は席に戻ってくると、私に囁いた。

「日記の出版に関して新たな提案を持ってきたというので、会議に参加させることにしたそうだ。この件も本日の議事に加えられる。もうひとつの出版社のオファーに対抗するために、自宅を抵当に入れたらしい」

セルダム教授が視線を上げると、まわりの人々がいっせいに口をつぐみ、教授に注目した。

「あの娘はどんな具合なの？」ジョセフィンが尋ねた。「二度と歩けないって本当なの？」

「そうよ、アーサー。話してちょうだい。可哀想なクリステンはどんなようすなの？」ローラ・ラッジオが耳に心地良い声でつけ加えた。

セルダム教授はまず、話を始める正式な許可をラネラフ卿に求めるかのように、彼を見た。そしてラネラフ卿は、会議録に出席者の名前を書き終えようと急ぐヘンリー・ハースに視線を投げた。

「今、ヘンリーが出欠の確認を終えたので」ラネラフ卿の声は厳粛な響きを帯びていた。「これから、クリステンについての情報をもう少し教えてもらえることと期待している。当然、我々は、彼女の容態を非常に憂慮している。何人かは病院に電話を入れたが、クリステンはまだ話ができる状態でも、見舞い客を受け入れられる状態でもない、と病院から言われている。しかし、アーサーは彼女と会い、話すこともできたそうだ」

セルダム教授はテーブルのまわりの期待に満ちた顔を見渡し、仔細に観察した。私も、同じことをするべく心の準備を整えた。教授は最初、ジョセフィンとローラの質問に対する遅ればせながらの回答をしているかのように、彼女たちだけに語りかけているように見えた。

「皆さんがお聞きになったことは、残念ながら真実です。彼女は非常に難しい手術を受け、脊髄にも影響が及んでいます。彼女は二度と歩くことができないでしょう。彼女の母親からは、子どもも持つことができないだろうと聞いています」

小さな恐怖の叫び声、つぶやき、茫然自失の身振りがそこここで起きた。私は、何を探すべきかよく分からないままに、できるだけすばやく人々の顔から顔へと視線を走らせた。

結局のところ、他人の不幸に対する反応には、常に幾分かの芝居がかった要素、経験により身についた反射的な応答という側面があるものだ。古くからの性別に応じた感情面での線引きに従い、二人の女性は、押し殺した叫び声を上げることを自らに許した。私の正面に座るローラの目には、涙の気配さえ認められた。男性たちもまた、慣習として認められたそぶりを示していたが、それは最小限に抑えられていた。アルバート・ラッジオだけが、無言で不当さを嘆くかのように、両腕を半ば上げ、そして力なく下に落とした。レイモンド・マーチンは頭を振り、舌を鳴らした。皮肉を介して自らを表現する人々は、人間の生の痛みを前にすると、戸惑ってしまうものだ。残りの人たちについて私が目にしたものは、頭を垂れるか、眉を半ば上げるか、視線を避けているかしている姿だけだった。そのうえ、彼らが感情を一切表現しないように長い間訓練されてきた英国人であるという事実が、私の役目をより困難にしていた。私が見たものをほんのわずかでも超えた反応を示せば、疑わしく思われるのだろう。セルダム教授は、最初のショックの瞬間が通り過ぎるのを待って、再び彼らに視線を据えた。

「しかし、リチャードが言ったように、私はクリステンと話すことができました。彼女がギルドフォードで行った発見について、皆さん全員と共有しなければならないことがあります」

そして教授は、クリステンからの最初の電話の内容——《日記から切り取られたページ》として目録に記載された項目、そして、対応するフォルダーの中に彼女が見つけた紙片について——を話して聞かせた。セルダムが話をする間、彼らの表情からは、深い集中、驚嘆、そして懐疑さえ読み取れた。しかし、今度も、どの表情、わずかな反応を見ても、違和感や見せかけのものはないように私には見えた。教授は、クリステンが説明した通りの話を、紙片についてした——多少皺になり、両面に文字が記され、裏面にアリスの生涯の重要な日付が書き込まれている。だが、誰にもその紙片を認識しているようなそぶりは見られなかった。セルダム教授は、話を中断して直截《ちょくせつ》に尋ねた。「どなたか他に、目録内での言及や、紙片そのものを見たことがある方はおられますか?」と。誰も答えなかった。しかし今、セルダム教授が一人ひとりの顔を順番に見ていく間、いたずらの最中に見つかってしまった子どものように伏せられている顔を注意深く観察していると、そこには羞恥《しゅうち》の兆候が見受けられた。ラネラフ卿は割り振られた役割どおり、助け舟を出した。

「この話はすこし前にすべてアーサーから聞いていた。私自身、何度もギルドフォードには行っているが、私は少なくとも、見過ごしてしまっていたことを白状しなければならない」

ドミノの列が倒れていくように、小さなつぶやきが渦のように広がるのが聞こえた。

全員が同じ過ちを共有して楽になったと感じたようだった。ただひとり、ソーントン・リーヴスだけが好戦的な口調で言った。

「以前、別の学生に目録を調べに行かせたことがある。だが自分の目で見たことはなかった。だから当然、その紙片については、私は何も知らない。しかし、もし我々が誰一人としてそれを見ていないのなら、すべてがでっち上げということはあり得ないのだろうか？　それとも、彼女は紙片を君に見せたのかい、アーサー？」

「クリステンは紙片を見せることを拒みました。それどころか、そこに書かれた文章を言うことすら拒否したのです。ですが彼女は、先週の金曜日、この場で、メンバー全員に対して、紙片の内容を明らかにしようと決意していました」

「この話を聞いてすぐ、私はギルドフォードに行った」ラネラフ卿が割って入った。

「本当に、《日記から切り取られたページ》という項目が目録にあるのかどうか確認するために。紙片はクリステンがすでに持ち去った後だったが、彼女が言っていた通り、フォルダーがあることは確認した」

「私たち二人は」セルダムはそう言って、大きく手を振り、私を含めるという仕草をした。「その文章の冒頭部分のコピーを見ることができました。手書きの文字は疑いなく、メネラ・ドッジソンのものです」

セルダム教授は続けて、私たちが行った専門的な検査について説明してほしいと私に頼んだが、ジョセフィン・グレイは私が先を続けることを許さなかった。

「後生だから、アーサー！　こんな状態でお預けなんて、生殺しもいいところよ！　その文章の冒頭部分はどうだったの？」

セルダム教授は、ラネラフ卿と無言で協議しているかのように、一呼吸置いた。そして、一語一語、はっきりと発音した。

「《ルイス・キャロルはリデル夫人から知った……》。クリステンが私たちに見せてくれたのは、そこまでです」

「《ルイス・キャロルはリデル夫人から知った……》」亡霊を呼び出す霊媒《れいばい》であるかのように、ジョセフィンはゆっくりと繰り返した。そして、その文章が持つ可能性のある、あらゆる意味合いが彼女の中で収斂《しゅうれん》するよう、目をつぶった。残りの人たちも同じように魅入られたようすで、残響を追い求め、沈黙のうちにその何語かに思いをめぐらしているようだった。

「それだけでは、あまり先へは進めないな」苛立ちもあらわに、ソーントン・リーヴスは言った。「未だにあの娘が私に連絡して来なかった理由が理解できない。この種の情報を彼女が伏せておくことを、私なら許しはしなかった。さらに言えば、この紙片を彼女が所持している状況は、明らかに正常とはいえない」

「おそらく、この文章が〈肯定〉している内容を追っていても、前には進めないだろうな」レイモンド・マーチンが言った。「しかし、その文章が否定しているように思える何かはある。リデル夫人がその日キャロルを呼び、非常に具体的なことを伝えたのは明らかだ。ソーントン君、これはルイス・キャロルがアリスとの結婚を申し込んだ場合の文章の出だしのようには見えないな。その場合は、文章は逆から始まったはずだ。《リデル夫人はキャロルから知った……》とね」

「その通りだわね」昔の論争を蒸し返すかのように、ジョセフィンが言った。「しばらく前に私が主張したように、もし、キャロルが結婚の話をしたかったのだとしたら、会合を要請したのは彼のほうだったはずだわ」

「あの日、キャロルが結婚の計画を話すために自発的に赴いたと、主張した覚えはないね」リーヴスは怒ったようすで言った。「私の推測では、リデル夫人は、彼がアリスと親密すぎることについて否定的なコメントをしたのかもしれない。そして、その会話の中で、アリスから永久に引き離される事態を避けるために、彼はおそらく最後の手段として結婚を申し出たのではないかとね。将来的に結婚することを取り決めるのは、当時としては普通のことだった。キャロル自身、従兄弟《いとこ》に対して、十一歳の少女と結婚するのはまだ待ったほうがいいと助言していた。しかし、私たちの誰もが完全な形で見られるはずの紙片に関して、いたずらに憶測をするなど、とても筋が通っているとは思えない。しかもその紙片を今、二十歳の奨学生が隠し持っているとは！　どうしてこんな事態になるのを君は許したんだね、アーサー？」

「確かにそうだ、アーサー。その文章の残りを吐き出すまで、どうして彼女の首根っこを押さえつけなかったのだ？」レイモンド・マーチンはリーヴスを軽蔑の目で見ながら、そう言った。

「クリステンは、彼女の発見を誰かが剽窃《ひょうせつ》するのではないかと恐れていた」セルダム教授は、主導権争いの中で冷静さを保っており、非難のまなざしをリーヴスに投げた。「それで、彼女の発見のことを同胞団の議事録に記録したらすぐ、紙片を元の場所に戻すことで彼女と合意したのです」

「何を彼女が恐れていたにしても、その紙片を手元に置くことを正当化するものは何もない」アルバート・ラッジオが言った。「もし彼女が車の衝突事故で亡くなったとしたら、あるいは、手術がうまくいかなかったとしたら、どうなっていたか想像してみろ」

　沈黙が流れた。それまで誰も声高に言わなかったことを、誰もが感じたようすだった。

「その通り。紙片は永久に失われてしまっただろう」セルダム教授が言った。

「しかし、その事態はまだ起こりうる。それも、いつでもすぐにだ！」リーヴスが再び攻撃してきた。「紙片は完全に彼女の手の内にある。これまでの振る舞いのように、彼女に思慮が欠如しているのであれば、それを損壊してしまう可能性だってあるだろう」

「どうしてクリステンがそんなことをするでしょう?」ローラは彼女を庇《かば》って言った。「アーサーの話では、彼女は明らかに紙片を見せるつもりだった。彼女の研究者としての将来はこのテーマにかかっているの。確かにそれは彼女にはっきり伝えておかなければならないわ」

「病院を退院したらすぐに、紙片を見せてくれるとクリステンは約束した」ラネラフ卿は言った。「そうじゃなかったかね、アーサー?」

「そうです」セルダム教授は言った。「しかし、退院には何週間もかかるかもしれません。クリステンの回復には非常に時間がかかるだろう、と彼女の母親から聞いています」

「そこで、出てくるのが次の質問だ」ラネラフ卿は言った。「本日の議事には、日記を出版する出版社を選定するための票決が含まれている。そして、この問題に関して、新たな提案があった。レナードには先ほど、書面で提出してもらった。この紙片の存在を知った時、アーサーと私は自らに問うた。注釈のやり方や、これまでキャロルの人物像をどのように描いてきたかに関し、この文章が及ぼす影響を評価できるまで、票決を遅らせるべきではないのか、と。しかし、私としては、この件について全員の意見を聴きたい。　契約と前払い金に関して、できるだけ早く結論を出したいと全員が強く思っているものと考えているからだ」

「クリステンは、その一文の登場により、キャロルに関する多くの疑問を別の角度から検討することになると、信じているようでした」セルダム教授が説明した。「ギルドフォードから電話をくれた時、彼女は有頂天でした。そして、病院で話した後、もう一度すべてを見直したいからと、キャロルの日記と書簡を持ってきてほしいと頼んできました。その紙片の影響は広範囲にわたるだろうと、彼女は確信していました。ただ、大学院の学生は、自分が成し遂げた最初の発見を、過剰な熱意の故に過大評価しがちであることは確かですし、私はそういったことを何度も見てきました」

セルダム教授は私のほうは見ていなかったが、私は自分が顔を赤らめているのを感じた。教授は間違いなく私のことに言及していた。しかも残念ながら、私の最初の発見だけではなく、二番目、三番目の発見についてもだ。

「もし、キャロル本人がそのページを破り取ったのであれば」ジョセフィンが言った。「衝撃的な新事実を期待できるかもしれません。キャロルが後になって後悔した、ある種の、不適切な振る舞いの告白といったものが。しかし、覚えていらっしゃると思いますが、そのページは実際には、キャロルの死後、彼の甥の二人の娘たちによって破り取られたことを私は証明することができました。彼はリデル夫人との会話の核心をそのページに記載したと考えています。彼の印象を悪くするようなディテールが書き込まれてしまい、そのことに彼自身も気づかなかったのだと。ドッジソン姉妹は何より、信心深い人物としてキャロルのイメージを描きあげたかった。これも覚えていらっしゃると思いますが、キャロルがアリスにひどく腹を立てた時のことを書いていたというだけで、ドッジソン姉妹が日記のまた別のページをインクで塗りつぶしたことも、私は証明することができました。ですから例の紙片から、私たち皆が知っていたのとは非常に異なった人物像が見えてきたとしたら、それは私にとっては大変な驚きです」

「私も信じないわ」思いがけずローラが議論に加わった。「その二人が、キャロルのイメージを確実に貶めるような内容を書面に残しておいたなんて。実際、それを避けるために、例のページを破り取ったわけだから。しかし同時に、もしクリステンが、その紙片が示唆していることをそこまで確信しているなら、ドッジソン姉妹が隠そうとした内容を再構築できる何かを、その文章から類推することは可能かもしれない」

「この議論は、同胞団に全般的、部分的に波及してくる」ソーントン・リーヴスは言った。「全般的にというのは、ルイス・キャロルについての書籍すべてだ。彼について、私たち皆が書いたものは、膨大なページ数になる。偏屈な二人の姉妹が書きつけたたったひとつの文章が、すでに知られていることの本質的な部分を危うくするかもしれない、そう信じるべきだというのか？　あの娘が発見したわけだから、彼女にとっては、疑いなく重大なことだろう。だが現実的には、どう見ても、今すぐ票決をとることを阻むものは何もない。その文章に書かれているかもしれない内容のために、契約の署名を先延ばしにしようと真剣に考える輩《やから》はいないと思う。いざとなれば、序文か脚注の中に、明らかになったちょっとした逸話を組み込むこともできるのだし」

「ある一点に関しては、私もソーントンの考えに賛成です」セルダムは言った。「時として我々は、迷信じみた思考に陥ることがあります。何か隠されたものがあったら、それは必ず貴重なものであるに違いない、と思い込まされてしまうのです。アルゼンチンの有名な思想家デ・サンティス（Pablo De Santis 哲学者）はそれを《隠された宝の理論》と呼びました。何かが隠されていたとしたら、それは宝に違いないというものです。私も拙著『論理の美学』の中で、このテーマについて研究しました。我々には周知の情報よりも、まだ明らかになっていない情報の方を過大評価する傾向があります。それは単純に、知られていないものは、未だ評価されていないからです。つまり、測定者による影響を受けないうちは、その情報は、無限の可能性の狭間《はざま》にいるエレクトロンのような存在です。しかし、この特定のケースの場合、私自身も暗示にかかったままでいることを自らに許容したのです。私はクリステンのことを充分によく知っていると思っています。ですから、クリステンが発見したことが重要であり、ある意味、予期しないものだったこと、そして、彼女自身の名を上げたいという個人的な関心を超越したものだったのだろうことを信じています。とはいえ、事を進めて、票決をとるべきだということに関しては、ソーントンの意見に賛成です（同じ会議で、二度意見が一致したという記録を打ち立てました）。この先、日記が出版されるまで、必要があれば見直しする時間はいくらでも取れるでしょうから」

ラネラフ卿は、部屋じゅうを見回し、誰にもこれ以上口を挟もうという意志がないことを確かめた。結婚しようとしているカップルが最後の最後で妨害されることを怖れるように、他に手が上がらないか、全員が気が気でないようすに見えた。

「それでは、全員が同意しているのであれば……レナード、すまないが、この件を議論する間、退出してもらえないだろうか？」

発行人はしぶしぶ立ち上がった。次に、ラネラフ卿の視線は私に注がれた。私もひどく気まずい思いで立ち上がった。

「ありがとう」ラネラフ卿は申し訳なさそうに、私に言った。「規定で、投票には正会員のみが出席できると決まっているものでね。だがその間、廊下に沿って設けられた我らが図書室に陳列された《失われた物語》レーベルの全コレクションを、レナードが君に披露してくれると思う。票決が終わり次第、君たちを呼ぶことにしよう」

十三章

私たちは廊下に出た。発行人レナード・ヒンチは、ガラス張りの書架を、気のないようすで私に指し示した。四つのセクションに分かれており、天井に達するほどの高さがある。書名に注目するのが一般的なマナーだろうと思い、私は上の棚から下の棚へと、一冊一冊、本の背に目を通し始めた。主として、そこにセルダム教授が書いた本も置いてあるのかどうか、知りたかったのだ。幸い、コレクションはアルファベット順に整理されていて、目指す本はすぐに見つかった。《三段論法を通して——キャロルの発見》という題名の、薄い本だった。ローラ・ラッジオの本も探したかったが、彼女の旧姓を知らないことに思い至った。尋ねようとしてヒンチの方を見たが、彼は非常に神経質になっているようすで、なにやら物思いにふけっている。投票の結果が気になるのだろう。私のためにガイドツアーをすることになどまったく関心がないようだった。気がつくと、彼はひっきりなしにポケットからチョコレートを取り出しては、口に運んでいる。とあるタイミングで、手を唇へと運ぼうとしているところを私が見ていることに気づき、申し訳なさそうにした。

「どうやらこの一大コレクションは、突然価値を失ったらしい」ヒンチは苦々しげに愚痴をこぼした。会議室の閉じたドアを恨みがましいまなざしで見張りつつ、私をちらちらと見てくる。「誰もがキャロルについてのちょっとした原稿を書き終えるたびに、私のところに駆け込んで来た。私に請い、圧力をかけ、媚《こ》びへつらったものさ。とにかくこの数を見てくれ。ボリュームのあるもの、そうでないもの、膨大にある。他の出版社なら、赤恥をかいていただろうな。キャロルの子ども向けフィクションについてだとか、彼の吃音《きつおん》を取り上げたものだとか。彼の足の魚の目、彼の説教、彼の洗濯代、それに、彼に踏みつけられたオックスフォードの哀れな小枝《ツィッグ》などを網羅したものもあったな。その後は、言うまでもなく、第二波がやって来た。キャロルについて書かれた著作に関する本やら、目録の目録やら。私はすべてにOKを出した。そしてついに、他の本を出版することで失った資金を幾分かでも取り返せる一冊が現れたと思ったら、こんなやり方で感謝を示すときた。召使いのように、廊下に追い払いやがった！　知っているかね、あの忌々しい作品群に捧げた生涯で、唯一買うことができた持ち家まで抵当に入れなければならなかったんだ。それもすべて、アメリカからの突拍子もないオファーに対抗するためときた。不公平じゃないか。国際的な出版社は、とてつもなく長い時間をかけて投資を回収できる。それに引き換え、私はこの先さほど長い年月、生きられるわけじゃない……だが」ヒンチはため息をついた。「そうは言っても、もっとひどいことだってあるわけだ。あの可哀想な娘だってそうだ。君はアーサーと一緒に病院に行った、そうなんだろう？　その後、クリステンに会ったのか？　若い者同士はお互い知り合いだ、と我々は思ってしまいがちだが」

「実のところ、クリステンのことは、ほとんど知りませんでした。でも、そうです、彼女が意識を回復した後、会いました」

「そうなのか？」興味を引かれたようすで、ヒンチは言った。「それで、どうしてそんな成り行きになったのかな？　ここの奴らも何人かクリステンに会おうとしたが、まだ話もできないし、見舞客も遠慮したいと、門前払いされたのを知っているのでね」

「クリステンが回復し始めた時に、セルダム教授に同行したんです。彼女が教授と話したいと言ったので」

「ああ、そうか、なるほど。そして、君たちがクリステンに会った時……完全に意識ははっきりしていたのかな？　何年も前のことだが、私はロンドンで車に轢かれたことがあってね。倒れて、後頭部を歩道にしたたかに打った。そして病院で目覚めた時、何も思い出すことができなかったんだ。衝突の瞬間も、それ以前の時間にあったことも。後で、同じ通りにもう一度足を運んでみた時も、映像のひとつも思い出すことができなかった。その当時、私は並外れた記憶力を誇っていたのだが、それでもあの日の記憶は完全に失われてしまった。もちろん、年月が経つにつれて、人は自分が生きた日々の記憶をほぼすべて失ってしまうことが分かる時がやって来る。しかし当時の私は、大きなショックを受けた。その時、私はこの出版社を立ち上げようとしていて、ブラック・ストーン・プレスと命名しようかと、しばらくの間、漠然と考えていた。選択として分かりやすいのは、もちろん、ホワイト・ストーンだっただろうがね。それが、キャロルが幸せな日々につけることにしていた印だったんだ。新しい少女と知り合って、友だちになるたびにね。だが、私が名付けたかったのは、それとはほぼ真逆な性質のものだった――記憶のブラックアウトや、跡形もなく消えた日々といった。最終的に、キャロルへのささやかなオマージュをこめた、《失われた物語》を選んだ。日記をつけている人々、最も日記に執着している人々にさえ、時折、失われた一日が訪れる。どんな人の人生も――たとえその人生の主にとってさえも、常にそこまで面白くはないのだという事実を、我々は甘んじて受け入れなければならない。だが、クリステンの場合は、どうだったのだろう？」彼の視線は初めてドアから離れ、期待を込めて私に据えられた。その間にも、彼の手はまた、チョコレートを隠し持っているポケットに突っ込まれている。「すべて思い出したのか？　それとも思い出したのは、断片だけなのか？」

「クリステンは思い出しました……かなりの部分を」どの程度明かしてもいいのか確信が持てずに、私は言った。ヒンチは私の躊躇いを別の何かを肯定しているものと受け取ったようで、秘密を打ち明けるかのように、私との距離を詰めてきた。

「なあ」いわくありげな顔つきでヒンチは言った。「クリステンの病室前に、立ち番の警官が配置されたことを、私は偶然に知ったんだ。警官の警護がつくなんて、おかしいとは思わないか？　アーサーが言ったように、あの夜の出来事は事故だったのだと誰もが思っていた。だが、それ以上の何かがあると私は思っている。そうじゃないか？」今やほとんど楽しそうだといってもいいようなようすで私を見つめている。私から秘密を引き出すのは世界でいちばん簡単なことだとでも言いたげで、その目には秘密めかしたきらめきが宿っていた。

「偶然に知ったなんてあり得ないですよ」私は反撃しようと試みた。「誰かがあなたに話したに違いない。それとも、もしかして、あなた自身がそこに行ったとか？」

ヒンチは憤慨し、驚いたようすで私を見た。

「いや、もちろんそんなことはしていない。あの娘のこともそれほどよく知らないし」そして、何も隠すことがないと示そうとしてか、記憶を手繰《たぐ》ろうとしているふうを装った。「ソーントン・リーヴスが言っていたんだ。彼はクリステンに腹は立てていたが、指導教官という立場もあって、責任の一端は感じていたのではないかな。面会謝絶と言われてはいたが、それでも病院に足を運ぶことにした。彼女が手厚い看護を受けていることを確かめたくてね。時にマナーに多少難はあるけれども、とてもいい奴なんだ。クリステンに会いたいと言うと、その場で待たされた挙げ句、警察官が降りてきて、名前を書き留めていった。ソーントン自身はさほど驚かなかったようだが、その話を聞いて私は考えはじめたんだ。誰かが誤って車にはねられたとしても、警官の警護はつかない。そうは思わないか？　私はこれまでの人生、ずっと推理小説を愛読してきた。だから、一種のアンテナを持っているんだ――こういった辻褄《つじつま》の合わないディテールが姿を現すと、自動的に私の注意が向くようになっていてね。それでソーントンがこの話をしてきた時、好奇心をそそられた。新聞には、クリステンが車に轢かれ、そのまま放置されていたとしか書かれていない。しかし、この話にはもっと何かあるに違いないと気づいたんだ。おそらく、彼女が目を覚ました時に言った何かか、その事故を見た目撃者が口にした何かだろう」ヒンチは詮索《せんさく》するようなまなざしを私に向け、もうこれ以上堪えられないと言わんばかりに聞いてきた。「クリステンは君たちに何を話したんだ？」

ヒンチの口調、ヒンチの視線は、ゴシップの下品なディテールを根掘り葉掘り聞こうとする、詮索好きな隣人を思い起こさせた。気がつくと、彼はまた手をポケットに差し入れていた。包み紙の立てる乾いた音がした後、人目を気にしつつ、かつ大胆に指を口に運んでいる。

「私は何も話せません」私は言った。

「もちろんそうだよな。気にしないでくれ」ヒンチは頭を左右に揺り動かしながら笑った。「君が私に何も言えないのだとしたら、君はすべてを私に話したことになる」

「いいえ」私は自分に猛烈に腹を立てながら、どのくらい自分が暴露してしまったのか、思い出そうとした。「私は何も言っていません」

「誰かがクリステンを殺そうとした――そうなんだろう？　それが真実だ。彼女は、意識を回復した時、何かを思い出したんだ。だからこそ今、病室の前に警察がいる」

私は唇を引き結んだ。ヒンチの視線の下で顔が紅潮していくのを感じる。私の弱みを握られ、今や質問に答えずとも、考えを見透かされてしまうように思えた。

「心配するな」ヒンチは言った。「君が私に話したのは、どうということはない内容ばかりだ。君は若いだけに考えていることがすぐに出てしまう。だがもし、今の話が何か内密にしておくべきことなら、私も自分の口をつぐんでおくことくらいは心得ている。我々出版業を営む者は、秘密を守ることには慣れているのでね」

その瞬間、ドアが開いた。ソーントン・リーヴスが、長らく行方不明だった放蕩《ほうとう》息子を迎え入れるかのように、歓迎の仕草をし、満面の笑みを浮かべてヒンチと握手した。ヒンチは、落ち着き払った、堂々とした態度で、会議室に戻っていった。彼がテーブルの自席に再び腰を下ろすと、全員が暖かい拍手を送った。ラネラフ卿は満足げな表情で、拍手が収まるのを待ってから話し始めた。

「親愛なるレナード君。票決は満場一致だったことを報告できて嬉しく思う。ここにいる一人ひとりが君のシリーズで本を出版してもらったこと、今日あるのはすべて君のお陰だということを思い起こした結果だ」

ヒンチはうなずき、心から感動しているようすだった。ごく自然に仮面をつけなおして舞台に出ていく俳優のように、私に訴えてきた怒りの痕跡すらない。皆の意見が一致しているのは明らかで、寛《くつろ》いだ、好意的な表情を浮かべて話に耳を傾けている。これが、セルダム教授が戻って欲しいと望んでいた、この会合のいつもの雰囲気なのだろうか、と私は自問した。感謝の言葉を述べる段になると、ヒンチは完璧に振る舞った。彼は、謙虚で、機知に富み、真心がこもり、申し分なかった。その上、ちょっとした妙案を内緒で用意していた。同胞団が《失われた物語》に賛成票を投じてくれることを期待して、独断で大学文化局からジャーナリストを招待していたことを告白したのだ。「もし、全員のご賛同がいただけるようであれば」ヒンチは言った。「定足数に達しておりますので、その方をお呼びすることをお許しいただけますでしょうか。キャロルの日記が刊行されるというニュースは、大学文化局でも流されますし、同日の夜に国営テレビ局でも放送されることになっています」

興奮した呟き声が一斉に上がった。私はセルダム教授の方に身体を傾けた。

「ヒンチと外の廊下で待っている間、話をしたのですが、かなりおかしな感じで。内容をお伝えしたいのですが」

セルダム教授はうなずいた。

「ベア・インで待っていてくれ。会合が終わったら、話をしよう」そして、声を落として囁いた。「私も君に話したいことがある」

十四章

階下に降りる時、階段のところで二人の男を見た。一人はカメラを担ぎ、もう一人は反射傘を持っていた。その後ろに、マイクを手に持ち、いつでも取材できるように準備を整えたジャーナリストがいた。ひどくやせていて背が高く、巻き毛は白髪交じりになっている。前の年にオックスフォード・タイムズから派遣されて私を取材し、最初の殺人事件からセルダム教授と私のまわりを嗅《か》ぎまわっていた、あのジャーナリストだ。私は彼の名前を思い出そうとした。アンダースだったか、アンダーソンだったか。ジャーナリストも私も、信じられない思いで顔を見合わせた。

「今頃はもうアルゼンチンに戻っておられるとばかり思っていましたが」やや皮肉っぽい口調でジャーナリストは言った。

「オックスフォード・タイムズで働いていらっしゃるとばかり思っていましたが」私は彼の口調を真似しようと試みた。

「ええ、その通りですが、私は犯罪を扱うセクションで働いていますから。オックスフォードは、つまるところ、村落――平和な小村に過ぎません。最後にお会いして以降、あまり活躍の場がなかったんです。家庭内の事案やら、日本人学生の自殺やら、車の衝突事故やら……そんな類いのことしかなくてね。数日前に若い女性が車に轢かれましたが、命は落とさなかったので、私の仕事上よけいややこしいことになってしまいましてね。そんなわけで、大学文化局でも何時間か働くことにしたんです」ジャーナリストは、指を曲げ、私に向かってピストルの引き金を引く真似をした。「ですが、殺人事件が起きたとお聞きになったら、必ず私に教えてくださいね」

私はセント・アルデーツを下っていき、ブルー・ボア・ストリートを折れたところにある、人目につかない路地まで歩いた。そして店内に入り、ビールを片手に、腰を下ろして待った。三十分後にセルダム教授が現れるまで、私はネクタイで覆いつくされた壁の奇妙な装飾を眺めて楽しんでいた。教授は、抱えてきた山のような本をテーブルの上に落とすように置いた。

「遅くなってすまない」教授は言った。「クリステンにキャロルの書簡集を何冊か借りてくるよう頼まれてね。何枚も貸出票を書かなければならなかったんだ」

教授は、自分の分のビールをバーカウンターに買いに行った。席に戻ってくると、場所を空けるために、自分の椅子のそばの床に、借りてきた本を無造作に積み重ねた。

「君の話を最初に聞こう」教授は言った。

私は、レナード・ヒンチと交わした会話の重要な部分をできるだけ忠実に再現しようと試みた。しかし、《パンチ・ライン》（ジョークの仕上げ。最後の決めセリフ。定理の最も衝撃的な宣言）が伝わらなかったのか、話し終えた私に向かって教授は軽くうなずいただけで、他に何の反応も見られなかった。しかたなく私は、もう一度繰り返した。

「いいですか？　クリステンは面会謝絶だと間違いなく言われていたはずなのに、ソーントン・リーヴスは病院まで足を運ぶことにしたんです」

セルダム教授は眉を上げ、私の疑念にセカンドチャンスを与えてくれた。

「君は、ソーントンが病院に行ったのは、その、彼女を片づけるためだったと思うのか？」

教授が真面目にそう言っているのか、はたまた揚げ足をとっているのか――私が口にした数学上のある思いつきが、まったく理にかなわない結末に至ることを見せてくれ、間違いを指摘してくれる時に教授がよくするように――私にはよく分からなかった。

「そうとは限りません。ただ、クリステンがどの程度、事故のことを覚えているかを確認したかったのかもしれません。仮に、クリステンを轢いたのが、ソーントンだったとしましょう。少なくとも、クリステンに姿を見られていないことは確認したいはずです。結局のところ、私たちは」ややむっとして、私は言った。「病院内で他の何ごとかがクリステンの身に起きるのではないかと懸念して、警察を呼んだのではないのですか？　あなたの言葉を借りれば、誰かが彼女を片づけたいと思っているかもしれない、と考えて？」

「そう、君の言うとおりだよ」セルダム教授は認めた。「ただ、君の話を聞く限り、どの程度クリステンが事故のことを覚えているかという点に、ヒンチは関心を抱いていたように思えるが、違うのかな？」思索にふけりたい気分なのか、教授は少しの間、沈黙していた。そして、再び視線を上げて私を見た。「私の心の奥底で何が引っかかっているのか、分かるかい？　同胞団の誰のことも容疑者として見ることができないんだ。推理小説の中であれば、登場人物の全員に犯人である可能性がある、と簡単に考えることができる。だが現実の生活では、逆のことが真実であることがほとんどだ。自分が知っている誰かが犯罪者だとは、なかなか思えるものじゃない。七人の妻を自宅の庭に埋めて、手錠を掛けられた男を、警察が通りに引き出したとする。死体が次から次へと掘り起こされても、それでも隣人たちは信じられないと言う。『あの人はすごくチャーミングで、いつも挨拶してくれるし、庭いじりのコツも教えてくれるのよ』と隣人たちは話すのだ。同胞団のメンバーに対して、私も同じように思っている。だから、君に同行して欲しかったんだ。違う目で彼らを見ることができる誰かが必要だったから。あの会議室の中で票決が行われ、満場一致でヒンチが選ばれた時、私は自分が抱いていた疑念はばかげたものだった、これで、すべてがいつも通りに戻った、と感じた。私は高校に通っていた時分から、ソーントンの人となりや彼の尊大さを知っている。だから、自分を一般の見舞客と考えてはいなかっただろうことは、容易に想像できる。自ら病院に赴《おもむ》けば、彼が何者かを知ってきっと病室に通してくれるだろうと考えた可能性はあるだろう。私は今でも、ソーントンはただ、クリステンに説明を求めようとしたのか、もしかしたら、支援を申し出ようとしただけだったと信じたい気持ちだ。ヒンチが言ったように、ソーントンはクリステンに対して責任を感じていたからとね。とはいえ、どんな可能性も捨てきれない。他に誰かが病院まで行ったのかどうかが分かれば、役に立つかもしれない」

「それで、教授が私に話したかったこととは？」やや意気消沈して、私は尋ねた。

「火曜日の朝、ピーターセン警部が私に電話を寄越してね。録音の分析に精通している数学者か、物理学者を紹介して欲しいと言うんだ。キドリントンのラウンドアバウトに設置されたビデオカメラには、騒音のレベルも記録されていた。騒音公害が理由でね。クリステンが轢かれた場所は、少しその場所からは離れていて、ビデオテープからは衝突の衝撃音を聞き取ることができなかった。ひとつには、あの夜は雨だったこと、もうひとつはトラクター工場の擁壁に遮られていたせいだと思う。それでも、空き地の区画の開口部から、ブリティッシュ・テレコムの広告看板が見えていてね。

充分な大きさがあるので、衝突の衝撃音はある種エコーのように跳ね返ってきただろうことが期待できる。アルゼンチンの物理学者が手がけた、ある特定の犯罪事案におけるエコーの軌道に関する先駆的な研究があるらしいのだが、それを耳にしたピーターセン警部が今回のケースでも似たようなことを試してみたいと思ったようだ」

私は、そのアルゼンチンの物理学者については何も知らなかったが、英国屈指の電話会社が展開する宣伝キャンペーンの巨大看板なら、街の至るところで目にしていた。顧客に対して、どの電話番号にも始めに1をつけるよう念を押す内容で、《イッツ・ワン・トゥ・リメンバー》（「1と覚えておきましょう」という意味と、「記憶すべき人」の意味をかけあわせている）のスローガンのもと、大英帝国の過去の栄光を掘り起こしていた――ビビアン・リー、ローレンス・オリビエ、ジャッキー・スチュワート、ジョン・レノン、ウィンストン・チャーチル。ユニバーシティ・パークの近くで私が見た広告板には、ウィンブルドンで勝ち取ったトロフィーを高く掲げたフレッド・ペリーがフィーチャーされていた。音波を扱ったこの物理学的ビリヤード・ゲームはどのように展開するのだろうか、と私は想像しようとした。

「ピーターセン警部は、その調査から何を得られると期待しているのでしょう？」

「音風景《サウンドスケープ》の再構築のようなことだろう。可能であればだが、衝突の正確な時間を明確にし、とりわけ、それに先だって車のブレーキ音やタイヤのスキール音があったかどうかも探知できる。これは、事故説を有力にする証拠になるだろう。あるいは逆に、急激に加速したことがエンジン音によって明らかになれば、誰かが彼女を待ち伏せていたことになるだろう。それから、衝突そのものから聞き取れることもある。車が停止したのか、あるいは、停止しなかったのか、そして、運転者はどの方向に走り去っていったのか……いずれにせよ、警部には、この種の分析を完璧にこなすことができる人物ならすでに配下にいると伝えて、レイトン・ハワードに会いに行かせた。君はレイトンを知っているから分かると思うが、今朝話をしたら、既に二夜連続で現場に足を運び、夜間に通常聞こえる音をすべて録音していた。梟《ふくろう》とカラスと犬の鳴き声を録音して、基準点としての音の強さとピッチのパラメータとした。そして、測量班を頼んで、地形学的な測量をしてもらった。警察の保有車をすべて出してもらって、ブレーキ音と、さまざまな種類のエンジンの加速音も録音した。昨日一日はビデオテープの分析に費やしたそうだ。フィルターをかけてパタパタと降る雨の音を除去することに成功し、個別の周波数に従い、その時間帯に記録された音を分離することができた」

「それで、レイトンは何か発見したんですか？」

「最初、ビデオテープから非常に微かに聞こえてきた音は、一つだけだった。飛びながら遠ざかって行くらしいカラスの鳴き声だ。しかし、周波数検出器に表示される音の波を目視で観察した時、二つの反響音のピークを発見した。それを拡大してみると、興味深いことが分かった。反響音の最初のピークは低周波数帯にあった。それは、衝突の余波だった。その直後に生じていた二番目の音は、カラスの鳴き声が反響したもので、衝突音に怯えて立てたかのようだった」

「そこから……どんな結論を導き出せるのでしょう?」私は戸惑った。

「ほとんどない、と同時に、必要十分だ。聴き取れた鳴き声からその反響音までの時間に基づき、レイトンはカラスとカメラとの距離、そして、カラスと広告板の距離を計算した。そして、カラスの位置の候補地点をつないだ曲線を得た。すると、候補地点の一つが工場の擁壁《ようへき》のてっぺんにあったのだ。確かに、同じ通りにカラスは巣をかけていた。さらに言えば、カラスの鳴き声は、クラクション、あるいは、ブレーキが立てたであろう音と同じ周波数帯にある。従って、カラスはいわば間接的な証人のような存在だった。クラクションやブレーキといった別の音が聞こえないのであれば、それはかき消されてしまったからでも、微弱だったからでもなく、そもそも存在しなかったからだ。運転者はクラクションを鳴らさなかったし、ブレーキも踏もうとはしていなかった。それが、ピーターセン警部への報告書に記載されるであろうレイトンの結論だ」

「興味深いですね……」そう言いながら私は、まだ完全に形作られるまでに至っていないある考えを、思考の中で具体化しようと試みた。「レイトンは、書く動作の復元プログラムで私がやろうとしていることと、似たようなことを実現したわけですね。直接、その音を聴くことはできなくても、私たちにはまだ反響音が残されている。そして、クリステンが受け取った写真についても」同じ軌跡をたどろうとしながら、私は言った。「一定の段階までは、モデルのポーズを決めていくキャロルの動きを再現することができるかもしれません……」

「そう、その通りだ」セルダム教授は言った。「現実にあるものは常に、別の次元で歩を進めた何かの一つの投影であり、埋め込まれた痕跡なのだ。写真に関してだが、目新しい手がかりは何もないようだ。ピーターセン警部は、クリステンが思い出した、やりとりがあったであろう人々全員に対して一人ひとり、彼女が受け取った写真について聞き取りをした。しかし、その写真を置いていったことを認めた者は誰もいなかった」

「それで？　その写真が一連の事件の始まりを示している可能性があると思いますか？　また次の事件が起きると……？」

「私は」セルダム教授は言った。「クリステンは、あの文章をできるだけ早く——遅らせるのではなく——明らかにすべきだと思う。本当のところ、私はまだ彼女の身の安全を案じているし、自分に問いかけてもいた……」その先をどう続けるべきか決めかねているふうで、彼は言葉を切った。とりわけデリケートな話題に触れるに先立ち、あらん限りの力をふり絞らなければならないと感じているように見えた。

「最後に病院でクリステンに会った日からずっと、私は自分に問いかけていた」再び教授は話し始めたが、今にも口ごもりそうなようすになり、急にいたたまれなくなったように視線を逸らした。「クリステンが私に話すのを拒否したこと、同胞団のメンバーの誰にも話すことを拒んだことを、もしかしたら、特定の……特定の適切な状況下でなら、別の誰かに……彼女の歳にもっと近い誰かに……彼女が特別な種類の信頼を抱いているかもしれない誰かになら、話せると感じたりはすまいか……」私が文章を完結させてくれることを期待して、教授は最後まで言わずに言葉を切った。

「おっしゃりたいのは」先を続けようとする私の脳裏に、シャロンの姿が一瞬、浮かんだ。「例の文章に何が書いてあるかをクリステンが話したかもしれない、親しい同性の友人、あるいは、異性の友人がいるのではないか、ということですか？」

「いや」やや落胆したふうで、セルダム教授は言った。「クリステンに親しい女友達がいたとすれば、かなりの驚きだ。カフェテリアでもいつもひとりでいるところしか見なかったし、一緒に勉強や研究をする学生仲間さえいなかった。ボーイフレンドがいたとも思えない。もしいたとしたら、病院で会っているだろうしね。君自身、彼女が映画館からひとりで帰るところを見ただろう。そうではなく、私が考えていたのは、彼女が例の文章の内容を話していたと思われる誰かのことではなく、これからそのことを伝えるかもしれない人物だ」そして、これ以上明確に自身を表現する方法が見つからないかのように、再び私を見た。その時ようやく、私にも教授が言わんとしていることが完全に理解できた。突然訪れたその理解の中の何かが、そして、私が吹き出さなかったという事実が、彼が感じているいたたまれなさを幾分か緩和しているようだった。

「あの晩、一緒に研究所を出た時、君たち二人が意気投合しているようすだったことに、気づいてしまってね。バスの停留所まで一緒に歩いて行った時、彼女は私に二つほど質問してきた。その時、彼女らしくない、珍しい行動だと思ったのだが、後になってから、君がここオックスフォードにガールフレンドがいるかどうか知りたいがためだけに、言わば女を武器にしたんだと気づいた」

　私は少し顔を赤らめ、思っていたことを口に出してしまった。

「おかしいですね。あの夜、お二人がごく自然に一緒に帰っていったので、私は思ったのです……」教授の顔に浮かぶ驚愕の表情を見て、私は言葉を切った。そして、口から出てしまった言葉のインパクトを、どうしたら和らげられるかと考えた。「つまり、その……これまでも度々、彼女と一緒にああして歩いたことがあったのかもしれないと」

「そうだ」教授は言った。「もちろんそうだ。何回か、一緒に歩いたことがある。特に、私が彼女の大学院課程の指導教官だった時はね。ただ、君が考えているような――私の考えだが――意味ではないが」そして、教授は愉快そうに微笑んだ。「今まで学生とは絶対にそういう類いのことがないようにしてきた。いや、本当のことを言うなら、ほぼ絶対、だろうな」自分に課してきた高潔な原則に背いてしまった、そのややばつの悪い、遠い昔の例外を思い出しているかのように、教授は言った。「いずれにせよ、ここまで若い相手とはなかった。もちろん、クリステンの身の安全が心配でなければ、こんなふうに君に話をすることもなかっただろう。クリステンが今まで持つことのなかった種類の友人として、君は彼女にアプローチできるのではないかと考えていた。たとえ彼女が紙片について何も明かさなかったとしても、私たちは彼女の身にこれ以上何も起きないように目を光らせることができる」

私たちは黙って座っていた。彼が私に託そうとした疑わしい使命が、二人の間に残されたまま宙に浮いてしまい、結果と可能性の入り組んだ迷路を露呈し始めたかのようだった。

「ごくわずかでも、クリステンが回復するかもしれないという希望があるならば」私は言った。「たとえ謎めいた紙片の存在がなかったとしても、私だってきっとやってみると思います。実際、やってみようと考えました……こうなる前はですが。今となっては、彼女にとっても状況は変わってしまったかもしれませんし。見舞いに行った日、私が手を貸そうとすると、彼女は私をはねつけるようなそぶりをしました」

「そうだったね。私もそれには気がついていた。だが、私は逆だと思う。クリステンは自分が障がいを負った身であることを見せたくなかった。君に憐れんでほしくなかったんだ。あれは自尊心ゆえの反射的な反応であり、すべてが揃った完全な状態としての自分を見せようとしていたんだ」

「しかし、彼女の置かれた現状で、私が……彼女の期待をかきたてようとするなんて、ひどいやり口だとは思いませんか？」

セルダムは、まるで消し去りたいイメージが脳裏に浮かんできたかのように、顔に手を当てた。

「君はまったくもって正しい。クリステンがもう二度と自分の足で歩くことはないなんて、まだ想像することさえも私にはできないということだ。君の言う通り、そんなことをするなんて、ひどく残酷だと思う。どうかこの件はすべて忘れてくれ」

しかし、こうして明確に表明された今となっては、《この件》が突如として姿を消してくれるはずもなかった。おそらくそれは私が一瞬、ヘンリー・ジェイムズ（Henry James 1843～1916　米国生まれ、英国で活躍した作家、小説家。『デイジー・ミラー』『ねじの回転』など）の小説の一つに登場する主人公のようになった自分――ヴェネツィアの古い大邸宅に隠された秘密の文書を手に入れるために、それと悟られないように女性を口説かなければならない――を想像してしまったからかもしれない。あるいは、すべてを度外視しても、もう一度彼女に会いたいという思いが一層増したからかもしれない。そして、クリステンのことを考えるうちに、私自身もまた、彼女がこの先ずっと車椅子生活を余儀なくされることを、忘れてしまっていたからでもあったのだろう。

「私なら、クリステンに会いに行けると思います」私は言った。「できるだけたくさん話をし、病院の外で必要になるかもしれないものすべてにおいて、手助けをしたいと思います。その行為に、他の意味合いを持たせることなく……他の意味合いというのを、どのように考えていただいてもかまいません。たとえ、クリステンがあの紙片について、これ以上何も言ってくれなかったとしても、少なくとも、あのいけすかないメソジスト教徒たちの手中から彼女を救い出せるかもしれません」

「そのためだけでも、試してみる価値があるかもしれない」セルダム教授は言った。「ただ、私の考えはもはややいいとは思わないし、彼女が耐え忍んでいることすべてに、更に苦しみを上乗せしたくはない。しかし、もし誰も勘違いさせることなくやれる、と思うならば……」教授はビールを最後の一口を飲みほして、自分の足元に積み上げてあるキャロルの書簡集を指し示した。「本を持っていく約束をしていたんだが、まだ面会時間内だし、君が届けるかね?」

十五章

病院に着き、受付で名前を言うと、交換台を通してクリステンに連絡を入れてくれ、私の名前と身分証の番号を書き留めた後、一階上のハイケアユニットにある病室に行くよう案内してくれた。警護にあたっていた警察官はもうその場にいなかった……少なくとも、見てすぐ分かるような形では。ドアをノックすると病室の中でしていた低い話し声が急にやんだようだった。そしてクリステンの母親がほんの少しだけドアを開けて、廊下に出てきた。

「ごめんなさいね」と彼女は言った。「シスター・ロザウラとのお祈りがいまちょうど終わったところなんです。クリステンはちょっと身支度をしたいんですって。あなたがいらっしゃるとは知らなかったみたいで」

「クリステンはどんな具合ですか?」私は尋ねた。

クリステンの母親は、苦痛を伴う発作的なけいれんに襲われたかのように、身を震わせた。

「もう涙も涸《か》れ果ててしまって、諦めの境地なんじゃないかしら。少なくとも、もうすぐここを離れられるしね。二、三日で退院できるらしいから」

「このオックスフォードで、お嬢さんおひとりでやっていけるでしょうか？　それともお母さまが連れて帰られるのですか？」

「娘がギルドフォードに戻りたくないことは、はっきりしてるの。絶対ここに残るって決めてるのよ。この先、大仕事が待っているって言ってたわ。私のほうも、娘のところに引っ越すわけにいきませんし。自分の家と庭を見なきゃなりませんからね。戻ったら、ネズミに侵略されているんじゃないかしら。でもありがたいことに、ここの病院で、天使と出会えましたからね。娘はシスター・ロザウラのところで暮らします。少なくとも最初のうちはね。車椅子に……慣れるまでは。賃貸契約の切り替えで、シスターがちょうど今のアパートをシェアする人を探していたなんて、奇跡的なめぐり合わせよね。更新後の賃料を、ひとりでは払えないからってね。私たちも、娘を一日中世話してくれる看護師をつけるだけの余裕がなかったですし、娘は私にそこまでべったりされたくないでしょうしね。お分かりでしょう、子どもが一定の年齢になったら、親は子離れしないといけないんです」

私はうなずいた。彼女は私の目をじっと見ていたが、いきなり私の手を両手で握った。

「あなたにもお願いできるでしょうか、娘の面倒を見ていただけるように？　娘はここですごく寂しい思いをしているんじゃないかとずっと思っていたので」

「もちろん、そうします」私は言った。

クリステンの母親は、ヘディングトン・ヒルにあるクリステンの新しい住所をカードに書いてくれた。私も彼女のために、自分の住所と、研究所の電話番号を、紙切れに走り書きした。クリステンの母親は、その紙片を宝物のようにしまいこむと、ややきまり悪そうにしながら、私の手をぽんぽんと叩いた。

「あなたがここにいらっしゃる間にちょっと出て、クリステンに頼まれたものを買ってこようと思います」

クリステンの母親は部屋をのぞきこんで、私にうなずいてみせた。

「もう入っていただいて大丈夫だと思います」

私は病室に足を踏み入れた。クリステンは窓から差し込む澄んだ柔らかな光線の下、背中を大きな枕《まくら》ふたつにもたせかけて、身を起こしていた。まるでそれが私に及ぼす効果を自覚しているかのように、笑顔で身を乗り出してくる彼女の顔の、この思いがけないほどすがすがしい、まばゆいばかりの美しさを、私は強烈な重しであるかのように感じた。クリステンの目の下にあったあざは消え、彼女の顔は光を放っているように明るかった。彼女が遭った辛い体験の唯一目に見える痕跡は、首に挿入されていた管が残した、小さなまるい傷跡だけだった。その美しさのなかにのぞく、無防備でむき出しの何かを、私は彼女からの挑戦か、声明として読み取った。もしかつてのクリステンがその内気さから、頼んでもいない気詰まりな贈り物の一種として、自分の美しさをできる限り隠そうとしていたとするならば、今の彼女はそれをむしろ誇示したいと欲しているかのように見えた。薄手のナイトガウンの下で、おそらく充分に計算されたボタンの掛け間違いの結果、彼女のバストが無視しがたく、取り違えようのないメッセージを発していることに私は気づいてしまった。これらすべてがおそらく、シーツに半ば覆われ、窓の下に止められている車椅子が醸し出す、悲痛かつ不可逆的な空気に伴われた、彼女の下半身の隠された部分で起きている葛藤の帰結であるに違いないと私は推察した。私はかつてあった手がかりを探りあてようとするかのように、クリステンの目をもう一度のぞきこんだ。その目はあたかも、誇りと悲しみの狭間で、「私にはもうこれしかないの」と語りかけているようだった。こうしたことすべて、私には何の関係もないことだと嘘偽りなく答えようとしていた私は、もう一度とらえた彼女のまなざしの下で、自分がもはや彼女に恋することができるかではなく、彼女に恋せずにいられるか、自問していることに気づかされた。彼女は一種のベレー帽を被っていて、頭部は眉の位置まで覆われていたが、長い髪の一部だけは免れていた。シスター・ロザウラが彼女の前に立ち、ベレーの縁の下からクリステンの肩へ、そして、背中へと落ちている髪の房を、ことさらゆっくりとした動きでブラッシングしていた。そのときはじめてシスター・ロザウラの目をのぞきこんだ私はその刹那、湧き上がる反感とともに、彼女が手強い敵である事実を理解した。シスター・ロザウラ自身もまだうら若き女性であったが、満ち足りた笑顔から敵意にあふれた表情にたちまち豹変《ひょうへん》する、決然たる面差しをしていた。彼女の身のこなしからは、突如として現実的な決断をしがちな人の生硬さと、消えかけたセクシュアリティが漂っていて、完全には達観できていない心持ちを、過剰なほどのポジティブで楽観的なエネルギーで昇華させようとしているようだった。シスター・ロザウラは、クリステンの首に手を沿わせ、髪をブラッシングしていたが、それにことさら時間をかけていることに私は気づいた。我が物顔なそのようすはあたかも、この数日間で二人がどれだけ親しくなったかを、私に見せつけようとしているかのようだった。私と二人きりにしてほしいという見紛いようがない願いを込めてクリステンが彼女を見上げた後も、彼女はかなりの時間、病室に居座っていたが、小さな鞄《かばん》を開け閉めしたり、ベッドの上の衣類をたたむふりをしたりしたあげく、ようやく観念したふうで、ドアのほうへ動き出した。

「どうやら面倒はよく見てもらっているようだね」ドアが閉じる音がしたとたん、私は言った。

「ええ」クリステンの答えはシンプルだった。「深い絶望を味わっていた時、彼女は私にこれが自分の運命なんだって、受け入れる手助けをしてくれたの。ああ、アーサーにお願いした本を持って来てくれたのね。きっと忙しくしておられるのでしょうね」呟いたその声音に込められていたのは、同情なのか、はたまた軽蔑なのか定かではなかった。

「教授にとって、病院はつらい記憶に満ちた場所なんだと思うよ。でも、退院したらきっと訪ねてきたいと思うんじゃないかな。実際、誰もが君の回復を切望している」

「なかには、そこまで思っていない方たちもいるんでしょうね」クリステンは辛辣な笑みを浮かべながら言った。「ローラ・ラッジオはすごく気遣ってくれてるって信じられる。いつも娘のように接してくれてたし。でも他の人たちは……」

「そんな印象はなかったけどね。あの会合には僕も出席していたから。セルダム教授は、最新の状況を同胞団の皆に伝えるために会合を開いたんだ。僕は誰もが本当に心を動かされていたと思う」

「何について、最新の状況を伝えるためかしら？」クリステンの表情が陰った。「教授は何も話してくれなかったけど」

「教授は、他の人にも大した話はしていなかった」私は教授を擁護しようとした。「教授は、君があの紙片を見つけたと話しただけだ。主に、他に誰かその存在を知っていた者がいるのか、前に見たことがある者がいるのか、知りたかったんだと思う」

「どんな緊急性があったのか、分からないけれど。それとも他に何か、同胞団の皆で決めなければならないことでもあったのかしらね。会合に招かれるようになった今なら、教えてもらえるかしら。私なんて、出席を許されるまでに、一年間ずっと参考文献の目録をタイプさせられてたのよ。まあ、それはそうよね」クリステンは寂しそうに言った。「病院のベッドにいたんじゃ、周りで起こっていることをすべて知るなんて、難しいでしょうし」

「日記の出版に関することなんだ。君もオファーのことは聞いてるだろう……？」

「ええ、アメリカの出版社でしょう。その話で持ちきりだったもの」

「レナード・ヒンチが、同額を提示してきたんだ。同胞団はできるだけ早く契約の締結にこぎ着けたいと思っていて、君の文書に記された言葉が、ルイス・キャロルに関する彼らの見方をどの程度変えるものなのかを議論した。そして、劇的な変更にはならないだろうという意見で一致を見た」私はそう言って、彼女の反応を待った。

クリステンは自分を抑えようと、必死で闘っているように見えた。彼女のまなざしは燃えていた。

「それはどうかしらね」クリステンは言った。「あの文書は、あの人たちの想像をはるかに超えた変化をいろいろなところにもたらすんじゃないかしら。そのままやらせ続ければいいわ。注釈やら屁理屈やらを書きつけるなり、あの人たちのやりたいようにやらせれば。そうさせてると思うだけで、気晴らしになりそうなくらいよ。でも、票決はどうなったの？　最終的に、ヒンチに版権を売ることにしたの？」

「ああ」私は言った。

「先週までは反対派がいたじゃない。誰も反対しなかったの？　ジョセフィン・グレイは？　ローラ・ラッジオは？　アーサーは？」

「完全に満場一致の決定だった」私は言った。

クリステンは突如として悲しみに襲われたか、圧倒されたかのように見えた。あたかも、完全に孤立無援になったかのように。クリステンはヒンチに対してどんなわだかまりがあるのだろうかと私は自問した。ヒンチもまたクリステンに何かよからぬ振る舞いをしたのかと。だが彼女が再び話しはじめた時、私は面食らった。なぜなら、彼女はひどく冷静にこう言ったからだ。「とはいえ、それは公正な判断だと思うわ。結局のところ、ヒンチが彼らの本をすべて出版したんですもの。ひとつの例外もなくね」

「そうだね」私は言った。「同胞団の人々は、票決が行われる間、ヒンチと私に部屋から退出するよう求めた。ヒンチは外で待たされるのは屈辱的だと感じたらしく、君がいま言ったのと同じことを私に言ってきたよ。自分がすべての作品をひとつ残らず出版したんだ、とね。ヒンチは君がどうしてるのかも知りたがってた。君のことはそこまでよく知らないんだと言いながらね」

「彼が私のことを知ろうとしてなかったわけじゃないけど、私からは距離をとってた」クリステンはかすかな嫌悪感を匂わせながら言った。「下品なやつ。少なくとも、ローラは確実にあいつの正体を知っていたと思うわ。でも、儀式が何にも勝ることも理解できる。英国科学界の第一公理、慣性の法則よ。それで、彼は他に私について何をあなたに尋ねたの？」

「記憶について話をした。ヒンチも一度、車にはねられて、その日の記憶をすべて失ったことがあるそうだ。彼は、私自身も知りたいと思っていたことを聞いてきた。君が何かを思い出すことができたのかどうかとね。しばらく時間をおいた今、何かのディテールが君の中で呼び覚まされたのかどうか……」

私は、首を振る彼女の唇がかすかに震えているのをとらえた。クリステンは、困り果てたような仕草をした。

「いいえ。私の最後の記憶は、あなたとしていた、第二の人生についての会話なの。ここ数日、何度もあの会話のことを思い返していたわ。第二の人生が、永遠の車椅子生活だなんて、想像もしていなかった。永遠のよ！」涙が彼女の目にあふれた。

私はベッドに歩み寄り、端に腰掛けて、手を差し出した。クリステンは全身を震わせながら、私の手を握った。彼女の涙がひとしずく、私の手首に落ちた。

「でももしかしたら、この先……医学は日進月歩だから」私は詐欺師になったような気持ちになりながら、そう言った。

「シスター・ロザウラもそう言ってたわ。また奇跡が起きるように、祈らなければって。それから、もし奇跡が起こらなかったとしても、私の命を救ったことも、この状態に置いたことも、私が果たすべき神の目的があってのことだって。私の使命は、あの本を書いて、あとのことはすべて忘れることなのかもね。他のことはすべてね」

セルダム教授なら、それを宗教の完全なる二元論と言っただろう。すべての善きものは神からの贈り物であり、すべての苦しみは試練だと。彼女をこの境遇に置くために命を救った神について、自分が抱いている考えを口にすることは控えた。『神の唯一の弁解は、神が存在しないということだけだ』というスタンダールの言葉を、私は思い浮かべずにはいられなかった。

その刹那、扉が開いて、シスター・ロザウラが再び病室に入ってきた。クリステンは手を引っ込め、シスター・ロザウラはあたかも男性の典型的な代表である私がクリステンを泣かせるという大罪を犯したとでも言わんばかりに、驚きと非難のまなざしで私を見つめた。彼女は私を無視することを選び、叱責《しっせき》に近いような語調でクリステンに声をかけた。

「もう夕飯の時間だというのに、お嬢さんはまだお風呂に入っていないじゃありませんか。お客様にはお帰りいただかなければいけないと思いますわ」

私は腰を上げ、涙を拭く彼女の目をとらえようとしながら、クリステンをまっすぐに見た。だが、私の目に映ったものは、しびれを切らした保護者のような態度でたたずむシスター・ロザウラを傍らに、抗議するどころか、落ち着いたようすで眼鏡をかけるクリステンの姿だった。私は口ごもりながら辞去の挨拶をして、憤慨と動揺に苛まれながら病室を出た。

カレッジの自分の部屋にたどり着いた私は、レイモンド・マーチンのパズル本に没頭しようと無駄な努力をした。三月うさぎの皮肉たっぷりの答えのひとつに、私の目がとまった。「『もらえるものは好き』ってのと、『好きなものがもらえる』ってのが同じだ、みたいな!」(山形浩生訳)。私の手のひらにはまだクリステンのぎゅっと握りしめた手と、彼女の涙の、ぬくもりに満ちた記憶が残っていた。私自身、自分の好きなものを彼女から引き出したのだろうか、それとも、引き出そうとしているのだろうか。とりわけ、私が引き出したものをいつか好きになれるのだろうか？　そのとき不意に、夕方のニュースで日記の出版が報道されることを思い出した。そして、テレビのチャンネルを次々と切り替えて、大学のチャンネルに合わせた。番組はすでに始まっていた。ジャーナリストは――彼の名前はアンダーソンだった――レナード・ヒンチの目の前に太いマイクを差し出しており、ヒンチの後ろには歳をとり、弱々しい姿になった同胞団のメンバーが勢揃いしているのが見えた。その面々の中にいると、セルダム教授はほとんど若者といっていいほどだった。ヒンチは、彼らの間でどのように作業を分担したかを語り、複数巻に及ぶ日記は、ルイス・キャロルによって言及されたすべての同世代の人物たちについての徹底した研究を経て、一年に一巻ずつ出版されると説明した。ジャーナリストはいくらか驚いたようすで、全プロジェクトには何年ぐらい必要なのかと尋ねた。「九巻ですから、九年ですね」ヒンチは誇らしげに言った。皮肉な話といってもよかったのが、そこで左から右へとなぞるように回ったカメラが映し出したのは、骨張った、皺だらけの顔ばかりだったことだ。それはあたかも、その時の私がそうであったように、この中の何人がプロジェクトの完了を見届けられるのか、カメラマンが問いかけているかのようだった。

十六章

翌週、私はクリステンにようすを尋ねるメールを何通か送ったが、何も返信がなかった。はたして彼女の自宅には自分専用のコンピュータがあるのか、あるいは、私と同様——当時の学生はほとんどそうだったが——研究所のコンピュータを使わなければならない状況にあるのだろうか、と私は思案した。後者だった場合は、彼女からの知らせを受け取るまでには、かなり長いこと待たなければならないだろう。そこで私は、どこかの時点で、彼女の母親からもらったヘディングトン・ヒルの住所に行ってみようと心を決めた。この間、セルダム教授の姿も見かけることはなかった。水曜日に教授のオフィスまで上がっていくと、その週はケンブリッジに滞在しているとの貼り紙が扉にしてあった。私は教授が、スパイ小説顔負けの極秘案件になっている学術的な代数のセミナーのひとつに出席していることは知っていた。数学者の『白鯨』であるフェルマーの最終定理は三百年以上も解けぬままの謎であったが、アンドリュー・ワイルズ（Andrew J. Wiles 1953～　谷山・志村予想の証明から論文を発表したが、致命的なギャップが見つかり、その後、岩澤理論へのアプローチで、一九九五年に新たな論文を発表、証明された）

は自分が解を見つけたものと信じた。その発表は数学における輝かしき世紀の業績として世界を駆けめぐったものの、B級フィルムの手負いの怪獣のようにふたたび思わぬ展開をたどることとなった。証明の確認が行われていた期間に、解のレビューに選任された専門家たちが計算式に小さな欠落を発見し、誰もその隙間を埋める方法を見つけられなかったのだ。何ヶ月もの時間が過ぎたが、証明はいまだ発表に至っていなかった。

このことは、より長い歴史を誇り、より多くの会員のいる、もう一つの同胞団――ピタゴラス学派――をやきもきさせた。ただし、この話題は、決まり悪そうにひそひそと語られるに留まっていた。セルダム教授が専門家による評価審査員の中でも最も中核のグループにいたことは知っていたが、教授はこの話題を一言たりとも口にしたことがなかった。私はその週の間に、奨学生に課せられたレポートを仕上げることにした。これまでに得た成果を報告し、いくつかの書式に必要な署名を依頼するために、先延ばしにしていたエミリー・ブロンソン教授との昼食の日取りをようやく設定した。ただしその時はまだ、食事の終わりのちょっとした世間話がもたらしてくれる成果のことは、想像さえしていなかった。ブロンソン教授は上機嫌だった。彼女は顔を紙に近づけ、片目で公式やプログラムのコードを精査した。そして、同意の言葉をぶつぶつと小声で唱えながら、説明を読み解いていった。概要を説明しはじめるとすぐ、教授は共同論文の実現可能性を把握した。参考文献一覧に教授の研究論文が数多く記載されていることも喜んでいるようすだった。コーヒーを頼む前に、残されていた数学的な問題はすべて解決され、教授は諸々の書式にも進んで署名をしてくれた。しばし、穏やかな沈黙に浸っていると、教授がふいに何事かを思い出したふうで話しはじめた。

「オックスフォードでの残された滞在期間中に使う、車を買おうと思っていたりはしない？　私のカレッジに帰国を予定している客員教授がいてね。車を売ることができていないらしいのよ。値段は日ごとに下げているみたいだから、今頃は格安になっていると思うわ」

「格安って、いくらくらいでしょうか？」期待をもたずに、私は聞いてみた。

「そうね、千三百か千四百ポンドぐらいだと思うわ」ブロンソン教授が言った。「確か、5ドアのシトロエンだったかしら。車のことは知らないけど、ちゃんとしたメーカーのはずよ。でも、一つだけ問題があって。わりにすぐ点検に出す必要があるんですって。運輸省の車検証がもうすぐ切れるそうよ」

千三百ポンドといえば、私が毎月奨学金として受け取っている金額であり、教授が示唆しているような金額を一度に使ってしまうことはとても考えられなかった。だが、彼女が言ったことの何かが、一年前にオックスフォードに到着してすぐ、来訪者用のオフィスで耳にした車についての会話の記憶を蘇らせた。

「出発の日が来ても車が売れていなかったら、客員教授はどうされるのでしょうか」私は言った。「そういうことはままあるのではないですか？　点検は通常、とても高くつきますし」

「もちろんそうね。一般的に言って、車検は短期滞在者にとっては投資に見合わないわね。その後、車を売るのに十分な時間がないから」

「売ることができなかった人たちはどうするのでしょう？」

ブロンソン教授は、いくらか当惑したように私を見た。その類いの質問の答えを考える羽目になったのは、初めてのような顔をしている。

「受け入れ先の教授に、もうすこし長く売りに出しておいてもらえないかと頼むこともあるでしょうし……そうでなければ、研究所の駐車場に置いていくでしょうね。もしくは、借りていた住まいの玄関先に放置していく人もいると思うわ」

私は今、若い客員教授たち二人が冗談めかして話していた内容をより鮮明に思い起こしていた。

「コミュニティ・パークの裏に、まだ動くのに放置されたままの車が駐めてある場所がなかったですか？　時々、車を持たない学生たちが、女友達とドライブしようと、そこに行って、車が動くか試してみるとか？」

社会の常識に外れた、不道徳な場所の話が持ち出されたかのように、教授はやや顔を赤らめた。

「そのような話を聞いたことがあったかもしれないわね。でも、車検を通さずに車を運転するのは、この国では非常に重大な違法行為であることは知っていないとね」教授は警告するように言った。

私は笑った。

「ご心配なく。そのようなことをするつもりはありませんから」私は教授に言った。研究所に戻り次第すべきことは、セルダム教授にメールをして今の話を伝えることだ、と私は思った。


セルダム教授がその日のうちに返事を寄越すことは期待していなかったが、帰り際にメールをチェックすると、受信トレイに短いメッセージが届いていた。セルダム教授もまた私と同意見で、そこは確認すべき場所だと考えていた。ピーターセン警部がすでに捜査をしているかもしれないと思った教授は、警部に私のメールを転送し、そこに一行加えて質問を投げかけてみた、と伝えてきた。

次の月曜日、午後も半ば過ぎになって、ようやくセルダム教授の足音と声が階段から聞こえてきた。何人かの学生と話している。私は三十分ほど待ってから、セルダム教授に会いに階上に行った。オフィスのドアは、半開きの状態で、学生がまだ数人、廊下で順番待ちをしていた。教授がドアから顔を出し、私が所在なさげに待っているのを見つけると、顔をほころばせ、リトル・クラレンドンのパブで待っていてくれ、終わり次第、一緒にビールを飲もうと上機嫌で言ってきた。

私は教えられたパブに行った。それまで店に入ったことはなかった。磨きあげられた木製の非常に長いカウンターがあり、電源は入っているが、音声を消した状態のテレビが二、三台置いてあった。テニストーナメントのハイライトを流している一台の前に座った私は、タイブレークに持ち込まれそうな試合の展開にすっかり夢中になった。セルダム教授が姿を見せた時、私は儀礼的にケンブリッジでの首尾はどうだったのかと彼に尋ねた。

「思っていたよりもうまく行ったよ」セルダム教授は嬉し気に言ったが、そこには安堵の響きが混じっていた。「ワイルズの昔の教え子であるリチャード・テイラーが、欠けていた部分を埋めてついに完結させることができた。これで、フェルマーの最終定理が証明されたと明言できる。論文もようやく発表される運びになるだろう」

私はしばらくの間考え込んだ。

「一体、世界でどれだけの人が、最初の証明の中に欠落した部分があったことに気づけたと思われます？」

セルダム教授は戸惑ったような微笑みを浮かべて私を見た。

「十人か十五人ぐらいじゃないのかな。ワイルズが初めて証明を発表した時に、教室に集まっていた人たちだ。私自身は除外しなければならないだろうね。この頃では、すべてのステップをたどって行くのに必要な集中力をもはや持ち合わせていないから。おそらく、証明の詳細を読み取ることができた六人の審査員たちだけだろう」

「その六人というのは、今回、証明が正しいことを立証するのと同じ面々ではないのですか？」

「何が言いたいのかね？」セルダム教授はやや苛立ったようすで言った。「全員、並外れた数学者ばかりだ。証明はこれで正しいのだ。もはや何の疑いの余地もない」

　私は、別の言い方を試してみた。

「私が言いたかったのは、古来、数学的証明の考え自体は、言うなれば、民主的なやり方で考えられていたということです。並外れた数学者たちのためだけではなく、誰もが指導の下、導かれ得る。そうして、一つひとつの論理的なステップが明白になり、反駁《はんばく》できないものになるのです。証明のステップを追うのに、人間の知性さえ必要とされなくなり、コンピュータでも立証できるようになるかもしれません。しかし、数世紀にわたって数学が複雑に発達したことに伴い、今やある種の矛盾が生じています。それぞれの専門分野で、何を扱っているか理解しているのは四、五人だけで、結局、この同じ人たちが相互に査読を行い、互いの証明の裏づけを行っているのです」

「君の言い方では、それは神聖化された真実、宗派やカルトの温床であるかのように聞こえる」セルダム教授は言った。「しかし、まったくそうではないし、君もそれは分かっているはずだ。証明は明文化され、他のどの論文に対しても適用されるのと同じ論理的ステップを経て、誰もが分解して精査することができる。誤りがあったとするなら、今後、十分な忍耐力を持った者は誰でも、それを見つけ出すことができるだろう。君自身も、二、三年も取り組んでみれば、その論理の道筋をたどって行くことができるかもしれない。数十年のうちには、五、六人といわず、もっと多くの人たちがこの定理を理解できるようになるだろう。今は困難と思われることでも、後になってみれば当たり前のように思えるようになるのだ。だがすぐに途方にくれるほどの広がりを持つ、別の問題で苦しむことになることもまた事実だ――そう、ウラムのジレンマだ。どの分野でも絶え間なく論文が増殖しており、それを一つひとつ査読している我々の受け入れ能力をすでに上回っている。論文としての掲載を見据えて、提出された数々の定理の裏づけを行うために必要な、十分な人数の数学者がいない。とはいえ、今回の結果については安心してもらっていい。私たちは、可能な限り多くの目で、一つひとつの言明を非常に注意深く精査した。フェルマーの最終定理は、あらゆる合理的な疑いの余地なく決定的に証明されたのだ」

乾杯につき合ってくれとでも言いたげに、教授はビールジョッキを少し持ち上げた。

「君が興味を持ちそうなニュースがもう一つあってね。車についての君の直感は正しかったことがわかった。ピーターセン警部から今朝電話があったんだ。警察は初日に例の場所を捜索した。学生たちが夜、郊外でカーレースをするのに使う車は、あの場所から盗んでいくからだ。だが警部は、警察の科学捜査チームを引き連れてもう一度、現場に行くことに決めた。その結果、一台の車が徹底的に清掃されていたことが判明した。つまり、その車があまりにも徹底的に清掃されていたことが、警部に疑念を抱かせたのだ。ハンドルにしろ、ドアノブにしろ、車の内部からは指紋は検出されなかったが、放射線を使った検査で、前部のバンパーに微量だが人間の皮膚が付着していることがわかった。その車はやはり、一月近く前にオックスフォードを離れた、ある客員教授が所有していたものだった。さらに、もう一つ。車を動かしたのが誰であれ、その人物はスターターキーを持っておらず、ケーブルをつないで始動させていた」

「それは何かの手がかりになりそうですね。そう思いませんか？」私は言った。「それをやるには技術が必要ですから。同胞団のメンバーの誰にそんな芸当ができるのか。ジョセフィン・グレイが車をジャンプスタートさせようとしたとは、とても想像できません」

「数年前までの彼女だったら、今の君の考えは甚だ間違っているがね」セルダム教授は言った。「ジョセフィンは、イギリス初の女性プロレーサーの一人でね。自宅を訪問すれば、君も数々のカップやメダルを目にすることになるだろう。レースを離れてからは、車のコレクターになった。しかし、私自身も自問していた。一体誰がそうやってエンジンを始動させる方法を知っているだろうとね。ケンブリッジから戻る途中、ずっと記憶をたどっていた。もちろん、レイモンド・マーチンは、その一人だろうね。戦時中、装甲師団に配属された彼は、ありとあらゆる種類の車両に対応できなければいけなかった。リチャード・ラネラフ卿もそうだ。MI5で訓練を受けているからね。間違いなくこの種の裏技は教えられていただろう。ソーントン・リーヴスも、間違いなくやり方を知っている」

「なぜリーヴスについては、そこまで確信があるのですか?」私は尋ねた。

セルダム教授は、自分の落ち度を見つけられてしまったとでもいうように、名前を列挙するのを止めた。そしてばつが悪そうに微笑んだ。

「私たちは学校が同じでね。リーヴスの父親が車の鍵を渡してくれなかった時、何度か一緒に父親の車をジャンプスタートさせたことがあった」

「ということは、あなたもやり方はご存じだったということですね」私は面白がって言ったが、教授の顔は陰った。

「私はあの事故以来、二度と車の運転はしなかった」教授は言った。

「その他の人たちはどうです?」私は尋ねた。「アルバート・ラッジオは? ローラは？　ヘンリー・ハースは？」

「アルバートとローラについては、確信が持てない。二人が車を所有しているのは知っているが。毎年、夏になると二人はヨーロッパ大陸をめぐる旅に出るんだ。ヘンリー・ハースは昔、小型のフォルクスワーゲンを運転していたが、かなり前に売り払ってしまったと思う」

「では、レナード・ヒンチは？」

「そうだった、ヒンチもいたね。他の誰よりもよく、やり方は知っているだろうと思う。彼の父親は自動車の修理工場をやっていて、思春期の頃、夏の間は父親と一緒に働いていた。私の記憶では、彼は例の事故の後、車の残骸をサルベージして、もう一度、組み立て直せるか試してみたいと申し出てくれたのだが、私はスクラップにする方を選んだ」

「それは興味深いですね」私は言った。「ヒンチは、クリステンが意識を取り戻した時、彼女がその前のことをどの程度覚えていたか、ものすごく知りたがっていました。それを踏まえた上での、今のあなたからの話です。教授も思いませんか……？」

しかし、私は言いかけてやめた。セルダムが驚いたようすで私の背後で流れるテレビの映像を、指差していたからだ。画面で目にしたものに、私たちはどちらも心を奪われ、言葉を失った。ローカルニュースの映像に混じって、アンダーソンがヒンチにインタビューしている映像が流れ、続いて、ヒンチの写真が現れた。写真の中の発行人は、まだ若く、やせていて、髪もほとんど失ってはいなかった。その下のテロップには、《彼のオフィスで、死亡しているのが発見された》とあった。

私たちはバーテンダーにボリュームを上げてくれるように頼んだ。どうやら、ヒンチの死因は糖尿病の合併症によるものとされているようだった。報道は主に、職業人としての彼の経歴に焦点を当てており、彼が出版した書籍の画像と、イギリスが誇る著名な文筆家たちと一緒に写った写真が次々と映し出された。地元の文化人の逝去を型通り報じているかのようだった。

それでも、セルダム教授はすぐに店を出て、ピーターセン警部を訪ねようと言ってきかなかった。

十七章

「わざわざここまで来てもらったのは、見せたいものがあったからだ」ピーターセン警部は言った。

私たちは警察署にある警部の執務室にいた。前の年に訪れた時から何も変わっていない。直立した高い背もたれのある簡素な椅子、金属製のがっしりしたキャビネット、子どものままの姿で時を止めた娘の写真が飾られた銀の写真立てが事務机の上にあるのも、同じだった。陽射しがゆっくりと薄らいでいこうとしていた。窓から外をのぞいたら、以前見たのと同じ黄金色の川を、同じように永遠に滑るように競い合って進むボートが見えるような気がした。普段の環境に身を置いているところを観察する限り、ゆっくりと白くなっていく髪を除いては、警部もまた少しも変わっていなかった。私は、細かいことだが、ひとつだけ前と違っているところに気がついた。警部が私たちにとコーヒーを出してくれた時、自分には紅茶を頼んだことだ。そして、諦めたような口調で、医者が人生の楽しみをどんどん禁じていくと言った。

「毎朝、掃除に来る女性が遺体を発見した」警部は私たちに説明した。「ヒンチの秘書は休暇中だったのだが、掃除をする女性もオフィスの鍵を持っていて、デスクの傍らで床に倒れているヒンチを見つけた。彼は立ち上がろうとしたものの、ドアまでたどり着けなかったようだ。ヒンチには配偶者も近親者もいない。幸い、発見者の女性は何にも触れることなく、すぐに警察に通報してくれた。法医学者は困惑していた。遺体を仰向けにした時、ヒンチは顔を歪め、口を大きく開いたまま硬直していたが、死ぬ前に大量の汗をかいたのか、シャツはまだ濡れていた。これらの疑いようのない臨床的な兆候により、法医学者はすぐに結論を出すことができた。今、こうして話をしている間にも、最終確認で血液検査を行っているがね。ヒンチはどうやら、デスクの上にあったチョコレートを口にして中毒死したらしい。使用された物質は、我々もお馴染みのアコニチンだった——トリカブトとしても知られている毒物だ。微量でも猛毒となる物質で、わずか三ミリグラムほどで人を死に至らしめることができる。チョコレート一粒で致死量に達していたはずだが、アコニチンには血液中の血糖値を急激に下げる効果もある。私たちも知っている通り、ヒンチは糖尿病だった。そして、この清掃係の話によれば、ヒンチはグルコース濃度が下がるたびに、チョコレートに手を伸ばしていたそうだ。チョコレートの箱は手をつけたばかりで、屑籠《くずかご》からは包み紙が四、五枚見つかった。毒が混入した最初のチョコレートが血糖値のレベルを下げたため、おそらく、より激しい中毒症状を感じ始める前に、更に三、四粒、チョコレートを食べたものと法医学者は推測している。問題の箱入りチョコレートを送った者が誰であれ、ヒンチのことを良く知っていて、かつひどく憎んでいたに違いない。どうやら、かなり恐ろしい死に方のようだ。衣類をずぶ濡れにするほどの夥しい発汗、激しいけいれん、嘔吐《おうと》、舌と胸の焼けるような感覚。法医学者によれば、この毒物を摂取した被害者は、目が眼窩《がんか》から飛び出し、頭がどんどん肥大して今にも破裂しそうな感覚を味わうという。ただ、幸いにも、ヒンチは問題の箱入りチョコレートを誰にも分け与えることがなかった」

「他人に分けるなんてことは起こるはずもない」セルダム教授はそう言って、ピーターセン警部にヒンチが甘味フリークで甘い物に対していかに強欲だったかを話した。「なるほど」ピーターセン警部は言った。「そうすると、ヒンチをよく知っている誰かが、彼ひとりだけを殺そうとしたのか。ところで、机の上にこのカードが置いてあるのを見つけてね。箱についていたリボン飾りの隣にあった」そして、警部は印刷された一枚のカードを取り出して私たちに見せた。そこには、銅板刷りのような綺麗な文字で、《ルイス・キャロル同胞団》とだけ記されていた。カードの最下部には、チェックのベストを着て、懐中時計を見ているアリスのウサギが描かれている。

セルダム教授は、すこしの間そのカードを調べていたが、次に札入れからカードを一枚、取り出して比較した。

「同胞団のメンバー全員が、自分の名前とテニエル（John Tenniel 1820〜1914 『不思議の国のアリス』『鏡の国のアリス』の挿絵画家、イラストレーター）の挿絵が入った、このようなカードを持っている」教授は自分のカードの上にそのカードを重ねて、両方のカードの縁を警部に指し示した。「そのカードを送りつけた者が誰であれ、自分の名前が入った上部の部分を切り取るだけで、同胞団全体からの贈り物であるかのように装うことができた。ヒンチはおそらく、キャロルの日記の出版契約をめぐって生じた軋轢《あつれき》でささくれだった彼の心をなだめようとの気遣いだと信じて、何の疑いもなく問題の箱を開けたのだろう。箱を受け取ったのは誰だったのか？ 秘書と話ができたのかね？」

「ああ、ブリストルに滞在中の彼女と連絡が取れた。すっかり取り乱しているふうだった。その箱を絶対に見たこともないし、触ってもいないと言っていた。しかし、出版社のオフィスに届けられる郵便物の大部分は、エントランスの郵便受けにただ入れられていくそうだ。ヒンチは、分厚い原稿も受け取れる大きさの郵便受けを取り付けていた。執筆中の作品を持ってやって来る輩と顔を合わせることを、できうる限り避けたかったのではないだろうか」

「だから、出版社の玄関まで行きさえすれば、誰でもチョコレートの箱を置いていくことができた」セルダム教授は、自分自身に語りかけているかのように小さな声で言った。

「そうだ」ピーターセン警部は言った。「そこから調べていっても、これ以上の進展が期待できるとは思えないが、実は、見せたいものが他にもあってね。チョコレートの箱を調べていた時に、格子模様のプラスチック製のトレイを持ち上げてみると、その下に見つかったのだ……これが」

警部は机のこちら側へと手を伸ばし、最初の写真よりもさらに憂慮すべき内容の写真を、私たちに示した。そこに写っていたのは、行っていても七歳ほどの少女だった。最初の写真と同じく、一糸まとわぬ姿で、草原に横たわっている。両手は頭の後ろに組み、両脚をやや曲げている。だが、今回の写真では、白い三角形の陰部が完全に露わになっていた。一見、人気《ひとけ》のない森の中で撮影された写真のようだったが、この画像もやはり切り抜かれて、彩色された背景に貼り付けられていることに、私は気づいた。ポーズは入念に計算されていた。胸と腋窩《えきか》が露わになるように両腕は上にあげ、豊かな髪は櫛《くし》で片側に流され、小さな両手がそれを頭の後ろで押さえていた。恥部の三角形が突き出すように、一方の脚は、もう一方の脚の後ろに添えるようにして曲げていた。

ピーターセン警部は、居心地悪そうに咳払《せきばら》いして、この写真から他に何か分かることがあるかとセルダム教授に尋ねた。警部もまた、キャロルの怪しげな側面をこんなふうに露骨に見せられて、驚愕しているように思われた。

セルダム教授は声に出して考えを組み立てようとした。二枚の写真、二件の襲撃が狙った効果は明らかだった――おそらく、日記の出版を阻止するための警告として、殺人に否応なしに焦点を当てつつ、最も反響を呼ぶ方法で、キャロルのこうした性向を白日のもとにさらすこと。

「同胞団はこれまで、この問題に関して、慎重かつ寛容な態度を取ってきた。しかしどうやら、誰かが――おそらく小児性愛に反対する何者かが、我々とは異なった考えのもとにこの二件の襲撃を行い、キャロルという人格に対する非難をはっきりと示そうとしたのだろう」

「そうだな、その読みは理にかなっているように思う」ピーターセン警部は言った。

「とはいえ、私自身はこの説を完全に信じることができていない」セルダム教授は言った。「私は同胞団のメンバー一人ひとりをよく知っている、と思う。その中の誰一人として、あれほど乱暴で猥雑《わいざつ》な見方をキャロルに対してするようには、思えないのだ。それどころか、あのような犯罪を企てたかもしれないなんて、もっと思えない。メンバーの中に、スパイのような者がいるのでもなければ――我々が開いた会議すべてにおいて、そして、キャロルについての自身の著書の中でさえも、ずっと嘘を演じてきた何者かが」

「何か別の事実が、捜査の過程で明らかになるかもしれない……それが、次の殺人が起こる前であればいいのだが。当面、公式な手続きに則って」ピーターセン警部は言った。「この二枚の写真に関しては、一切口外しないようお願いしたい。さしあたっては、ピンチが実際には殺害されたという事実も発表しないつもりだ。写真の情報が報道機関に漏れることは我々の望むところではないからね。それ以上に、情報が漏れたせいで、何者かが遺体の上にキャロルの撮った写真を一枚置いて、本命の仇敵《きゆうてき》を抹殺したなどということになっては困る。それから、それとは別に、もう一つ知っておいて欲しいことがある。私はリチャード・ラネラフ卿と話をして、同胞団についてもっと詳しく教えて欲しいと頼んだのだが、その中で王室ゆかりの人物が名誉総裁を務めていることを知った。想像がつくと思うが、この情報を知って私は驚いた」

「単なる象徴としての名誉職だよ」セルダム教授は言った。「会合にも一度も出られたことがないし。リチャードが海外の関係先に好印象を与えようと、伝手《つて》をたどって得たつながりだ。このおかげで、世界中の大学やキャロルの研究サークルと資料の交換ができるようになった」

「そう、ラネラフ卿もそう言っておられた。とはいえ、そうなるとなおのこと慎重にならざるを得ない。この件についてはMI5に知らせるつもりだ。王室ゆかりの方が、殺人や小児性愛の写真がらみのスキャンダルに巻き込まれることを愉快に思うとも思えない。お二人には、ジャーナリストとは誰であれ接触しないよう願いたい。アンダーソンというジャーナリストが昨日、死体安置所で嗅ぎまわっていたらしい」

ピーターセン警部の話はそれで終わりらしく、立ち上がって私たちをドアのところまで案内した。警部がドアを開けようとしたその時、直截に尋ねた。「それで、二件の殺人について、警部自身はどう考える？」

そこまで単刀直入な問いは想定していなかったようすで、ピーターセン警部は曖昧《あいまい》に微笑んだ。

「今のところ、私が打ち出した見解というのはない。だが、興味をそそられている事実はある。最初の事件で車が使われたことから、犯人は男であろうと考えられていた。だが、今度は、道具立てが毒物だった。だが今日でも、統計的には、女性の方が毒物を好むケースが圧倒的に多い」

「二人の別々の人物ですか？」私は尋ねた。

「あるいは、一組のカップル」ピーターセン警部が言った。

「もしくは、推理小説を二、三冊読んで、こうした統計的な傾向について知り得た誰か」やや懐疑的な口ぶりでセルダム教授が言った。「たしか、ニコラス・ブレイク（Nicholas Blake 1904～1972　英国詩人・小説家、ミステリー作品はほぼブレイク名義で、詩作はCecil Day Lewis名義（本名）で。『証拠の問題』『野獣死すべし』など）が、作品の中でこのことを面白おかしく書いていた。《毒物は女の武器、毒物は女の武器》と繰り返ししゃべるようになったオウムを登場させてね」

「なるほど」警部は同意した。「ひとりの人物が、我々を惑わせるために二つの異なる手段を使って殺害したのかもしれない。さて、それでは今日の午後は、ヒンチの事務机とすべての書類を注意深く調べることにしよう。二、三、引き出しをこじ開けなければならないのだが、その中から何か別のものが見つかるかもしれない」

十八章

「ピーターセン警部は、アルバート・ラッジオ夫妻を疑っていると思いますか?」私は階下に降りるとすぐにセルダム教授に聞いた。

「いや、文字通りの意味で言ったとは思わないね」セルダム教授は答えた。「厳密に夫婦を指して言っているのではないと思う。例えば、共犯関係にある恋人同士のカップルのことかもしれない」顔をしかめ、やや甲高い声で皮肉っぽく言った。「ねえ、あなた、力づくでやるというあなたのやり方はもう試したでしょ。今度は私のやり方でやりたいの」

「しかし、その場合は」私は言った。「動機がなくなってしまうのではないでしょうか? 恋人同士のカップルが、話し合って、キャロルのこの側面を非難する理由があるでしょうか? それよりも、小さな娘がいる夫婦のほうがイメージしやすいです。アリスの本を餌《えさ》に、もしくは、キャロルの面白そうな手品か何かを使って、小児性愛者がその子に近づいたとしたらどうでしょう。小児性愛者が娘を襲い、深刻なトラウマを残したのでは……」

セルダム教授は足を止め、私の目をのぞきこんだ。

「もしかして、君はローラ・ラッジオと話をしたのか？」

「いいえ」私は驚いて言った。「私が思春期の頃に読んだ物語のことを考えていたのです。『もし私が目が覚める前に、死んだとしたら』という。でも、なぜそれをお聞きになるのですか？」

「昔、アルバートとローラの間には娘がいてね。アルベルティーナと言った。私の知る限りでは、とても聡明で幸福そうで、魅力的な子だった。母親と同様、美しくてね。一度、写真を見たことがあるんだ。学校でも最も優秀な生徒の一人だった。十歳ぐらいの時に、キャロルの本に夢中になった。そして、ある日――それも十二歳の誕生日の前日に、謎の自殺を遂げた」

「自殺した？」私は驚いて繰り返した。

セルダム教授は重々しくうなずいた。

「橋から川に身を投げたのだ。ラッジオ夫妻が同胞団に近づいてきた主な理由は、娘の自殺だったのだろうと私はずっと思っていた。知り合ったばかりの頃、何度か、娘が書き込みを入れたキャロルの本を見せてくれた。本の余白に娘が絵を描いていてね。二人は隙あらば、必ず娘の話をしていた。いつも現在形で話していたので、しばらくの間、私は娘が生きていると思っていた。リチャードとレイモンドが私にその恐ろしい悲劇のことを話してくれるまではね。だが、結局、私が自殺の原因を知ることはなかった。ピーターセン警部はもう少し事情を知っているかもしれないが――当時、事件の捜査にあたっていたと思う――警部が容疑者として夫妻のことを考えていたとは思わない。だが、私が興味をそそられたのは、警部の別のコメントだ。私と一緒にウォーターストーンズ（英国高級書店のチェーン店）に立ち寄る時間はあるかね？　調べてみたい中等学校の推薦《すいせん》図書が揃っているんだ」

　私たちはすでに書店のすぐ近くまで来ていた。教授の後について横の通路の一つを歩いていくと、アルファベット順に整理された古典セクションの前に出た。セルダム教授はしゃがみこんでWの棚を隈《くま》なく探し、小さく勝利のジェスチャーをして薄い本を抜き出した。オスカー・ワイルド（Oscar Wilde 1854～1900　アイルランド出身の詩人、作家、劇作家）の『アーサー・サヴィル卿の犯罪』だ。

「ここに来れば見つけられると思っていた。学校では今でも必修の教材として指定されているのかもしれないね」教授は言った。本の真ん中から前の方に向かって、ページを素早くめくっていく。手がかりを探し出そうとしているかのように、見ればすぐにそれと分かるであろう一つの単語を捜した。そして、ついに捜していたものを見つけたようだった。まずは黙って目を通していたが、やや落胆したようすだった。

「ほら、これだ。でもちょっと違うな。あったはずの文章が本から消えてしまうことが時々ある。私の記憶では、確かアーサー・サヴィル卿が彼の企てた犯罪にアコニチンを使用しようとしていて、その効果についての記述があったのを覚えているのだが、ここにはあまり書かれていないようだ……」

教授の手の中で開かれたままになっている本を、私にも見せてくれるように頼んだ。私は声を出さずに読んだ。『アーサー卿は、その二冊の本に使われている専門用語に大層当惑した。そして、オックスフォードで古典にもっと注意を払えばよかったと後悔し始めたが、その時、アースキンの毒物学の二巻目に、かなり分かりやすい英語で書かれた、アコニチンの特性についての、興味深くよくまとめられた説明を見つけた。それは、まさに彼の望みどおりの毒物のように思われた。非常に即効性があり――ほぼ即時に効く――まったく苦痛を伴わない。マシュー・リード卿が最も推奨する、ゼラチンカプセルの形で摂取する方法であれば、決して飲みにくいものではない』教授が何をお探しなのか私にはよく分かりませんが、ここで触れられているアースキンが書いた毒物学の本を当時お調べになったのでは……？」

セルダムは、困惑した表情のまま、再びその本を手に取った、そして、その段落全体を読み直した。

「もちろん、そうだ。これに違いない。若かりしあの頃、私はこの種のことにひどく感銘を受けたものだった」

私たちは、店員の一人にアースキンの『毒物学』がないかと尋ねた。女性の店員は、もうすでに随分前から絶版になっていると言いつつ、自然科学書の売り場に案内してくれた。そして、書架の一つから、圧倒されるような厚さの毒物の歴史の本を下ろしてきた。私たちは、索引《さくいん》の中に——冒頭の数多くの名称の間に——アコニチンを見つけた。セルダム教授は、再び正しい軌道に戻ることができたと感じたふうで、その記述を夢中になってたどっている。

「これだ、これだ」そう言って、教授は読み上げた。「『毒を摂取した者は、自分の頭が桁違《けたちが》いの大きさに増大する感覚を抱く。そして、その感覚は、すぐに体の残りの部分や四肢にまで広がる』。ピーターセン警部はまさにこう言っていた。『身体が巨大化するという感覚』と。そう聞いて、君は何を思い浮かべる？　アリスがとても小さなケーキをかじって、かじるごとにだんだん身体が大きくなる場面に似ていないか？」

「確かにそうですね」私は言った。

「クリステンが私たちに言った言葉も覚えているだろう？　『宇宙ロケットみたいに』空中を飛んでいる感じだったと。あの時は気づかなかったが、トカゲのビルが煙突から降りて来て、アリスの鋭い一蹴《け》りで飛んで行った時に、言った言葉だ」

「つまりこれは、事件は連続している、ということですか？　アリスの本の場面に基づいて犯罪が実行されていると？　〈不思議の国連続殺人〉ってことですか？　今すぐ戻って、警部に今のことをすべて話すべきではありませんか？」

セルダムは躊躇った。そして、ゆっくりと本を閉じた。

「私は、結局のところ、数学者なのだ。二つの別個の事案について帰納的推量をするというのは、あまりしっくり来ない。この感覚は君にも分かるだろうと思うが」

自分の耳を疑いながら、私は教授を見つめた。教授も私の非難がましい表情に気づいたと思う。

「それを確認するために、次の殺人を待つほうがいいと？」

「まさか」教授は、やや不安そうに言った。「これまでで分かったことに、何らかの意味を見いだしたほうがいいと思ったからだ。こういうことをしでかした人物を動かしている背景の動機が何なのか、想像してみる。その意図は、何かを隠し通しておくことなのか、あるいは、何かを明らかにすることなのか？　それさえ分かっていない。これは本当にキャロルの小児性愛を告発する組織的な活動なのだろうか？　それも私には信じられない。事が起きてから百年以上後になってというのは、何というか期限切れのように思われないか？　新聞には平穏な記事を掲載するだけで十分ではなかっただろうか？　それにピーターセン警部の作戦も気にかかる。もちろん、ヒンチが毒殺され、写真が出現したことを隠すのは理にかなっているように思える。だが、それは挑発のようなものではないか？　すべての背後にいる誰かに、今まで以上に思い切った、隠しおおせることができない第三の襲撃を企てるよう仕向ける挑発のようなものではないのか？　私には分からない。おそらく、この問題の原点に戻らねばならないのだろう——クリステンが発見した紙片に。これについてクリステンともう一度話ができたのかな？」

あれから彼女とは会えてもいないと答えるしかなかった。セルダム教授は考え込んだ。

「君は今から彼女に会いに行くべきだと思う」教授は言った。「今見たばかりの写真のコピーを持って、ヒンチが亡くなった状況を話しに。彼女には、誰よりもそれを知る権利がある。すべてを知る権利が」

「それでその紙片を私たちに見せる決心がつくと思いますか？」

「分からないね、だが、君には彼女を説得するために、できること、できないこと、何でもして欲しいと思う。今やこれは、生死を分かつ問題なのだということを、君にも理解してもらいたい」

十九章

　夕暮れの光はまだその明るさを残しており、よく晴れた空に奇跡的に留まっている空気がその暖かさと透明感を保ち続けていた。私は、カレッジの自室に戻る前に、ユニバーシティ・パークを散歩してみようと思った。テニスのネットは芝生のコート上にすでに下ろされていて、私は何となく憂鬱《ゆううつ》な気分で石灰で引かれた白いラインの上を横切った。さらにその向こうには、バッツマンの順番が回ってくるのを待つ何人かのプレイヤーが、クリケット・フィールドの隅に座っているのが見えた。半ば放置されたように見える小道を通ってさらにもう少し歩くと不意に小道が折れ、荒れて伸び放題の草原の間から川が望める場所にたどり着いた。私は、羽根が茶色とメタリックグリーンのカモが数羽、平然と臆《おく》することなく行進していくのを見つめながら、イグサが点在する川の縁を進んだ。すると、突然、騒がしくなり、くぐもった叫び声、それに、聞き違いようのないスペイン語の罵声《ばせい》が聞こえた。川のそばの開けた場所で、がっしりした体格の男が、小柄な男を殴っているのが見えた。小柄な男は両膝をつき、繰り出される殴打や蹴りからできうる限り自分の顔を守りながら、英語でしきりに許しを請うていた。十歳にも満たないであろう幼い少女が、逆上している大男を引き離そうとしながら、スペイン語で「パパ、やめて、パパ、お願い」と叫んでいたが、大男が小男を殴るのを止めさせることはできなかった。その少女のアクセントから、その親子はスペインのどこかの地方からの旅行者だろうと私は思った。私は用心しながらもう少し近づいた。驚いたことに、膝をついて謝っている血だらけの小男はヘンリー・ハースその人だった。そこで、私はもう一歩前に出て、その男のそばまで近寄り、「やめろ」とスペイン語で大男に叫んだ。彼は、いくらか狼狽したようすで、私を見つめた。まだ憎しみで分別を失っていた状態だったが、一瞬殴るのをやめた。

「本当に彼を殺したいのか?」私は大男に言った。「どんなに血を流しているか、見てみろ」

私はハースのそばに屈んで、鼻の出血を止めようとした。片方の目は腫れ上がり塞《ふさ》がっている。鼻の骨も折れているようだった。口からの出血もあり、白いシャツに大きな赤い染みができていた。私は、ハースを助け起こそうとしたが、膝がひどく震えていて、立ち上がれなかった。彼は、どうか置いて行かないでくれと私に英語で囁いた。

「こいつを殺したって構わないさ」大男は言った。「こんな輩は世の中からいなくなればいい」

大男の傍らにいる少女は苦悩のあまり涙を流している。

「でも、パパ、この人は私にひどいことなんてしていないわ。ただテディーベアを私にプレゼントして、私の絵を描きたかっただけよ」

その大男は、すりむけて血が滲《にじ》んでいる自分の指の関節を眺めた。だんだんと我に返ってきたらしく、娘のそばに屈みこみ、抱き締めた。そして大男はまずハースを、次いで草原に投げ出された袋を指差した。袋からは、テディーベアの茶色の頭がのぞいている。

「俺はちょっとの間、トイレに行ったんだ。カモに餌をやっている娘をここに残して。戻って来ると、このくそったれが袋からテディーベアを出して娘にやろうとしているところだった」

「私はあの子に何もしていない。何かしようとなんか思っていなかった」ハースは、シャツのへりで止血しようとしながら、私に向かって哀れっぽく繰り返した。

その男が娘の手を取って立ち去るのを見て、私は安堵した。ハンカチを取り出して、ハースに手渡したが、何をしても出血は止まらないようだった。

「私には血液の疾患があって」ハースは私に言った。「血友病に似た病気なんです。家に戻って、血液凝固剤を服用しなければなりません。どうか、助けてください」

「病院に行くべきではありませんか？」私は恐れをなして言った。

「いや、どうか、病院はやめてください。私はすぐ近くに住んでいるので。それに、ここから公園の後ろを通る近道があります。五分とかからないでしょう」

ハースはゆっくりと立ち上がり、そろそろと最初の一歩を踏み出した。くるぶしも蹴りつけられていたので、歩くのもやっとという状態だった。彼は私に寄りかかり、私はありったけの力を振り絞って、彼を引きずるようにして進んだ。しかし、最も心配だったのは、出血だった。すでに私のハンカチは濡れそぼち、私の肩を伝って垂れ始めている。またハースの体力も次第になくなっていくように感じられ、彼が気を失うのではないかと怖くなった。力を失って死体のようになった彼の身体を、私は運ばねばならなかった。だが幸いなことに、彼は子どものような骨格だったので、とても軽かった。私たちは、公園の片端を横切り、カーブしている小道に出た。ハースは、赤く塗られた両開きのドアまで下っていく数段の階段を指差した。鍵を探してポケットをひっかきまわしている音がして、ハースが鍵を手渡してきた。鍵を開けると、彼は突然恥ずかしくなったのか、あるいは、私に部屋の内部を見られたくなかったのか、私の前に割り込み、私が入るのを遮ろうとした。感謝の言葉を述べ、薬は洗面所にあるから、後はもう自分一人でやれると言うので、手を放すと、第一歩を踏み出そうとした瞬間に、ドアのそばに崩れ落ちてしまった。私は、ハースの顔を必死になって叩き、薬はどこにあるのかと尋ねた。弱々しい身振りで、彼は玄関の方向を指差した。

私は、彼の脚をまたぎ、両腕を引っ張って彼を部屋の中へ引きずり入れた。そして、彼の頭を壁にもたせかけておいて、私は暗い廊下を進んでいった。最初のドアを開けると、背後から死に瀕《ひん》しているような凄《すさ》まじいわめき声が聞こえた。

「駄目、そこは駄目だ！」

しかし、開かれたドアを通して届く円錐《えんすい》形の光のおかげで、小さなポートレート写真がパッチワークのように部屋の壁一面に貼られているのが、私にはすでに見えていた。四面の壁全部を、その圧倒的なミニチュアのコレクションが占拠していた。

私は、自分が何を目にしたのかよく分からないまま、茫然としてそのドアを閉めた。そして、次のドアを開けた。洗面所の薬品保管キャビネットの中を探し、やっと抗線維素溶解薬のカプセルを見つけると、立ててあった歯ブラシをどけて、グラスに水を満たした。私はカプセルを持ってハースのところに戻った後、キッチンで出血を抑えるための布巾《ふきん》を探した。ハースはすぐに二錠を飲んだ。一口二口水を飲むと、生き返ったように見えた。

「あれを見たでしょう、ね？」目はまだ天井に向けたままハースは私に言った。その間も、布巾は次々と血で染まっていった。

「いいえ」私は怖くなって言った。「何も見る暇はなかったです」

「いや」ハースはゆっくりと言った。「あなたは確かに見た。おそらく、ちらっと見ただけだったでしょうが。たぶん、間違った印象を抱いたと思います。もう一度中に入ってくれませんか。電気をつけて、見てください。結局のところ、あなたはこうして私の命を助けてくれたんですから、分かっていただけるのではないかと思うのです。あなたは若くて、思いやりがある。いい人に見えます。見てください。でもよく注意して見てください。そして、戻ってきたら何を見たか教えてください」

私は廊下に戻った。まだ疑念を抱きながら、その部屋のドアを開け、電気をつけた。ギャラリーのホールのような装飾のない部屋を眺めた。四面の壁は、ほとんど互いが重なり合うほどにびっしりと小さな絵で覆いつくされていた。すべて鉛筆で描かれた少女たちのポートレートだった。信じられないほどの精密さで描かれた少女たちの顔は、不安になるくらいの迫真性を帯びていた。まるでそこの中に閉じ込められ、電気のスイッチを入れると同時に目覚める、息づく生き物であるかのように見える。私は少女たちの顔を一つひとつ見ていった。彼女たちは六歳から十歳、あるいは十一歳くらいまでの年齢だった。大多数は、歓喜の感情の瞬間をとらえられたかに見え、澄み切った、真剣なまなざしで、まっすぐ前を見つめていた。髪の細部や顔の輪郭の一部は、ざっとスケッチしただけのものもあったが、疑う余地のない巧みな手捌《てさば》きが、くるくると変わる輝く表情の特徴をよくとらえ、子どもらしい容貌《ようぼう》を生き生きと見せていた。「注意して見てください」とハースは言っていた。足を止めて見てみると、すべての顔に、つかの間ではあるが、たびたび現れる何かを、確かに認めることができたような気がした。少女たちの時間は、止まっているようだった。ある種の歓喜に囚われ、何か大切なものを引き受けようと、あるいは、受け入れようとしており、彼女たちを別次元に引き上げようとする激しい感情の虜《とりこ》になっているかのようだ。彼女たちの心の中で決心をして、その決心の何かが、彼らのまなざしを通して、抑えきれずに湧き出ているかのようだった。思春期のただ中にいる何人かの少女たちが、すぐに訪れるであろうキスを許そうと決めた時の、心地良く幸せな期待を抱き、差し迫った瞬間に見せるまなざしのように、私には思えた。では、あれがそうだったのか？　このあやふやな手がかりだけで少女たちの表情を読み解こうとしながら、私は小さな絵を眺めつづけた。真実に近いところ、今にもそれを言い当てられそうなところにいながら、それでもまだ、私は肝心な一歩が足りていないと感じていた。すべての顔は、繰り返し同じことを伝えていたように思えた。時代の違いこそあれ、間違いなく、長年にわたって。しかし、正確には何を伝えようとしていたのだろうか？　今、ハースは一体何歳なのだろうか、そして、どのくらい前からこのコレクションを始めたのだろうか、と私は自問した。壁に飾られる絵の位置の順序についても――もし順序があるとするなら――私には確信が持てなかった。どれが最初のポートレートで、どれが最後だったのだろう。それぞれ自分の小さな秘密に歓喜しているように見える少女たちの顔をもう二、三枚眺めてから、私は廊下に戻った。ハースはどうにか自力で立ち上がっていて、今はキッチンの椅子に座り、コップの水を少しずつゆっくりと決まったペースで飲んでいた。

「さて、ご覧になられたところで」ハースはかすかに誇らしげな口調で言った。まるで自分の価値を心の奥底で確信しつつ、長い間身を隠し続け、ついに人前にその姿を現すことができた芸術家であるかのように。ついに自分の聖域、安らぎの場所を誰かに見つけ出してもらったことで、彼はかなり幸せな気分を味わっているように見えた。

「あのコレクションを見たのは、あなたが初めてです。もしあなたが注意深く見たのなら、〈真実〉が分かったはずだ。公園で私に襲いかかったあの頭のおかしな奴が、あなたに何を言ったか分かりませんが、私は決して少女たちには指一本触れていません。一人も、一度も。そんなことは絶対にしない。私はただ、あなたがあの部屋の中で見たものが欲しいだけです。そう、あの瞬間、あのまなざし。しかし、私をすべて理解してもらうには、これとほとんど同じ数のポートレートが飾ってある、もうひとつの部屋があることを、知ってもらわねばなりません。〈軽蔑、嘲笑《ちようしよう》、憐れみの部屋〉と私が呼んでいる部屋です。思春期の頃、私の身長は、今の背丈以上には伸びなかった。一方、私の周りのすべての少年少女は、まるでアリスのケーキをふんだんに食べているかのように、背が伸びていきました。それでも、私は同級生たちがやっているのと同じことをやってみた。この少女、あの少女にアプローチをしてみましたが、いつも答えは同じでした。少女たちのまなざし、忍び笑い、答えの中にあったのは、軽蔑、嘲笑、憐れみだったのです。そのようなまなざしを受けるたびに、焼けた火箸《ひばし》を押しつけられ、肌が焼けるように感じました。彼女たちのまなざしは、私の中に記憶として留まり、私はそれを癒《い》やすことができなかった。その時、私は写真のネガのように記憶に刻まれているそうした拒絶の一つひとつをポートレートとして描き始めました。私にはこのささやかな才能があることを、自分自身で発見したのです。そう、私の記憶の汚水バケツから、容貌や、表情だけでなく、未だ燃えるような鮮明な感情そのものを呼び出し、描き起こすという可能性があった。なぜそうしたのか、私にもよく分かりません。というのも、一つひとつのポートレートを描き終えると、私はもう一度傷つくからです。これは、ある日──ローマ帝国のすべての白い石に印をつけなければならないほどの、奇跡としか言いようのないある日まで続きました。下絵の一つを描いていると、一人の少女が私に近づいて来ました。あなたが今日私を見つけた場所のそばだった。下絵を描き終えるのを見て、少女は悲しみを誘うような絵に見えると私に言ったのです。私は何も考えずに、それは、私のもとを去った恋人の絵だと答えました。その説明に少女は心を動かされたようでした。彼女は、自分のポートレートも描いて欲しいと言いました。彼女を描く間、私たちは話をしました。私は彼女に冗談を言い、キャロルの本に出てくる言葉のゲームもしました。少女は笑い、自分が知っているジョークやゲームのことを私に話してくれようとしました。私は、少女の笑い声が聞きたくて、さらに冗談を言いました。でもそれと同時に、私は少女のポートレートを描いていましたから、彼女の中の何かが、心の内側で、確信や決心に変わっていっていることに気づいたのです。少女は突然私に言いました。もう悲しむことはないわ、だって私があなたを愛するつもりだからと。あなたの恋人たちよりももっとあなたを愛するつもりだと、私に約束したのです。それから、少女は真剣な表情になりました。そして、私はそれがどうやって表に現れたのかを見たのです……初めて……私が一つひとつのポートレートに記録し、自分のために取り込み、保存していたものが。それは、あの年頃の少女たちの目から顔をのぞかせ、ポートレートに輝きを与えます。未だ恐怖や防衛機構、打算に汚染されていない純粋な物質、愛の初乳の流動体のように。それは、少女たちのために、必要な二、三の音をどのように弾くかを学ぶ時に、どの少女の内にも自然とわき出してくる根源的な要素なのです。私が唯一収集したのは、そういう少女たちのまなざしだった。それ以上私は何も望みません。少女たちには指一本、触れることもありませんでした。そうすることもできたことは分かっていますが。多くの場合――あなたが信じる、信じないは別にして――少女たちのほうから触れようとしたり、触れるよう促したりしてきました。しかし、私は決して肉体的な意味で少女たちに惹かれたことはなかった。この点では、私はキャロル以上に潔白です。ただ私は、ささやかな愛の贈り物を受け取っただけです。ここ数年にわたり、その贈り物は私の命を支えてきました。少女たちがいなかったら、そして、人生がこのごく小さな慈悲を私に与えてくれなかったら、私は何度となく自殺を試みていたことでしょう。私のことをすべてお知りになったわけですから、どうぞお引き取りください。モンスターはねぐらで、独りで傷を治しますよ」彼は素っ気なく言った。

二十章

翌朝、数理研究所に行くと、手書きで私の名前と姓のイニシャルが記された一通の封書がレターボックスに届いていた。中には、クリステンの母親が小さな文字でびっしり書き込んだギルドフォードの絵はがきと、書き足りなかったのか、さらに一葉の紙――はがきよりも若干読みやすい――が添えられている。

「親愛なるG様（イニシャルだけでお呼びすることをお許しください。あなたのファーストネームをきっと私は間違えてしまうと思いますので）
我が家に、我が庭に、我が菜園に、そして、雑草とネズミとのささやかな私闘に戻ってからすでに数日が経ちました。オックスフォードでお目にかかった折りにお話しした通り、我が家にはテレビもなく、私と同じぐらいの年代物のラジオでもっぱら音楽を聴いています。そんなわけで、最新のニュースには通じていないものですから、こうしてお邪魔してしまい、申し訳なく思っております。実は戻ってからこのかた、クリステンから何の音沙汰《おとさた》もないのです。どうしているか知りたくて、何度か手紙も出しているのですが……。それに、警察からも何の連絡もなく、娘を車で轢いた犯人の捜索に進展があったのかどうかも分からずじまいです。あなたならおそらく何か聞いていらっしゃるのではないかと思いまして。とはいえ、ともかく、クリステンが元気にしているのか、新たな状況にできる範囲で順応できているのかが知りたいのです。もしあなたが娘を訪ねてくださり、そこは大丈夫だと請け合っていただくことができれば、本当にありがたいのですが。私が娘とともに過ごしたあの大変困難な日々の間、あなたとセルダム教授からご親切にしていただいたことは生涯忘れません。いつかギルドフォードにお越しになることがあれば、喜んで我が家にお迎えし、イングリッシュティーでおもてなしさせていただきたいと思っております。クリステンも、この母について、これだけはきっと認めてくれるはずです。母が作るスコーンは、州いちばんだということを。ちょうど一焼き分のスコーンを小包便で送ったところなので、娘があなたを試食にお誘いすることを願っています」

クリステンを訪ねるのは週末まで延ばそうかと考えていたのだが、彼女の母親からの手紙を見て、その日の午後すぐにヘディングトンへ行くことにした。

非情に照りつける太陽の下を、樹々の不規則な影が作るつかの間の避難場所を探しながら歩いて丘を登った。丘の頂上に着いたところで、メモしておいた通りにぶつかった。イギリス流の腹立たしい戸番の付け方を理解しようと努めながら、手前側から向かい側へと行きつ戻りつしながら番地を探した。そしてついに、目指す建物を見つけた。いくつかのフラットに分割されているその家は、白木の柵《さく》に囲まれており、柵の間から裏庭に通じている砂利道《じゃりみち》が見えた。名前やイニシャルが記された呼び鈴がいくつか並んでいる。その中の一つに、ごく最近インクで書かれたとおぼしきKとRの文字があるのが見え、私の心は妬《ねた》みで疼《うず》いた。私は呼び鈴を一度押してみた。かなり長い間待った後で、もう一度押した。午後の静けさの中、呼び鈴が反響する音に耳を澄ましていた私には、彼女の部屋がどこなのかは見当がついた。とある窓のカーテンの陰から、誰かが私をのぞき見ているようだった。きっとシスター・ロザウラに違いない。訪問セールスが来ただけだと言って、クリステンに嘘をつくことだってたやすくできてしまう。あるいは、私を部屋にあげるかどうか二人で議論していたのかもしれない。三度目は、もっとしつこく呼び鈴を鳴らしてみた。すると、ようやくその小さなフラットのドアが開き、シスター・ロザウラが髪を撫《な》でつけながら階段を降りて来るのが見えた。柵を通って入って来るように、合図をしている。

「ああ、あなたではないかとは思ったんですが、眼鏡をかけていなかったので、上からは良く見えなくて。クリステンに会いにいらしたのでしょう。彼女なら庭で本を読んでいます。小道の突き当たりまで行ってください。私が仮眠をとる間は、ベランダにいるほうがいいらしいので。私は病院では夜勤に入っているので、眠ることができるのはこの時間だけなんです」その言葉にはいくらか非難がましい響きがあった。

私はできる限り言葉をつくして謝ってから、家の裏手へと続く小道を進んで行った。その小道の先にあったのは、思いがけず大きな庭園だった。奥の方には低木が何本か植わっていて、色とりどりの花が咲く花壇がベランダに沿ってつくってある。奥に行くにしたがって、徐々に自然のままの変化が広がっていた。クリステンは、ガラスのテーブルに車椅子を寄せて座っていた。一枚の紙片の上に屈みこみ、とある本からメモを取っている。私が急に隣に姿を現したのを見て、ぎくりとし、驚きを隠し切れないようすだった。私がただ会いに来ただけではなく、隠された別の意図があるのではないかと疑い、恐れているかのように、彼女が浮かべた微かな喜びの表情はすぐさま警戒、あるいは不安に取って代わったように思われた。それでも、クリステンは期待に満ちた温かな笑顔をなんとかつくり、遅ればせながら少しばかり驚いたように私の名前を呼び、手を差し出してきた。私はどちらかというとアルゼンチン風に頬にキスをしたかった。彼女の上に屈みこむと、首に掛けられた金鎖の先の、外されたボタンからブラウスの中へロケットのようなものがつながっているのが、一瞬だが見えた。

身を離して立ち上がった時、彼女が頬を赤らめながら、本能的に手を髪にやり、神経質そうに髪を整えているのが目に入った。ここ数日、クリステンの容貌が私に及ぼす魅力的な影響力のことをすっかり失念してしまっていた。彼女の肌は太陽の光を浴びて金色に染まり、眼鏡を通してさらに大きく見える深い青い瞳は私の目をまっすぐに見つめている。まるで私のまなざしを引き付けておくことに喜びを覚えているようだった。そばに来て、ベランダに並ぶ鉄製の肘《ひじ》掛《か》け椅子の一つに座るように私に言った時、彼女はさらに顔をほころばせた。

「何というか……思いがけなくて驚いたわ」幾分皮肉を込めてクリステンは言った。

「丘を散歩していたの？」

「君がどうしているかと思って、先週二、三通メールを送ったけど、何も返事がなかった」

「ごめんなさいね。心配してくれてありがとう。ここ何日かで、きっと山のようにメールが溜まってしまっているんでしょうね。退院してから、研究所には一度も行っていなくて。最新のニュースも何もすべて見逃してしまったに違いないわね。でも、この作業をできるだけ早く進めようと思って」クリステンはそう言って、何冊かの本の傍《そば》に山と積まれた紙を誇らしげに指し示した。

「そんなことだと思っていたよ」私は言った。「だからここまで足を運ぶことにしたんだ」

「そうね、見ての通り少し日に当たろうとしているところなの。それに、ここにいればすべての危険から身を守れると思ってる。ここで私の身に起きた最も深刻な事態と言えば、ちょっと庭いじりをしたら爪が割れてしまったことぐらいね」そして、手を差し出して私に見せた。

もう少しよく見ようと、私は彼女の手を取った。実際二、三枚の爪が割れてしまっている。クリステンが引っ込めようとしたその手を、私はそのまま放さなかった。互いの指先はまだ触れたまま、私たちは一瞬、視線を絡み合わせた。

「駄目よ」クリステンは言った。「お願いだからそんなことはしないで」

「するなって……何を？」指を離そうとせずに、私は尋ねた。

「そんなふうに私に触れたり、私を見たりしないで。私には許されないことなの」押し殺した、うめくような声で、クリステンは言った。そして、私から距離をおいて両手を再びテーブルの上に置いた。「あのことを考えることすらしたくないの。どうしようもなく悲しくなるから。今は、まるで前とは別の世界に住んでいるような気持ちなの。私の目がとらえている景色だって、どうやっても自分が子どもの頃の背の高さまで縮んでしまったようにしか思えない。だから、庭というものを再発見したんだと思うわ。長いこと、私はイギリス式のガーデニングという概念そのものを毛嫌いしてた。母は自分がつくった庭を愛していて、大半の時間を庭で過ごしていたことも、その理由の一つだとは思うけど。でも、自分もこうして地面とほとんど同じ高さに引きずり下ろされてしまった今となっては、私の中ですべてが変わってしまった。これまでの世界から引きはがされ、この新しい世界で次に何が浮かび上がってくるのか、未だ知ることができないような感じ。もしいつの日か何かが現れるとしたらだけど」クリステンは悲しげに、小さな声で言った。「唯一、私が続けていくことができたのは、これだけ」そう言って、山積みになった紙の束を指さした。「ある種、気が狂っているように映ることは分かってる。でも今、真の狂気から私を遠ざけてくれているのは、唯一こうすることだけだと私は信じてるの」

私は親指で紙の山の高さを測った。

「それで、本当に証明したかったことは証明できた?」

「ええ、まったく疑問の余地はないわ」これまで数々の数学者たちの目に何度となく見てきた誇りの一端をのぞかせながら、クリステンは言った。「いくつか最終的に詰めなければならない部分はまだ残っているけれど、たとえ、もしも今日私が雷に打たれたとしても、誰でもその空白の部分を埋めることはできるはず。重要なところはもう解決済みだから」

「たった一つの文章から、これほど多くのページが生まれたなんて、とても興味深いね」私は言った。

「あの文章が新しい世界を切り開いた、ということよ。常にそこにあったものだけど、誰もそれを見いだすすべを知らなかった」

「今ここにいて」広がった菜園の周囲を見回しながら私は言った。「君のガーデニングの熱意を聞いたからには、君があの文章が書かれた紙片を何処《どこ》に埋めたか、本当のところを知りたくなるね」

「はずれ、はずれ」彼女は言った。「埋まってなんかいないわ。せいぜい――」そして、内心で微笑んでいるようだ。「少し沈めてある、くらいは言えるかもしれないけど。決してここには隠してはいないわ。ほとんど公共の菜園のようなものだから」

私は彼女のフラットの窓が、背伸びして眺められるかなというように、立ち上がって後ろに下がった。

「それでは、四六時中シスター・ロザウラの厳しい監視の下で、あちらの上に置いてある、ということなのかな?」

「はずれ」彼女は言った。「だけど、ロザウラについてあなたは偏った考え方を持っていると思う」

「さあて、もし菜園にもなくて、フラットにもないとすれば……」私は再び彼女の車椅子に近寄り、肘掛けの上に両手を置いた。

ったか
「ちかい」より小さな声で、微笑みそうになるのを抑えながら私に言った。

私は一本の指を彼女の首に近づけ、金色の鎖を少し持ち上げた。

「当たり」彼女は言って、その表情は真剣になり、何かを期待しているようだった。

私はもう少し鎖を持ち上げた。そして、ブラウスのボタンに何かが内側でひっかかっている感触があった。私はもう一度彼女を見て、ボタンを外そうと手を前に進めた。

「駄目」彼女は言って、私の手をやんわりと止めた。私の目の前で、彼女はブラウスの布を前の方に引っ張った。そして、目のくらむような一瞬だったが、バストの傾斜の急なスロープと突然くっきりと現れた青くて張りのある血管を私は見た。彼女は顎《あご》を少し上げて、縦長の円筒形の細いガラスのカプセルを、軽く揺すりながら取り出した。彼女はしばらくの間それを指の間に載せて私に見せた。その中には繊細なパピルスのように巻かれた黄色がかった一片の紙片が見えた。彼女はそのカプセルを光にかざした。「これはロザウラからの贈り物なの。オリーブの小枝を入れるために使うはずのものだけど」代用していることをさも謝らなければならないかのように、彼女は言った。「でも結局のところ、今はいつも私が身に付けて持っていることができるの」彼女は急いでカプセルをブラウスの中に再び戻した。私にそれを見せたことを後悔しているようだった。

「ロザウラに何か飲み物を持ってくるように頼むわ。母が送ってくれたスコーンを味見しなければならないわよ。まだあなたには何もお出ししてなかったわね」

「いや、どうか彼女を呼ばないで。これ以上話を続けられなくなってしまうから」

「彼女に対して、そんなに頑なになるべきではないわ。あらゆることで私を手助けしてくれているの。彼女なしでは、どうしていいか分からないくらいよ。研究所まで私を連れて行ってくれることだけじゃなく、私の代わりにメールを取って来ることさえも申し出てくれたのよ。でもこの最初の時期だけでも、ここで二人だけで過ごすことを私は選んだの。あなたなら分かってくれると思うけど、同胞団からあるいはアーサーからの苦情が私の耳に入って煩わしい思いをしたくないの。最初はあなたを見た時、てっきり彼の差し金だと思ったわ」

「でも、それじゃあ、何も知らないの？　レナード・ヒンチが死んだというニュースももしかしたら君は聞いてないの？」

「彼が死んだのは、確かに聞いたわ。二、三日前にテレビで見たの。糖尿病に関係しているとか、そうじゃあない？　とても残念に思うとは言えないけれど」

私はゆっくりと頭を振って否定した。

「彼は殺害された。毒殺だ。ただ警察からはまだ何も発表はないが。アコニチンと呼ばれる毒物の入ったチョコレートが一箱彼に送りつけられたんだ。そして、その箱の中には、ルイス・キャロルが撮った、また別の写真が入っていた」

私がクリステンに今言ったばかりのことを、彼女がそのまま吸収するのに任せた。まるで彼女の内部で数多くの警報が鳴り響き、そして、その時まで遠い可能性の領域でのみ存在してきた何かが再び乱暴に彼女を傷つけるために戻って来たかのように、彼女は狼狽して見えた。しばらくの間彼女は言葉を失っていた。そして、私には彼女の暗く陰った目の中に、恐ろしい推測が膨れ上がっていくさまが見てとれた。

「どんな写真なの？」ようやく彼女は口を開いた。

「裸の少女が一人森の中で横たわっている」

テーブルの上に散らばった本の間を彼女が探しているのを私は見ていた。彼女はそのうちの一冊を開け、巻末の写真の付録まで繰って行き、ついに、警部が私たちに見せてくれた画像に行き当たった。私はうなずいた。彼女はその画像をしばらく眺めていたが、実際には彼女の目を固定する場所をただ見つけたに過ぎないように私には見えた。そのページの上に置かれた彼女の手はわずかに震えていた。そして、不意にそのページに一粒の涙がポタリと落ちる微かな音を私は聴いた。私は驚いて彼女を眺めた。彼女が眼鏡を外して、手を素早く目に当てたのを私は見た。

「自然死だったと信じていた」クリステンは呟いた。「ニュースではそう言っていた。でも、今すべてが変わる。すべてが変わるのよ！」彼女はすすり泣きながら言った。

「公にはそのことは未だ発表されていない。これらの写真をめぐってスキャンダルになれば、王室のイメージを傷つけかねないからだ」

「王室のイメージ……」クリステンは信じられないといったようすで、オウム返しに言った。まるで物事が制御できない次元に入ってしまったとでもいうように。「一体どんな意味があるの？　王室とどんな関係があるの？　ひょっとしたら、今またハートのクイーンでも現れるの？」

「君はそのことを知っていると私は思ってたよ。この同胞団の名誉総裁は、王室ゆかりの人物なのだ。同胞団としては、犯罪事件や小児性愛の写真に王室を巻き込みたくないのだ。警察は誰がチョコレートの箱を送り付けたのか、そして、誰が君を轢いたのか判明するまで、できるだけ長くその情報を抑えていくと私は思う」私は言った。

「このことはセルダム教授が考えていたことを裏打ちしているように思える。彼女は彼は以前にも心配していたと思うけれど、こうなった今は……」

しかし、私が言い終わらないうちに、まるで何かが気に障ったかのように、彼女は視線を私に向けて上げた。

「もしかして、アーサーは何か他にもあなたに言ったのね？　今それが分かったわ。あの紙片を取りにあなたを寄越したんじゃない？」まるでかつて抱いていた恐ろしい疑念が再燃したかのように、突然彼女は言いだした。

「違うよ、そんな、そうじゃないよ」ほとんど絶望的な気分で私は言った。「最初の日から君に会いに来たかった。最初の週に何通もメールを君に送ったんだよ。そのうち見ることになるだろうと思うけど」

私の弁明では彼女はまったく納得しなかったようだったが、それでも怒りの表情を和らげた。

「私が理解できないのは」彼女が言った。「なぜアーサーは、紙片に記されていることが明らかになれば何が起きたかを説明できるかもしれない、と考えていたのか、ということなの。私が車に轢かれる前に、その紙片が存在していたことを知っていたのは、私たち三人だけだった。これもまた事実ではないの？」

今や彼女はすべてを知るべきだと私は心の中で考えた。

「すでに最初からそうではなかった」私は言った。「セルダム教授は、リチャード・ラネラフ卿にそのことを話していた。しかし、私は彼が恐れている何か別のことがあると思った。おそらく、同胞団のある別のメンバーが、ギルドフォードでその紙片を読み、その内容が明らかになることを望まなかったのかもしれない。セルダム教授は、ただ君にとって良かれということだけを望んでいたように私には思える。全員がその文章の内容を知ってしまえば、君はもっと安全だと彼は考えているのではないだろうか」

「だから、リチャード・ラネラフ卿は知っていたのね」まるでそのことだけを聞いたかのように、クリステンは言った。「そして、あなた方二人は病院で私に嘘をついた」彼女の顔色が変わり、憎悪を思わす目で私を睨《にら》んだ。「今これですべてが分かったわ。あなたは頼まれたことをしたというわけね。それで同胞団の使者としてやって来た。もう結構よ」まるでもう心を決めてしまったかのように、彼女は冷たく言い放った。「あの忌々しい紙片は、私がそうしようと決心した時にのみあなた方に渡すというのが、アーサーとラネラフ卿そして同胞団の残りのすべての人たちへの私からのメッセージよ。そして、おそらく、そんな時は決して来ないわ。もうここには来ないで頂戴。まったくなんてことよ」クリステンは独りごちた。「ほとんどあなたに委《ゆだ》ね、ほとんどあなたを信じていたと思っていたのに……それなのに、今や」まるで激怒している自分と闘っているかのように、私に言った。そして、吹っ切れたような、よそよそしい表情を浮かべた顔を上げて、私に出口を示した。「どうかもう私を一人だけにして」

二十一章

私は屈辱を感じ、自分自身にひどく腹を立てながら、大股《おおまた》で丘を下った。もう少しだったのにと、いつまでもくよくよと考えていた。なぜだと自分を責め立てた。なぜいつも一言多くて、意思表示が少な過ぎるのだと。これで、何もかもがほぼ決定的に失われてしまった。彼女の目の中に、疑念、そして、激しい嫌悪と、そしてなにより失望、取り返しのつかない拒絶のまなざしを私は見た。足元の道以外には目もくれず、私はこのことだけを考えていた。その時、かなりくたびれたようすの誰かが丘を登ってきたので、道を譲るために私は脇に寄った。だらしのない風体をした、もつれた巻き毛の人物の何かが私に顔を上げさせた。偶然に驚いたアンダーソンもその場で足と止めた。私たち二人は、真昼の太陽の下で、その長い道を歩いている唯一の生き物だった。

「君が行ってきたばかりの場所に、これから私は行くところだと思うよ」彼は言った。そして、そのあと、小馬鹿にしたような非難する口調で、付け加えた。「もう一つの殺人事件について、何か分かったら私に知らせてくれるように君に頼んだよな。君は犯罪に巻き込まれるダウジング棒を持ってるらしいからな」

「何の犯罪です？」まったく知らないふりをして、私は聞いた。

「《複数の犯罪》だよ」アンダーソンは言った。「あの娘も殺されそうになったんだ。最後に会った時には、君も確かにそのことは知っていたはずだが。入院中は警察の保護下にあると聞いていたから、今からいくつか質問をしたいと思って。幸い、死体安置所には仲の良い友人たちがいるもので、ヒンチが毒を盛られたこともすでに知っている。写真のこともな」

今度は本当に警戒心を持って彼を見つめた。誰がそのことを彼に話したのか、想像もつかなかった。

「何の写真ですか？」私は用心深く尋ねた。

「ほう、そのことは聞かされていないのか」アンダーソンは声を立てて笑った。「じゃあ、スクープだとでも思ってくれ。ヒンチのデスクの引き出しから大量に裸の少女たちの写真が見つかったんだ。最初は、キャロルの時代、写真の黎明期《れいめいき》の、〈年代物〉を個人的に蒐集したものだと考えられた。しかし、実際にはそれは現代に撮られた写真だった。キャロルが使ったのと同じ型の写真機で撮影され、古く見せるために、化学薬品で処理を施し、あの時代にしていたように手彩色されたものだ。ヒンチがアンティークとしてそれらを販売していたのか、小児性愛者に供給するための偽装の一種だったのかどうかは、はっきりしていない。それから、写真を購入した顧客リストも、裏帳簿の中から見つかった。名前は今のところ明らかにされていないが、非常に地位の高い人たちに違いない。それらの名前は、ある種の暗号コードを使って記録されている。君も私も、決してそのリストを目にすることはないだろうがね」

私はあの廊下で最後に見た、ヒンチの姿を思い浮かべた。自分が手がけた書籍を前に、二つの仮面を纏《まと》った、あの姿を。彼が死ぬまで隠し通したこの三番目の仮面については、想像さえしていなかった。彼の出版事業そのものが、最初からこの別の秘密の事業に対して入念に用意された隠れ蓑《みの》ではなかったのかと私は自問した。そして、闇に紛れて、いや、もしかしたら、白昼堂々と、秘密のメッセンジャーのネットワークを駆使して、封筒の受け渡しをしているヒンチを私は想像した。彼もまた、キャロル自身が編纂《へんさん》した何点かの写真集を使ったのかもしれない。そして、ページの間にあちこちバラバラに入っていた、一世紀後の少女たちの最近の写真を、その当時の紙の透かし模様を除いて、あの時代とほとんどすべてまったく同じ様式に真似て作ってあった。そっくりなものを、そっくりなものの中に隠したということだ。それは、かつてセルダム教授と私が議論したことがある「『ドン・キホーテ』の著者、ピエール・メナール」の彼一流のパラドックスの、また別のバージョンの類いとも言えるのではなかったのだろうか？　一世紀以上前にはキャロルが誇りをもって（ボルヘスの言葉を借りるなら）《将来への警告》もなく、上流社会に見せて回ることができたその同じ写真が、年頃の少女たちの飾り気のないあどけない同じヌード写真が、今や対極とも言える忌まわしい犯罪行為に変わってしまった。私は、出現したそのパズルの新たなピースをはめ込もうとしながら、少なくともアンダーソンは他の写真のことは知らなかった、と考えることで自らを慰めた。

「まだ信じることができないかね、ええ？　do ut des《ドーウトデス》だよ」アンダーソンは、私のぽかんとした表情を見て、説明した。「《ギブ・アンド・テイク》さ。キドリントンの小鳥だか、塀の上のカラスだかが教えてくれたんだ。誰もが見たいと思っている紙片を、あの娘が隠し持っているとね。その件について、君は何を知っているんだ？　私の見るところ、君はあの娘とは仲が良いんだろう。君には何か話したのではないかと思うんだが」

「いいえ、何も話しませんでした」私は言った。「それに、あなたは彼女をそっとしておくべきだと思います。あの紙片のせいで十分に苦しんだんです。車椅子の生活になってしまったんですから」

「それで？　その謎に包まれた紙片のせいで、車にはねられたというのは本当なのか？　怒らないでくれよ。君から言質《げんち》をとったと言うつもりはないんだ。こういう事柄は、明るみに出すのが一番いい、と君も思ってくれることを願うよ。君は数学者ではないのかな？　君だって、暗黒時代よりも、啓蒙《けいもう》主義の時代のほうがいいだろう」別れの挨拶をするように、彼は片手を上げ、嘲るような調子で言った。「《我々は知らねばならない。我々は知るであろう！》」（ドイツの数学者ダフィット・ヒルベルトの言葉）

坂をさらに下りながら、アンダーソンが訪ねて行くことをクリステンに警告しに、裏道で戻るべきではないだろうかと私は自問した。写真の件は秘密にしておくようにというピーターセン警部からの警告がクリステンに伝わっているか、定かではなかった。レターボックスに入っていた写真をアンダーソンに見せてしまうかもしれない、と恐れたのだ。と同時に、写真の情報があろうがなかろうが、わずか数時間もすれば、アンダーソンは知っていることすべてを暴露してしまうつもりでいることに、私は気づいた。少なくとも、セルダム教授にはすべてを知らせておかねばならない。そう思った私は、教授に会いに行くことに決めた。

セルダム教授は自分の研究室にはいなかったが、研究所付きの秘書ブランディが、セミナー教室で探してみるといい、と教えてくれた。授業が終わるまでまだ三十分あった。教室まで上がって行ってはみたものの、講義の邪魔はしたくなかったので、できるだけ静かに後ろのドアから中に入り、最後列に座って講義を聴くことにした。セルダム教授が私を見て、問いかけるように眉を少し上げたので、私は後で話したいことがあると合図を返した。黒板には、ウィラード・クワイン（Willard Quine 1908～2000 米国哲学者、論理学者。数理論理学に多大な影響を与えた。『翻訳の不確実性』など）の名前が記され、ウサギのスケッチが描かれていた。

セルダム教授は、クワインが考案した翻訳に関する頭脳活動の実験について、学生たちに講義しているところだった。状況の核心をまとめた二行の文章を素早い筆致で書き出していく。

《実直な英国人の人類学者が、今まで外部の人と接触したことがない先住民が暮らす、ある島にやって来る。一羽のウサギが走って通り過ぎていった。一人の先住民が指差して、〈ガバガイ〉と言う》

セルダム教授は、そこで書くのをやめ、二つの文章を読みあげた。続いて、一見、何の意図もないようだが、鍵となる質問を書いた。

《人類学者は、翻訳帳に何と書き込むべきだろうか？》

私はこの授業をすでに受けたことがあったので、誰もが、その質問が何らかの意味で、ひっかけであることを知っているかのように、最も当たり前に思える答えを出すことをためらっているのがわかった。

「ここでの重要な事実は」セルダム教授は言った。「私たちの人類学者は本当に実直なので、《ウサギ》と書き留めるにしても、暫定的《ざんてい》にしか許容しないことにしていきます。なぜなら、先住民が他の呼び方をしているかもしれないことにも、気づいているからです。例えば、食べ物とか、動物とか、疫病、《大きな耳》、《白色》、《素早い動き》、あるいは、《狩りの時期》と言っているかもしれません。さらに言えば、ウサギはこの島では聖なる動物とみなされていて、《ガバガイ》はウサギと出会った時に唱える宗教的な祈りの言葉だったということもあり得るわけです。また、この島にはウサギが非常に少ないので、それぞれに名前があって、《ガバガイ》はその個体の固有の名前だった可能性もあります。もしくは逆に、無数のウサギがいて、イヌイットが様々な種類の雪を区別しているように、詳細な分類を行って識別している可能性もあるでしょう。つまり、《ガバガイ》は、《白い・ウサギ・生きている・走っている》に対する言葉ですが、《白い・ウサギ・死んだ・皿の上》にはまた別の言葉があった可能性があるわけです」

再度その講義を聴いてみて、実例として挙げられるものが他にいくつもある中で、クワインが《走るウサギ》を選択したのは、キャロルへのちょっとした敬意の表明ではなかったか、と私は自問した。そして、講義が終わったら確認してみようと心に決めた。

セルダム教授は問題の核心に向けて話を進めていった。

「人類学者は、本当の意味にたどり着くまで、間違った意味を段階を追って排除していこうと決めました。そして、長い時間を費やして、《はい》と《いいえ》に対応する先住民の言葉、もしくは、仕草はどれなのか、把握しようとしました。しかし、それができたと思っても、そして、ある程度自信をもって、様々なものや動物や色を指し示し、その度ごとに《ガバガイ》と繰り返して、すべての質問に《はい》、あるいは、《いいえ》、と解釈できる答えをもらったとしても、始めた時と変わらず真実からは程遠い状態であることに、ほどなくして気づいたのです」

セルダム教授が、件《くだん》の人類学者の試みが不運に見舞われつづけたことを話している間に、その議論の何かが、かすかに、だが執拗な音の響きのように私の中に忍び込んだ。これは、論理学シリーズの解を求める中で遭遇するのと同じ問題ではないだろうか？　ある意味ではそうだ。人類学者が行った新たな試みは一つひとつが、そのシリーズに関する別の新しい推論を可能にする新たな視点でもあったが、彼は《真の》意味をつかんだと完全に確信することができなかった。セルダム教授も何か似たようなことを言っていた。たとえ先住民たちが、人類学者がウサギを指し示すたびに《はい》と答え、島に数多くあるウサギではないものを指すと毎回《いいえ》と答えたとしても、《ガバガイ》というのが単に、おそらく迷信めいた意味合いから、ウサギを見かけるたびに彼らが声に出して唱える言葉ではなかったと、そしてウサギに対する言葉さえ存在しなかったのではないかと、どうして知ることができるだろう？　かくして、島の先住民は、人類学者がウサギを指差すたびに、笑って《ガバガイ》と言った。大袈裟に肯定を表す仕草をして、人類学者がその言葉を認知し、理解してくれたことを喜び、仲間内でこう囁き合っていたかもしれない。英国人がくしゃみをするたびに《幸運を祈る》と言葉をかけるのと同じで、我々は耳の長い動物が通る度に、《ガバガイ》と唱えるのだということを、この可哀想な男はやっと理解してくれたようだと。

だが、今の話とまったく同じことが、私たちの場合は写真という形をとって起きているのかもしれない。私は不意にそのことに気づいてしまった。ようやく、セルダム教授がなぜ慎重になっているのか、分かったような気がした。差し当たって二つしか要素がないそのシリーズが本当に意味するところとは、何だったのだろうか？　《ガバガイ》がウサギであったと推論するのが、余りにも早すぎて、そのために間違ってしまったのではなかろうか？　私は、写真に隠された、別の種類のパターンを見つけだそうとした。クリステンは、襲撃される前、通告としてなのか、警告としてなのか分からないが、写真を受け取っていた。しかし、ヒンチ宛ての写真は隠されており、死後になってやっと発見された。この小さな相違には何らかの意味、あるいは、意図があるのだろうか？

私は、セルダム教授が講義を終えたのを見て、他の学生に横取りされる前につかまえようと、教壇に向かって歩いていった。教授は、チョークで白くなった手を挙げて私に挨拶し、黒板を消し終えるまで少し待っているように合図をした。ちょうどウサギの絵を消そうとしていたので、クワインが数多くある中からウサギの例を選んだのは、ルイス・キャロルへのオマージュだったのだろうかと、尋ねてみた。

「正直、分からないな」セルダム教授は驚いたようすで言った。「その可能性はあるね。レイモンド・マーチンに尋ねてみるべきだろうな。クワインのことをかなりよく知っているからね。しかし、クワインがルイス・キャロルについて暗に言及したかったとしたら、おそらく、むしろ卵のほうを選んだだろうね。今の質問にもっと直接的に関係するやりとりが、アリス本の一作目にある。私的言語についての、ハンプティ・ダンプティ（『マザーグース』の一つに登場する卵のような形をしたキャラクター。ルイス・キャロルの『鏡の国のアリス』でも言及）との議論だが」

「講義を聴いていて、思いついたことがあります」私は言った。「あの人類学者の問題は、論理学シリーズの続きについて、教授と私が散々議論してきたことと基本的には同じ問題ですよね。人類学者の質問はどれも、一見、言葉の意味に近づける新たなステップのようですが、それが唯一の答えだと推論することはできない」

「そうだ。それは確かに言える」セルダム教授は言った。「もし人類学者が真実にこだわる人であれば、除外する作業は潜在的に無限だ。従って、宇宙に人類の言葉を送り、それが正確に理解されるという保証は期待できない。結局、私たちが《意味》と呼ぶものは、人類という種が持つ論理的欠陥の、思いがけない、そして、幸せな帰結なのだろう。例えば、いくつかのケースにおける帰納や、最初の例に基づく概念的な推論、それに、最初のアプローチでの十分な偶然の一致。どれもやや乱暴で荒っぽくはあるがね。そうは言っても、より繊細な手法のように思われる、後から精緻化《せいちか》しようとする試みでさえ、不十分であると証明されることもある。クワインの実験が示しているのは突き詰めればそういうことだ」

「今までに見つかった二枚の写真にも、翻訳されなければならない意味があるに違いないと、私は考えていました。私たちに何かを理解させようとして、写真が出る度に、誰かが《ガバガイ》と繰り返しているような気がします。

それが、これ以上はあまり進めていなくて。別のパターン――《ウサギ》ほど明白でないパターンも考えてみたのですが、そこから思いついたのは、これだけです。クリステンは襲撃される前に写真を受け取った。彼女が写真を見ることを意図して、故意に置いていったかのようだった。しかし、ヒンチの場合には、写真は彼が死んだ後に発見されるように、箱に敷かれたプラスチック板の下に隠されていた」

セルダム教授は、チョークの付いた手で無意識に額をこすりながら、考え込んだ。

「私は思うのだが……」教授は言いかけたが、途中で口をつぐみ、考えに沈んだ。

「確かに君が今しがた指摘してくれたことはとても奇妙に思える。まったく君の言う通りだ」これまでにも何回かこういうことはあったのだが、にわかに視力を失ったかのように、教授の目つきはうつろになり、表情も張りついたまま固まっている。その間、頭の中ではとらえどころのない考えを追いかけているのだろう。「君が言う通りだと私は思う。ウサギが走って通る度に《ガバガイ》と言われたとしても、その言葉が必ずしもウサギを意味するわけではない。これらのことすべてが導く、本当の結論は何なのだろう？　それはまだ私たちには分からないのだが、たとえそうだとしても……もしかしたら……」セルダム教授はトランス状態から脱したかのように、突然我に返った。「とはいえ、君はこれだけを私に伝えるために、わざわざ足を運んだわけではないのだろう？」

それで、私は失敗に終わったクリステン訪問の顚末《てんまつ》を話した。惨《みじ》めに追い払われたことは明かしたくなかったので、続けてすぐに、アンダーソンと出会ったこと、そして、レナード・ヒンチについて彼が話した内容と、ヒンチが商売で小児性愛嗜好《しこう》の写真を秘密裡《り》に販売していたことを話して聞かせた。セルダム教授は蒼白になった。打ち明けられた話を受け入れることができないようすで、驚き、うろたえている。

「恐ろしいことだ」セルダム教授は言った。「恐ろしい」独り言を繰り返した。「同胞団には計り知れない損害をもたらすだろう。私たち全員に疑いがかかることになる。もしリチャードがまだこの話を知らないのだとすれば、すぐに伝えなければならない」

「実はそれで教授に会いに来たんです。アンダーソンは、ヒンチが殺されたことも、誰かがクリステンを殺害する意図をもって、車で轢いたことも知っています。そして、すべてを明らかにする記事を出そうとしています」

「それでは、すぐにでもリチャードに会いに行かねばならないな。何日かでも記事を差し止めておくよう新聞社の編集長を説得できる可能性のある知り合いが、今でも何人かいると聞いている。とはいえ、こうなったからには、何もかも明らかにするほうが有益かもしれないがね。この一件を隠蔽したと同胞団が非難されるようなことは避けたいものだ」教授は講義で使い、教壇に積み上げられていた本の山を抱え上げた。

「これは図書館に返さなければならないが、明日にしよう。この時間なら、ザ・イーグル・アンド・チャイルドでリチャードをつかまえられるはずだ」

教室の間の廊下を歩いて行くセルダム教授の後に、私も続いた。玄関ホールに向かって階段を下りる。セルダム教授はまずは一時的に本をレターボックスに置きに行き、爆発物を手に持っているかのように、ゆっくりと歩いて戻って来た。手には、糊《のり》で封をしたばかりのように見える、白い封筒を持っていた。教授はまず封筒の表を、ついで裏を調べたが、何も書かれていなかった。必要以上は触れたくないので、注意深く端を剝《は》がし、封入されていた白い長方形の物体が滑り落ちてくるに任せた。中に入っていた写真には、ルイス・キャロルと幼いアリスが二人だけで写っていた。二人は、恋人たちのように抱き合っており、これからキスをするところか、キスをした直後のように見えた。肌の露出はまったくなかったにもかかわらず、その画像には、前の二枚よりもはるかに心をかき乱されるものがあった。写真は近距離から、自動モードで撮影されたようだった。アリスはまだ十歳を超えてはいないだろう。キャロルは当時、すでに三十歳を過ぎていたに違いないが、写真では、繊細で、温和な若者のように見えた。ロマン派の詩人のような雰囲気を漂わせ、長い巻き毛をきちんと両側に分けている。彼の腕に抱かれたアリスは、人形ほどの大きさで、つま先立ちをしているように見えた。半ば彼に持ち上げられるようにして、彼の唇に向かって身体を思い切り伸ばしている。アリスは花嫁のように全身真っ白な衣装を着ていた。顔は横に向けており、長い髪は肩にかかっていた。アリスは左腕をキャロルの首へと伸ばし、キャロルの開いた手は、彼女の腰をしっかりとつかんでいた。二人とも目をつぶり、二人の唇はほとんど触れそうになっている。彼女の唇はわずかに開き、キスの前なのか、後なのか、そのごくわずかな時間に静止した状態でとらえられていた。ゲームみたいに、二人でただふりをしていただけ、などということはあるのだろうか？　恋人同士のふりをして、唇をできるだけ近づけるゲームを？　だが、たとえただのゲームだったとしても、その写真には無邪気さを思わせるところは何もなかった。彼の激しく没頭した表情、彼女を後ろから抱き締めている彼の手のようす、閉じられた彼女の目、彼女の奔放さ、これらすべてが、むしろ、唯一可能性のある方向性を示しているように見えた。

セルダム教授は黙り込んだままだった。その写真には恐ろしいほどの力――人を惹きつけ、また同時に、嫌悪させる力――が備わっているとでもいうように、少し距離を置いて眺めていた。

私はセルダム教授の顔をのぞきこんだ。懸念か、恐怖の兆候を見つけられるのではないかと思ったのだが、私が目にしたのは、しかめられた眉だけだった。論理の問題で、推論する際に理解できない過程や、未解決の問題が発生し、頭を悩ませている時にする表情だ。

「そうすると」セルダム教授は言った。「私がこのシリーズの三番目の要素だということになるのだろうな」

二十二章

パブに入っていくと、一番奥のテーブルに、小さな卵形をしたラネラフ卿の頭が見えた。背中を向けて座っている一人の人物が、至近距離から彼の方に身を乗り出し、何か内密のことを彼に知らせているかのように、彼に話しかけていた。そしてラネラフ卿は危惧の表情を浮かべて深刻そうにうなずいていた。その人物の身体の大きさに見覚えがあった。そして、近づくにつれ、確かにピーターセン警部であるのが私には分かった。何が警部にこんなところまで足を運ばせたのだろうかと、私は自問した。ビールを一杯飲みたくなって、思いがけず立ち寄ったようには見えなかった。私たちが近づいてくるのに気がついた彼らは、居心地悪そうに話を中断した。セルダム教授は詫びたが、ラネラフ卿は即座にテーブルに加わるように私たちを手招きした。

「ほんのちょっとだけで良いのです」セルダム教授は言った。「実際、ここであなたにもお会いできるなんて運が良いことだ」ピーターセン警部を見ながら彼は付け加えた。「アンダーソンのことなのですが」

私がアンダーソンに出会ったこと、そして二つのケースで彼が突き止めたことをスクープとして彼が発表しようとしていることを、セルダム教授は手短に彼らに話して聞かせた。

「アンダーソンがヒンチについて一体何を知ったのだろうか？」まるで責任のほとんどが私にあるかのように、ピーターセン警部は激怒して私を見つめた。「正確には、彼は君に何を話したというのだ？　場合によっては、署の誰か、あるいは、おそらく全員の首を切らねばならなくなる」

アンダーソンから聞いた、デスクの引き出しにあった数々の写真やコード化された顧客の名前のある裏帳簿のリストについて、私は繰り返し話した。

ピーターセン警部は不快そうに頭を振り、ラネラフ卿は沈痛な悲嘆にくれた表情でセルダムを見た。

「警部がちょうどそのことを私に話してくれたところだ。まだ私はそれを信じられないでいる。ここ数年ずっと……そして、私たちは何もかもまったく疑っていなかった。同胞団はもう終わりかもしれない」彼は言った。

「いずれにしても」警部は言った。「そのニュースが発表されるのは止めることができないにしても、あと数日の猶予を持てることが確かに大事です。ラネラフ卿、あなたに届いたばかりのものを彼らに見せてやってはくれませんか」

ラネラフ卿はゆっくりとした動作で、そして少し震える指で彼のポケットの一つから白い封筒を取り出し、それを注意深く開け、時代遅れの長い巻き毛と頬紅をつけた別の少女のヌード写真を取り出した。彼女は海岸の岩の上に腰掛け、物思いにふけった、考え込んだ横顔を見せて写っていた。ひとつの脚を上向きに曲げて、大腿部《だいたいぶ》と両脚の接合部に向けて陰になった窪《くぼ》みの部分をあらわにしていた。

「慰めになるかどうかわかりませんが」セルダムは言った。「私も私のレターボックスに一枚見つけたばかりです」

ラネラフ卿もピーターセン警部も、もはや驚きはしなかった。

「同胞団の誰もが写真を受け取っていると思うよ」ラネラフ卿は言った。「ソーントン・リーヴスからは当惑した電話があり、ヘンリー・ハースからはメールが届いた。ここに来る前にレイモンド・マーチンに電話したら、彼もまた今朝オフィスのドアの下に一枚の写真を見つけたと言っていた。彼らの誰もが、未だその写真が何を意味するのか分からないのだ。何も書かれていない封筒が届いたことに誰もが好奇心をそそられたが、最初は同胞団からの何かの通知だと思っていた。ジョセフィンとラッジオ夫妻も写真を受け取ったかどうかだけ、私は知る必要がある。彼らとはまだ連絡が取れていないからね。ジョセフィンの家まで行って彼女に訊《たず》ねて欲しいのだが、君にお願いできるだろうか。私はラッジオ夫妻を受け持つよ。警部とは、誰もが何が起こっているか当然知るべきだと話していたところだ。明後日に臨時集会を招集することを考えている」

「あなたが受け取った写真を我々に見せてくれますか」ピーターセン警部は言った。まるで同額の掛け金を賭けるかのように、セルダム教授は、キャロルがアリスを抱き締めている画像をテーブルの上に置いた。

「興味深いね」その写真を半ば持ち上げて、ラネラフ卿は言った。「なぜなら、この画像は偽物だからだ」

「偽物ですか？」驚いてピーターセン警部が言った。セルダム教授も驚いたようだった。

「ヘンリー・ハースがキャロルの写真のコレクションを編集した時、これらの偽造の画像がいくつか載った。キャロルの匿名《とくめい》の誹謗者《ひぼうしゃ》たちがそれらを流通させたのだと私は思う。あるいは、おそらく冗談好きの人たちのしわざかもしれない。この写真は、キャロルの実際の自画像を基に、別の写真からアリスを切り取って重ね合わせて合成されたものだ。そして、背中に回された手は加えられたものだ。もし注意深く見れば、それに気づくことが可能だ。ヘンリーはこの画像を出版した。そして、それは、キャロルのものと誤ってみなされた写真が収められた彼の本の中のある章から取得されたものだった」

「その本を一度も開かなかったことを今残念に思い始めています」セルダム教授は言った。「しかし、このことは私たちにとって何を意味するのでしょうか？　写真が偽造であることが？」ほとんど自問するように訊ねた。

「誰であろうと、これらの写真を送っている奴は、偽造の写真を使ってでも、可能な限りキャロルを誹謗しようとしている」ラネラフ卿は激怒して言った。「あるいはキャロルのことをあまり良く知らない奴か、または同胞団のメンバー以外の誰かかもしれない」

「では、他のメンバーが受け取った写真についてはどうですか？」ピーターセンが言った。「他に何か分かりましたか？」

「私が彼らから聞いたところによると、すべてが異なった時期にキャロルが撮った全裸、あるいは半裸の少女たちの写真だった。各自に、それぞれ自分が受け取った写真を会合に持参するように頼みます。おそらく、メンバーの間の議論から何らかの手がかりが出て来るでしょう」

「集会の前に分析するためにそれらの写真が必要ですので、私の部下の一人に取りに行かせます。そして、この二枚は今私が持って行きます。キャロルの専門家として、あなた方が今ここで私に言えることは他に何もありませんか？」

「すでに警部には伝えたが、チョコレートの箱に入っていた写真の少女は、エヴリン・ハッチで、当時六歳ぐらいだった。彼女は最初の写真と、また私に送られて来た写真のモデルでもあったベアトリス・ハッチの妹だ。それらの写真は一連の手書きで色入れしたものの一部で、異なった風景の背景にそれらの画像をはめ込んだものだ」

セルダム教授に話をする機会を譲るためにラネラフ卿は話すのを止めたが、セルダム教授はまだ話したくなさそうだった。彼を励まそうと、クリステンが私たちに話してくれたアリスの物語からの文言と、私たちが発見したアリスがケーキを食べると体が巨大化したことを思い起こさせるアコニチンについての効果を、警部のために繰返したらどうかと彼にうながした。私の英語が多少せっかちだったので、結局は彼に代わって私がそのことを話してしまったことに私は気づいた。

「このことを言おうと決めていたわけではなかったのだが」セルダムは言って、非難がましい目で私を見た。「というのは、それは関連性としてはある種非常に曖昧なので、そのことを口にするや否や馬鹿げた話だと思われてしまうのでね」

「だが、私には興味があるね」ラネラフ卿は考え込んで言った。「車に轢かれた衝撃でスカイロケットのように空中に飛ばされ、毒物が人を巨大化する……次に何が来るのだろうか？　いずれにせよ、私の番が来たらそれはどんなものになるのだろうか？」そして、自分の目の前にアリスの物語の挿絵が次々と現れるかのように、しばらくの間その可能性を列挙することに没頭しているように見えた。「問題は、不思議の国には余りにも多くの隠された死があることだ。しかし、それは悪いことではない」彼は哲学的な無関心さを示して言った。「それは誰にでもやって来るはずのものだからだ」

「私はまったく納得はしませんが、それでもそれらの疑念に対しては、念のためもう一度アリスの物語を見返してみましょう」ピーターセンは言った。「それは、子供時代に戻るとても奇妙な方法ですが」彼は突然手で詫びるジェスチャーをした。ジャケットの中で、彼の携帯が鳴っていた。大きな携帯を取り出し、電波のより強いところを求めて、数歩ドアの方に歩いた。セルダム教授は警部がその場を離れたのを利用して、ラネラフ卿の方に体を寄せた。

「私には」セルダム教授は言った。「クリステンも会合に出席するのが重要だと思うのです。結局のところ、彼女が最初の写真を受け取ったのですから。私が彼女の家まで行って、伝えることを約束します。彼女がその紙片に書かれていることを明らかにしさえすれば、この狂気の核心に行き着くことができると私は今も信じています」

「もちろん」ラネラフ卿は言った。「私たち全員が殺害されるからと言って、そのことがこの少女にその紙片を開示して、それをギルドフォードに戻すようにと私たちが強く求めることを止める理由にはならない。彼女は私たちに対しまだそうする義務を負っている。そして、もし彼女が来たくなかったら、おそらく、その時は別の類いの使者を送ることになるだろう」そして、ドアのそばで話をしながら、心配の余りか輪を描くように歩いている警部の方を頭で示した。

「そこまでは必要ないものと私は期待します」セルダム教授は言った。「彼女に言うべきことがありますので、それで彼女を説得できると信じています。今からジョセフインのところに寄り、そのあとその足で丘を登ってクリステンに会いに行きます」

ピーターセン警部は、厳めしい顔つきをして私たちのテーブルに戻って来た。

「バッキンガム宮殿からでした。セキュリティ・プロトコルにより、私は王宮に報告しなければなりません。《今朝、受付の郵便物をくまなく調べたところ、どうやったのか誰かが白い封筒を置いて行ったことが判明した。中にはキャロルの撮った別の写真が入っていた》ということで、今ややんごとなきお方も写真をお持ちです」

まるで私たち全員がファンファーレと旗とレッドカーペットのイメージが突然浮かんでしまったかのように、ショックで押し黙った。

「私たちのささやかな集会にお招きしなければならないと思いますか？」ラネラフ卿は弱々しく微笑みながら言った。

「いいえ」ピーターセン警部は真面目に答えた。「ご臨席されるとは思いませんが、その写真を送ってもらうように頼みました。あなたも良くご存じのように、間違いなくＭＩ５から誰か一人遣わしたいとも思っていることでしょう。今こそ私たちはアンダーソンを止めなければなりません」そして、ラネラフ卿の方に向き直った。「あなたのコネクションを利用できますか?」

ラネラフ卿は、あまり多くは約束できないかのように、疑わしい表情をした。

「私を誰かまだ覚えている人たちとできるだけのことをしましょう」

通りに出て、皆がそれぞれ別れの挨拶をしている間に、私はジョセフィンの家まで一緒に行ってもいいか、セルダム教授に尋ねた。

「もちろん、いいとも」セルダム教授は言った。「彼女は君にまた会えるのを本当に喜ぶと思うよ。もうほとんど誰も彼女を訪問しないから……」

彼の大股の歩みについて行こうと努力しながら、私は彼と一緒に歩いた。彼は真剣に考えにふけっていたようだったので、交差点や彼の周りの人々や私が彼のそばにいることにもほとんど気づいていなかった。

「ちょっと聞いてもいいですか?」それでも私は彼に話しかけた。

まるで遠い場所から無理に引き戻されたかのように、彼は私の声を聞いてびっくりしたようだった。

「もちろん」彼は丁重に応えようとわずかに努力しながら言った。

「あなたのレターボックスに、写真の入った封筒を見つけた時、何が心に浮かびましたか？」

「君が言いたいのは……パブに移動する前？　誰もが写真を受け取っていたことを知る前？」

　私はうなずいた。

「何か当てこすりの罰のようなものだと思ったよ。まさにある意味まではね。論理的シリーズの中で死ぬ。君はもう何故だか分かるね。私は突然昨年の殺人事件を思い出したよ。そして私が本当にこのシリーズの最終目標かどうかを考えた。少なくとも、何が鍵となるのかを私は知りたかった。その写真が私に届いたという事実……まるで意味が分からないように思えた」

「しかし、全員に一枚ずつ写真が届いたということは、もっと意味が分からないように見えますが」

「そのことで私の気がいくらか軽くなったことを私は否定しないけれど」そして、彼の顔に一瞬の笑みが浮かんだのを私は見た。「なぜなら、もしも誰もが一枚ずつ写真を受け取ったということであれば、誰もが写真を受け取っていないのと同じだからだ。たった今私はそのことを考えていた。それにしても、余りにも写真が多過ぎるとは思わないかい？　私たちは最初に二枚だけ持っていた。その後ヒンチが印刷したものが出回った。そして、今や突然洪水のように……偽造の写真までも、そして、やんごとなき人にまでも。それは、あたかもウサギが突然走って一斉に逃げ出したようなものだ」

「つまり、一つの足跡を隠すために、多くの足跡を加えた、ということですか？」

「私は自分が何を言いたいのか良く分からないのだ」彼は困ったような、当惑した表情で言った。「私たちが余りにも狡猾《こうかつ》な、あるいは逆に、余りにも鈍い誰かと対峙しているかどうかさえ分かっていない」

私たちはしばらくの間口をきかずに歩いた。そして、実のところ自分が最も当惑していた別の質問をしようと私は心を決めた。

「明日クリステンが集会に来るように説得できるだろう、とあなたがラネラフ卿に言った時……彼女に何を言おうと考えていたのですか？」

「もはや学問的な評価の問題ではなく、人の命の問題となっている。もし、彼女の理性に訴えることができなければ、彼女の新たな宗教的側面に訴えようと思う。他人のために心を砕くのはキリスト者の義務だから。つまり、以前は私が彼女の命の心配をしていたとしても、今は別の人の命をもっと心配するということだよ」

「それで、その別の人とは誰ですか？」

「まだ定かではないが、君が今日アンダーソンに出会ったと私に告げた時、おそらく間違っているかもしれないが直観が働いたのだ。よく注意して聞いてくれたまえ。クリステンはいつ襲撃された？ ギルドフォードの紙片は、いつ全員に明らかにすることになっていた？ そして、いつヒンチが殺害された？ 日記の完全版を出版すると発表した少し後だ。両方のケースでは、何かが、それが何かまだ私たちには良く分からないが、明るみに出て、目に見えるようになることを、誰かが最も大胆な方法を使ってまでも避けたかったように思えたのだ。アンダーソンが突き止めたすべてのことを記事にして明らかにすることを決心した、と君が私に話してくれた時、私はそのことを考えていた」

「それでは……アンダーソンのことを心配しているのですか？」彼に尋ねた、そして、アンダーソンが、皮肉な誇張した言い回しで、まさしく暗黒時代と啓蒙運動について私に話してくれたことを私は思い出した。「それは奇妙ですね。前にそのことを私は彼には言わなかった。でもアンダーソンはダヴィッド・ヒルベルト（David Hilbert 1862～1943 ドイツの数学者、現代数学の父）の言葉を使って私のことをからかった。《知らねばならぬことは知るであろう！》」

「アンダーソンはジャーナリズムに従事する前は、しばらくの間数学の学生だったということだ。言うなれば、道から外れた学生だった。二年次か三年次に数学を放棄した。ヒルベルトの楽観主義が限界に直面するだろう、ということを知ることになったかどうかは、私には分からない」

「しかし、もしあなたの考える通りであれば、ピーターセン警部が言ったように、それぞれのケースで殺害されている人はメッセンジャーではないということですか？」

「まさにその通り」セルダム教授は言った。「一度そのニュースが広まれば、メッセンジャーを殺害することは、残酷で、かつ馬鹿げた行為であることが分かるだろう。しかし、そのニュースが広まる前にメッセンジャーの殺害に成功したとすれば、何が起こるだろうか？　それでもまだ残酷だが、必ずしも馬鹿げているとは言えない。チェスタートン（G.K. Chesterton 1874～1936 英国の作家・哲学者、『ブラウン神父』など）の短編小説、《黙示録の三騎士》の脚色版のように、宮廷の最も身分の高い人々の間に浸透していたスパイの名前が分かったので、ある将軍が王に注進しようとする話をちょっと想像してみて欲しいのだ。将軍は十分な早馬を持っているメッセンジャーを三人しか抱えていなかった、としよう。そして、それに気づいたスパイは、一人の狙撃兵を送り込み、宮殿への途上で次々とメッセンジャーを殺害する」

「その名前、あるいは、そのニュースは決して知られることはないでしょう」私は言った。「もし、今起こっていることがまさにそれであれば、少なくとも、メッセンジャーの人数を知ることは良いことでしょう。写真を受け取っているのが全員ではないことを期待します」

「私としては」セルダム教授は言った。「むしろそのニュースが何なのか知りたいと思う」そして、ウッドストック・ロードの角にそびえる三階建てのマンションの上部の方を指し示した。「では一杯の紅茶をいただく心の準備をしておこう。ここがジョセフィンの家だ」

二十三章

「そうなの、入口のレターボックスに入っていたの。昨晩か、あるいは、今朝早くよ」ジョセフィンは言った。「それは白い封筒の中にあった。朝食を運ぶときに、残りの郵便物と一緒に私のところに届けてくれたの。もし、この青年がとても親切だったら……」そう言って、丸みを帯びた蓋《ふた》のついた小さな木製のライティングデスクを指し示した。「眼鏡ケースのそばの、あの封筒よ。私はすごく驚いて、一体誰がその写真を私に送ってきたのだろうかと心当たりを思い浮かべようとしたわ」

窓のステンドグラスからの光が差し込む、磨かれた細長いピッチパイン材のフロアの部屋に私たちはいた。そこは、とても良く保存された古い図書館の読書室と言っても通用したであろう。壁の三面は完全に本棚に覆われ、目が眩《くら》む程に高く天井まで達していた。そして、すぐにでも上りたいと誘惑するように思わすレール付きのスライド式梯子《はしご》が備え付けられていた。ジョセフィンは喜びにあふれた大きな叫び声をあげて、《弓型の張り出し窓》の内側に置かれた大きな肘掛け椅子から私たちを迎えた。私たちが彼女のそばに座るやいなや、運転手のマハムッドに——私たちにドアを開けてくれた時に執事でもあったことが判明したが——セルダムが私に事前に教えてくれた通り、私たちにお茶を用意してくれるように指示した。

私は立ち上がって、眼鏡と一緒に封筒を彼女に手渡した。彼女は素早い生き生きとした動作で、片手で眼鏡をかけ、封筒からセピア色の一枚の小さな写真を取り出した。彼女はそれを私たちに向けて見せ、脚の部分に金色と黒で装飾が施されている小さなチャイナテーブルの上に、私たちが調べられるように、その写真を置いた。

「それは、キャロルがお気に入りだった少女たちの一人で、彼の生涯で一番多く写真を撮った子です。彼女の名前は、アレクサンドラ・キッチンと言い、クシーと呼ばれていました。この写真ではおそらく六歳ぐらいだったに違いありません」

写真には、肘掛け椅子にもたれかかった小さな少女が写っていた。頭は大きなクッションに支えられ、肩紐《かたひも》のない、あるいは、おそらく肩紐を下ろして隠した、非常に軽い白い夏用のワンピースに見えるものに半ば覆われて、肩と胸の一部をむき出しにしていた。スカートは大腿部を見せるように下からまくり上げられて、左脚は上に向けて曲げられ、膝を高く上げ、服が滑り落ちて、大腿部の窪みをあからさまに見せていた。求めていたと思われたイメージは、自分の裸をほとんど無頓着《むとんちゃく》に見せている、気だるく、投げやりに寄りかかっている女性のそれだった。しかし、最も私たちの注意を引いたのは、その少女の表情だった。明らかにあどけない、短い前髪という髪形や人形のようなとても丸い顔にもかかわらず、引き締まった口元やまなざしは、まるで自らの役割を自覚するのに相応《ふさわ》しいような、ほとんど挑発的な大人の真剣さと決意を湛《たた》えていた。これらの古い写真の中のあどけない容貌が奇妙に老けて見えることに、私はもう一度注意を引かれた。私はかつてこの現象についてのヒントとなるような説明を聞いたことがあった。それは長時間身を晒《さら》すことによる顔の固さ、ポーズに備える不安、幼年時代の無意識の表情に対するヴィクトリア朝初期の抑圧、マグネシウム・フラッシュによる容貌の崩壊などを挙げていたが、いずれにせよ、それらの少女たちの写真には、少女時代の要素がまったく欠けていることを、私は不思議に思わざるを得なかった。

セルダム教授は、まるで彼の数学的思考からすれば、既に新たな例を加える必要のないほど一つの理論を形成し終えたかのように、上の空で、一瞬ちらりとその画像を見ただけだった。私は彼が言った言葉を思い出した。《あまりに多い写真》。これは、今またもう一枚増えたに過ぎない。そして、また博士課程の学生たちに対する彼の助言をも私は思い出した。「実例は少なくなければならないが、それも決定的な特質を備えた選《え》りすぐりのものでなければならない。鍋《なべ》はどんなに大きくても構わないが、スープは統計学に則ってスプーン一杯だけで味見がされればそれで十分だ」確かにそうだ。しかし、それが、もし文字のスープだったら、セルダム教授が私たちに警告したように、選択したスプーン一杯の中には、少なくとも、すべてのアルファベットがなければならない。ジョセフィンは、マハムッドが小さなテーブルの上にお茶の入ったカップを置きドアを閉めるのを待っている間、辛うじて好奇心を抑えていたように見えた。

「今朝封筒を開けて、初めて中の写真を見た時、いささか好奇心をそそられたの。でも、あなた方がここまで来てくれた今は、なおさらよ。あの可哀想な娘さんの身に起こったことと関係があるのよね、そうではないの、アーサー？　警察が家にやって来て、マハムッドがガレージを開けて、ベントレーを彼らに見せなければならなかったのよ。信じられる？　警察が何らかの方法でマハムッドの息子がその夜衝突事故を起こしたことを知って、数時間にわたって彼を取り調べたのよ。ということは、クリステンに起こったことは、単なる事故ではなかった、そうでしょう？　学生たちの間のカーレースでもなかった……それは、もぎ取られたあのページのせいだった。クライスト・チャーチであなたがあの電話に出るために階下に降りて行ったまさにあの最初の瞬間から、私はそんな予感がしていたの」

「まだ何もはっきりしていないのです」用心深くセルダムは言った。「同胞団のメンバーの全員が、昨日から今日にかけて、このような一枚の写真を受け取ったのです。それぞれに異なった少女たち、全員がヌードか、あるいは……心を乱すようなポーズをしている。しかし、クリステンはその日の朝、車に轢かれる前に、このような写真を受け取ったのは事実です」セルダム教授は、どの程度まで彼女に話して良いのか、まったく確信が持てないようだった。そして、ジョセフィンは、彼の声にためらいがあるのを感じて、そのことに気づいた。

「そして、ヒンチは？　ヒンチもまた写真を一枚受け取ったの？　そうだったのでしょう？　ちがう？」

セルダムは重々しくうなずいた。ジョセフィンは息の詰まりそうな叫び声を上げた。

「それでは、ニュースで言っている通りではなかったのね？　彼は何らかの方法で、殺害されたと私に言いたいのね？」彼女は恐ろしそうにその言葉を発したが、その声にはわずかにそのことに魅了されたような響きがあった。その事件は、口に出せないような楽しみを彼女に与えてしまったらしい。

「だから、ピーターセン警部はできるだけ早く私たちに集まって欲しいと言っているのです」セルダム教授は言った。「お知らせしたかったのは、これだけですが、リチャードも私も、あなたに招集の知らせが届いたかどうか確認したかったのです」

セルダム教授ができるだけ早く立ち退きたいようすで、急いでお茶を飲み終わっていたのに、私は気づいた。ジョセフィンもそれに気づいたようだった。

「だけど、アーサー、このまま行ってしまうことなんてできないわよ。私は早く知りたくてうずうずしているの。あなたには責任があるわよ。これは、私たち全員が脅迫されていることを意味するの？」そして、恐怖感より先にその信じ難さから、初めてその可能性について考えたようだった。この女性はかつて自動車レースに出場したことがあったのを私は思い出した。確かに数多くのカーブで死を間近に感じたことがあっただろうし、おそらく、自分が再度危険に晒されているという考えは、まったく彼女を不快にさせるものではなかった。「少なくとも、この少女クリステンも会合に参加するのかどうかぐらいは、教えてくださいね。その紙片に一体何が書かれているのか最後まで知らずに死にたくはないわ」

「もちろん、彼女はそこに出席すべきです」セルダムは言った。「そして、全員に対しその紙片に書かれていることをここできっぱりと明らかにするべきです。私はできることは何でもやりましょう。彼女が、あのただ一つの文章を基に、ほとんど本を丸々一冊すでに書き上げたことを知っています。それが、彼女が望んだすべてだ、と彼女は言いました。今は彼女が約束を果たすことを私は期待しています」

「最後の集会の後、その文章以外の他のことをほとんど何も考えることができなかったわ。でも、ちょっと自慢話をこの若者に話してもいいかしら、アーサー。実は、キャロルの日記が他人の手によって操作され、もぎ取られたページがあることを最初に見抜いたのは私なのよ。それから、一つの段落全部を覆い隠そうと企てた大きなインクの染みの下に何が隠されているかを私は明らかにすることができたわ。そして、ページがもぎ取られたという事実を隠蔽するために、キャロルの筆使いを真似た出来の悪い写しで日記のつながりを装おうとしたことも見つけ出したの。でも、一八六三ページ目に、もちろん、最も好奇心をそそられたわ。これについて、もはやこれ以上新しいことを知ることができるとは思っていなかった。そうしたら、突然その文章についてのニュースを携えてこの娘さんが現れたというわけ。私はメネラ・ドッジソンのことをとても良く想像できますよ。年配の独身女性としてピューリタリズムに傾倒し、自らの浄化する使命を確信し、キャロルのイメージを気遣う彼女の責務を信じていたことと、日記を改竄《かいざん》することによる良心の呵責との間で、悩んでいたのよ。そして、私はそのページを処分したことによる彼女の罪の意識を想像できます。おそらく、いつか、残りの家族に対して、または、死に際しては、高等法院に対して、釈明をしなければならないと考えたかもしれない。彼女は、確かに、そのページを台無しにした。そうだとしても、その内容についての注釈は残したかった。私はその目録を入念に読んでいなかったことに対し、何度私自身をののしったことか、あなた方は知らないわね。つまり、その紙片にたどり着いたのが私でなかったことに。あの集会以来毎日、朝食の後にまさにこの場所に座って、あの文章がどのように続くのか考えつづけた。《ルイス・キャロルはリデル夫人から知った……》。私はこの頃四六時中そのことを自分に繰り返し問い、最も常軌を逸した可能性を考えるに至ったのです。あの日リデル夫人は一体何を彼に言ったでしょうか？　キャロルは何を知ったのでしょうか？」

セルダム教授は突然ジョセフィンが言ったことに注目したようだった。

「それで、最もありそうな仮説というのは、どれだと言うのでしょうか？」

「もちろん、数多くの論点があり得るでしょう。キャロルは、その当時学部長であるリデル氏とアカデミックな論争をしていて、彼が推し進めるプロジェクトに反対票を投じたのです。でも、私はこれに関わりがあるという可能性を排除しました。ある意味で、学部長は彼をすでに許したというサインを出していたからです。私はここずっと自分の書いた本やリデル夫人についての注釈を読み直していました。というのは、彼女が鍵を握っていると思ったからなの。家族の問題を取り仕切っていたのは間違いなく夫人でした。そして、彼女の生涯を完全に支配した強迫観念は、数年後、当時クライスト・チャーチの学生であったレオポルド王子とアリスを婚約させるために、あらゆる手を使おうとした時に、明らかになりました。それは、娘たちの結婚の運命を左右する上流社会への戦略にあったことはかなりはっきりしています。彼女は、王族のメンバーの中に《身を置く》という隠すことができない野望を持っていました。おそらく、ソーントン・リーヴスの仮説に確かな何かがあったのかもしれません。キャロルが将来アリスと結婚したいという考えを持ち続けていたことに、おそらくリデル夫人は気づいていて、彼女とのあらゆる接触を、念のために終わりにしたかった。というのは、夫人は娘に、ディケンズ（Charles Dickens 1812～1870 ヴィクトリア朝時代を代表する英国小説家。『オリバー・ツイスト』『クリスマス・キャロル』『二都物語』など）が言うように、《大いなる期待》を抱いていたから。結局、ようやく十一歳になったアリスは、ジョン・ラスキン（John Ruskin 1819～1900 ヴィクトリア朝時代を代表する評論家・美術評論家。ルイス・キャロルとも親交あり。アリス・リデルの美術の家庭教師でもあった）や、すでに成人であった数学の教授に恋心を抱かせたのです。数年のうちに、母親が望んだ人に恋心を抱かせることができると彼女は確かに信じた。だから将来にわたって疑念やゴシップの原因になったり、彼女の商品価値を下げかねない人物とのあまりに頻繁な交際から彼女を遠ざけたかったのです」

「しかし、ただそれだけだったとしたら」セルダムは言った。「あまりキャロルのせいだとは思われないのですが、何故その姉妹はそのページをもぎ取ったのでしょう？」

「そうです。その点も私は考えました。おそらく、キャロルはそのページにリデル夫人に対する彼の怒りや皮肉をぶちまけたかったからでしょう。彼が少女たちから遠ざけられるのを受け入れたとは私は思いませんわ。そして、メネラはそれがたとえ些細な論争であっても、キャロルのこの好戦的な面が将来表に現れるのを好まなかった。

つまり、あの紙片には、キャロルにとってそれほど恥になるようなことは何も書かれていないと私も思います。しかし、不思議なことに、今まで以上に私の好奇心をそそるのです！」

「これ以上あれこれ考えるのはあまり意味がないですね」立ち上がりながら、セルダムは言った。「木曜日にはもうメネラの自筆かどうかも分かることを期待します。それはほとんど亡霊を呼び出すようなものになるでしょう」

「本当に忌々しい姉妹たちだこと！」ジョセフィンは言った。「かつてメネラが日記の見当たらないページのことを聞かれた時、彼女は、死ぬまでにもっと多くのページを切り取るつもりだったと答えたということですが信じられます？　私たちにとって不運なことに、すでにキャロル自身は余りにも自分を抑え過ぎました。さらに、彼は忌々しいページ切り取り犯の助けなど必要としなかったのです」

二十四章

翌日、私は朝食を摂りにカレッジのカフェテリアに降りて行った。通りがかりにマガジンラックからオックスフォード・タイムズ紙を一部手に取った。アンダーソンが彼の記事を掲載したかどうか知りたかったのだが、一面にも、中の犯罪欄《らん》にも彼の署名のあるものは、何も見当たらなかった。ラネラフ卿が伝手との連絡に間に合って、掲載をもう一両日遅らせてくれるようになったのだと私は想像した。とはいえ、アンダーソンは黙らせるのが容易ではない類いのジャーナリストであり、どうにかして自分のスクープを世に出すまでは諦めないだろうと私は直感的に思った。そのことが、工場の擁壁にいるカラスについてアンダーソンが私に言った好奇心をそそる言葉を思い出させた。どのようにしてアンダーソンはまたこのことも知り得たのだろうか？レイトンが彼に話したとは思えない。何はともあれ、レイトンのオフィスに立ち寄って聞いてみることに決めた。

レイトンは名前のリストと思われるものに没頭しているようすだったが、彼は私が背後から近づいてくるのに気づくとすぐ、私の目に触れないように、素早くデスクの上の紙を裏返しにした。

「それほど秘密にしたいものって何ですか？」私は彼に尋ねた。「あなたの誕生日パーティーの招待者リストかな？」

「すまん」レイトンは言った。「でも、君には話せないんだ。これは機密扱いの書類でね」

「当ててみましょうか？　レナード・ヒンチのデスクの引き出しから見つかった暗号化された名前のリストであることに賭けますよ。そして、あなたはそれを解読するように頼まれた」

「レナード・ヒンチが誰だか私は知らない」レイトンは言い、彼の赤みを帯びたあごひげを少し引っ張りながら、無表情な目をして私の視線に耐えていた。私は的を射ていたと分かった。

「でも、それが分かったほうが君にも都合が良いでしょう」私は言った。「ヒンチはルイス・キャロル同胞団のすべての本の発行人だった。もし、暗号を選ばなければならないとしたら、キャロル自身が考案したものを選ぶと思わない？　レイモンド・マーチンが彼のパズルと謎解きの本の丸々一章をそれに費やしている。基本的には、それはアルファベットのマトリックスの暗号で、必要なのはただヒンチが使ったキーワードを見つけ出しさえすれば良い。おそらく、それを探し出す価値があるでしょう」

レイトンは、自分が知らなかったことを、一度だけでも私に言われるとは思ってもいなかったかのように、幾分驚いたような、嘲るような顔で私を見た。

「ありがとう、と思うよ」彼は皮肉たっぷりな調子で言った。そして、私が出て行くのを期待しているかのように私を見た。

「オックスフォード・タイムズにアンダーソンという記者がいるのだけど」私は言った。「もしかして、最近ここに来たということはないですか？」

「昨日確かにここにいたよ」彼は言った。

「そして、反響音の測定についてあなたに尋ねた？」

「多くを私に訊《き》く必要はなかったよ。彼の目の前にそれが立っていたから」そして、彼は黒板を私に指し示した。私が入ってきた時にはそれに気づかなかったが、何を探しているか分かる人にとっては、誰の目にも一目瞭然《いちもくりょうぜん》、この上なくはっきりとそこに図が描いてあった。長方形の広告板の大まかなスケッチ、塀の縮約した高さ、点々で示されたカーブと、《車》と《カラス》と記入された小さなX印。

「それで、彼はあなたの結論について尋ねたんですか？」私は執拗に言った。

「アンダーソンは頭の良い奴だ。ここの初期課程で私と同期だった。彼は明らかになっている情報の断片を寄せ集めて、自分だけで結論を導き出すことができる」彼は、分かりにくい言い方で私に言った。

　果たしてレイトンがすべてのことについてどの程度分かっているのか、また、彼に依頼された仕事からどの程度推測しているのか、私は急に気になった。そして、再度試してみた。

「それで、これまでであなた自身の結論はどうなのかな？　あなた自身が組み合わせた断片で」

「断片を組み合わせることに私には興味はないよ。私は頼まれたそれぞれの仕事を別個のものと考えているので。ある日は車がブレーキを踏まなかったことを証明し、そして、今は、別の日には、暗号化された名前のリストに取り組まねばならない。もちろん、他のことにも目を向けざるを得ないけど」そして、じっと私を見た。「例えばいつかの晩、君がここからプレート状の装置を持ち出したことを私は知っているし、また、自分の目の前にあるものを時々君は見ていないことも知っている。しかし、君に言ったように、私は、すべての断片を組み合わせるようなことはしない。この仕事では、危険を伴うことさえあり得るからね。余計な詮索はしないほうが身のため、ということもある」

　漠然と脅されたような曖昧な印象を持って、私はそこを出た。そして、まだこのことを考えながら、アリスショップに通じる歩道を通って、帰り道を歩いた。私は少しの間ショーウインドーの前で立ち止まった。アリスとチェックの上着を着たウサギの大きな実物大のボール紙製のカットアウトボードのそばで、旅行者たちが代わる代わる互いに写真を撮り合っていた。私は彼らの仲間に紛れ込み、自分を抑えることができずに、シャロンの方を盗み見た。彼女は中で忙しく同時に数人の客に応対しているようだった。チリンチリンというベルの音と共にドアが突然開くと、驚いたことに、杖を前に突き、歩道への小さな階段を下りてくる、おぼつかない足取りのレイモンド・マーチンの姿が現れた。彼もまた私を見て驚いたようだった。私は彼が階段を下りるのを手助けした。すると、彼は、子供のように無邪気に、店の中で見つけた小さな宝物をすぐに私に見せてきた。それは、大きな木の前にいるアリスの姿が描かれたカップだった。その木の上からチェシャ猫がアリスを見下ろしていた。

「このカップの素晴らしいところは」彼は言った。「どんな飲み物でも熱いものを入れると、アリスの姿が消えて、ただにやにや笑った猫だけがカップに残るというところなんだよ。もし、ジョセフィンがミルク入りコーヒーのコンテストで私たちを負かしたら、賞品として彼女に贈ろうと思ってね」

彼がジョセフィンと名前を言った言い方に、親密で、温かい響きがあるのを感じて、私は突然彼を新たな光の下で見ることにした。私はほとんど無意識に微笑んだ。そう、確かに、あれは紛れもなく恋をしている人の口調だ。どうやってそのことを彼に聞けるか私は考えた。そして、アンダーソンのやり方を使うことにした。

「それでは本当ですか、あなたとジョセフィンは……？」

彼は笑って、頭を振った。

「本当だった、すごく前まではね。誰がそのことを君に話したか知らないけれど。君はあの頃のジョセフィンに会うべきだったよ。でも、私は今でも、たまには彼女に何か贈り物を選びたくなるのだよ」

それで私は彼に、キャロルについての彼の本を読んでいたこと、そして、パズル**《死者を生き返らせる**（To make the DEAD LIVE）》を解くことが出来なかったことを話した。

「しかし、私が君にそれを解いてあげることを君は期待していないのだろう？ そうではないのかな？ 数学者たるものは、自分自身の問題を解決することに誇りを持たねばならない。そのパズルは、特に興味深いものだよ。というのは、キャロルは、その生涯特に末期にかけてオカルティズムに接近したからだ。彼は心霊術の集会に出席し、亡霊を写真に撮ることができた、とまで言った。《死者を生き返らせる》」そして、彼はふっと小さなため息をもらした。「ある歳になったら、いずれ分かるだろうが、私たち誰もが少し交霊術者気味となり、私たちの死者を生き返らせたいと思うようになるのだよ。そのパズルは、文字を取り替える無邪気なゲームだ。もちろん、文字のゲームはまたとても真面目なものでもあるけれども。ゴーレム（ユダヤ神話に登場する生命を得た粘土人形）に命を吹き込むためには、プラハのラビが、その額に、ヘブライ語で真実を意味する、《emet》という文字を書いた、ということを君は思い起こすだろうね。そして、もう一度粘土人形に戻すには、最初の文字を取り除くだけで十分なのだ。《emet》が、死を意味する《met》に変わる。そして、もしかしたら、私たちのプログラミング言語は、結局は、生と死である《スタート》と《エンド》の命令を伴った私たちの時代のゴーレムではないだろうか？　更には、よく考えてみれば、すべての生物学的生命のコードである《ＤＮＡ》もまた、基本的には、わずかな文字の入れ替えと取り替えのゲームに過ぎない。従って、自分自身でパズルの解を探し続ける価値があると私は思う。でも、ヒントを一つ差し上げよう」私たちは曲がり角に差し掛かった。彼は一瞬立ち止まり、私の肩を軽く二回叩いた。彼の目に悪賢しそうなかがやきが現れた。
「もし君が《生》から《死》にたどり着けなかったら、たぶん、言葉を逆にして試してみれば、《生》を《死》に変えられるでしょう。死者を生き返らせるのは、とても難しいが、生者を死者にするのは、それほど難しくはない。それは、《殺人》と呼ばれるがね」そして、私の警戒した、当惑した顔を見て、自分自身に満足したかのように、彼は笑った。

　私はゆっくりと歩きながら戻り、そして、セント・ジャイルズ教会の散在する墓の間の小道をバンベリー・ロードに向かって横切った。まるで警告であるかのように、レイトンが私に話した言葉や、幾分嘲笑的な、ほとんど私的な楽しみのような言い方でレイモンド・マーチンが殺人という言葉を口に出したことが、私の頭から離れなかった。しかし、この中のどれかに何か別の意味があったのだろうか？　私は頭に浮かんでは、ほとんどすぐに理にかなわないとして捨てねばならない、新たな仮説の組み合わせに従おうと考えた。《何処に航行するか知らない者にとっては、どんな風でも順風ではない》。しかし、何処に航行するか知らない者にとって、最もわずかなそよ風が進路を示すように見えるのも、あいにくなことに、また真実なのだ。

カレッジの私の部屋に戻ると、レイモンド・マーチンが提案してくれたように、あらためてじっくり検討しながら、パズルに再度取り組んだ。またもや、前回と同じくツキがなく、数ページの紙が途中で失敗した試みで埋まってしまった。私は、ある時点までで挫折《ざせつ》を感じ、単語を殴り書きにした数ページの紙をベッドの上に放り出した。そして、私は一摑《ひとつか》みの硬貨を掻《か》き集め、溜まったすべての衣類を洗おうと、地下の洗濯場に本を持って行く決心をした。清潔な乾いた衣類を持って部屋に戻り、夜のニュースを見るためにテレビをつけた。何よりも先に画面に現れたのは、永久に固定したように見える皮肉っぽい笑みを浮かべ、手に負えないほどの灰色の巻き毛のアンダーソンの顔写真だった。前日から自宅に戻っていなかった。そして、市内およびオックスフォードシャー周辺をくまなく必死に捜索しているという。前日オックスフォード・タイムズの自分のオフィスを午後の六時半に出たのが、彼についての最後の消息だった。従って、私たちが会った後で、一度新聞社に戻ったのだと私は考えた。写真の下部には、どんな情報でも連絡して欲しいという主旨で、電話番号が載っていた。私は、この番号に電話して、私が彼と話した会話の内容を話すべきかどうか、自問した。しかし、そのことは、すでにピーターセン警部は知っていることだ、と私は独りごちた。画面にその他のローカルニュースと天気予報が流されている間も、私は茫然として、思考停止の状態だった。

数時間前に私がまるで狂った機械のようになって書き散らした単語のリストを眺めた。そして、その恥ずべき紙を全部丸めて、屑籠に投げ込んだ。おそらく、夕食を抜いたせいか、電気を消しても、より大きな謎の中の小さな謎が私に付きまとった。それさえも解くことができない、というのであろうか？　とうとう私は電気をつけ、屑籠から紙片を回収し、ベッドの上でもう一度それらの皺を伸ばした。前日の数枚の紙が今日のものに混じっていた。《死》から《生》に行こうと思い、私は次のように書いた。

DEAD（死）
LEAD（先頭）

LEND（貸す）
LAND（陸）

そして、逆から始めるに当たって、捨てたばかりの数多くの紙の一つに、次のように書かれていた。

LIVE（生）
LINE（線）
LANE（小道）

二枚の紙を一緒に合わせて、私は一人だけで笑い出しそうになった。パズルは、屑籠の中で独りでに解き明かされた、と私は思った。私は、マジックのやり方を記述する魔術師の見習いが暗示をかけられたような緩慢さで、白紙に次から次へとすべての単語を写し取った。

LIVE（生）
LINE（線）

LANE（小道）
LAND（陸）
LEND（貸す）
LEAD（先頭）
DEAD（死）

二十五章

　翌朝私は目覚めるとすぐに、テレビをつけてニュースを見た。トップニュースの中に《行方不明》という大きなバナーがあり、その下に再びアンダーソンの写真が登場している。しかし、彼の捜索には何も進展がなかったようだ。警察がデスクの上に残されていた書類を調べていること、そして、アンダーソンが調査していた《扱いが難しい》種々の事案――その中に、セルビア系の地下諜報組織も含まれていた――に関連する複数の手がかりを追っているということだけが、新たな追加情報としてコメントされていたものの、同胞団や写真の件については一切触れられていなかった。ピーターセン警部の手腕と、おそらくはラネラフ卿からのいくばくかの陰の助力のお陰で、近いうちに必然的に明るみに出てしまうであろう事実をさらにもう一日、とどめておくことができたのだろうと私は推察した。カレッジのカフェテリアで朝食を食べながら、今朝は到底、これまで論文の指導教官と話し合ってきた懸案の数学の諸問題に集中できる状態にないことを悟った。瞬間的に時を飛び越えて、今すぐに午後の同胞団の会合へ直接運んでくれないものかと私は願った。私は窓から外を眺めた。その日は陽射しが降り注ぎ、空もまだとてもよく晴れていた。無慈悲な秋が訪れる前の、残りわずかな晴れの日々の一日だった。テニスのシーズンが終了した夏の終わりから、毎日数ブロック、自転車を漕ぐほかは、身体をほとんど動かしていなかったので、ランニングに行くことに決めた。サマータウンの方向に向かい、キドリントンのラウンドアバウトまで行き、そこを一周して、帰りはユニバーシティ・パークを通り、川岸を戻ってくることにした。私はスニーカーを履き、テニスウェアのショートパンツに着替えた。外に出ると、突然の、思いがけない朝の冷たい空気が、背中を素早く何度も突き刺してきて、私のペースを上げさせた。バンベリー・ロードを駆け上がり、前の年まで住んでいたカンリフ・クローズの袋小路をたちまち後にする。そして、サマータウンの近くで、真っ白な服を着た同じ寡黙なインド人店員がレジスターに座るこぢんまりした店の玄関を通り過ぎ、キドリントンへ向かう道路の端で、私はオックスフォードに流れ込む車の流れと対峙した。呼吸が規則正しくなり、両脚によって軽々と運ばれていく身体が自分から離れて漂っていくような感覚とともに、私の思考も自分の手の届かないところへと浮揚していくように思えた。それはあたかも、まわりに見える活気に満ちた景色が、思考をその場に留まらせてくれないかのようだった。ラウンドアバウトに、《イッツ・ワン・トゥ・リメンバー》と謳《うた》う大きな広告板が何枚かあるのが見えた。交通の流れに乗って一周して戻っていくと、目の前に高くそびえ立つ、トラクター工場の延々と続く黒っぽい煉瓦《れんが》の殺風景な擁壁が現れた。カラスの巣があるかどうか確認しようと上の方を眺めた時、レイモンド・マーチンの本で見たキャロルのまた別の謎かけが頭をよぎった。《なぜカラスは机に似ているのでしょう?》確かに、なぜ擁壁のカラスはヒンチの机に似ていたのだろうか? アンダーソンが両方知っていたということが、答えなのかもしれない。ヒンチの机の中身を私に明かした時の嘲るような表情、そして、クリステンについて訊ねてきた時の態度を、私は思い出した。アンダーソンは彼女から何を聞き出すことができたのだろうか? そして、レイトンとはどこまで話をしたのだろうか? これまで十分に試してきた同じ道すじへと、何度も私を引き戻そうとする陰湿な思考の網を、私は押しやろうとした。もはや走ることに身体が慣れていなかったので、ユニバーシティ・パークに入ったところで、脚が疲労でつり始めた感覚があった。しかし、それでも、少し息を弾ませながら、公園を横切って反対側の端にある川の縁まで出ることができた。私は、殴打されたヘンリー・ハースを見つけた噴水のそばでしばし足を止め、呼吸が整うのを待つ間、滑るように水面を進むいくつかのレガッタチームと、オールがシンクロして回転するさまを眺めていた。私は、川の土手に沿ってもう少し先まで歩き、遠くに見える桟橋《さんばし》とおぼしき場所へ向かった。ボート貸します、という看板がある。桟橋の端で、年配のカップルが、ボートに乗るかどうかで言い争っているようだった。近付いていくと、驚いたことに、それはラッジオ夫妻だった。ラネラフ卿が連絡を取ろうとしていたことを思い出し、同胞団の集会について知らされているのだろうか、と思いながら、私は手を振った。私が誰か分かるまで一瞬、間があったが、さらに近寄って行くと、思いがけない助っ人を歓迎するかのように、ローラは両腕を広げた。午後に集会があることを知っているか、私が尋ねると、もちろん、という答えが返ってきた。夫妻は二枚の写真を、同じ封筒に入った状態で受け取っており、他のメンバーと同様にひどく戸惑い、興味をそそられていた。何があろうと、集会は外せない、と夫妻は言った。ボートのベンチの上に、一束の白い花があるのが見えた。私の視線をたどっていったローラは言った。

「このタイミングであなたが現れたのは、素敵な偶然ね。今日はちょうど娘の命日で、毎年、娘を偲《しの》ぶためにここに来ているのよ。世界中でいちばんのお気に入りだったのが、この場所でね。アリスの物語について、自力でできるありとあらゆることを探検しはじめてからというもの、キャロルがリデル姉妹三人を連れて行ったように、ゴッドストウまでボートで連れて行ってくれと、いつもねだっていました。娘が旅立ってしまってからは、アルバートと橋までボートを漕いで、そこで花束を水に投げ入れるの。そこは……」ローラの声はそこで途切れたが、すぐに自分を立て直した。「でもついさっき、アルバートが、ボートを引き出してくる時に手首をくじいてしまって」

「ローラにも言っていたんだが、それでもボートは漕げる。ただ、距離は短くなってしまうかもしれないがね」手首を二本の指で注意深く調べながら、プライドを傷つけられたようすで、アルバートは言った。「手首の回転は時計回りでないといけないが、その動きだったら今もできる」

「決して無理をしてもらいたくないって、彼に言っているところだったの。昔、痛めた古傷で、夏の終わりになると何か間違った動きをしては、悪化させてしまうのよ。でも運がいいことに、あなたが助けてくれるかもしれないわよね。私一人で行こうと思ったけれど、帰りに流れに逆らって漕いで戻ることはできないかもしれないと思って」

「もちろん、いいですよ」私は言った。「二人で漕げば、三人揃って行けるんじゃないでしょうか。何とかやれると思います」

アルバートは頭を振って否定した。

「それはできない」アルバートはやや不機嫌そうに言った。「この小さなボートには、二人以上の大人が乗ってはいけないことになっている。だが、問題ない。私はここに残って君たちを待っているから」

私たちがオールを何回か漕いで岸を離れるとすぐ、まだ手首をさすっているアルバートの姿は見えていたが、ローラは私に寛容と軽蔑とが入り混じった表情を浮かべて、ウインクしてみせた。

「アルバートは時々偏屈な子どもみたいな態度を取るの」ローラは言った。「男の馬鹿げた自尊心に過ぎないのだけどね。それなのに、シャツのボタンは掛けてあげなければならないし、薬の処方箋《しょほうせん》さえもう書けないのよ。自分の理論やら湿布やらを本当に信じているかのように、振る舞うの。自分が老いることはない、とも。年よりもずっと老けてはいない、とでもいうように」あきれ返ったようすで言った後、持ち前のコケティッシュさを発揮してすぐに言葉をついだ。「彼は私よりもずっと年上なの。今はもう見てすぐには分からないかもしれないけれど」そして、私に判断してもらおうとほとんど挑発するように、顔を上げた。「アルバートは、カレッジの先生の一人だったの」

私はぎごちない英語を最大限駆使して請け合った。確かに彼女はとても目を引くので、誰も疑いようがないだろうと。

「結婚されてからどのくらいになりますか?」私は尋ねた。

「私が望んでいたより長い年月ね」辛辣な冗談を言っているような言い方だった。「アルベルティーナが死んだ時に、別れようとしたのよね」ローラはそこでひと息おいた。本音を話そうと初めて決意したかのように、表情が変わっている。「でも、気がついたの。今でも娘の話ができる唯一の人は、私と同じように娘を深く愛していたアルバートだけだって。娘の思い出を共有できるたった一人の相手が彼だった。二人とも言葉に出したことはないけれど、彼も同じだと思うわ。ある意味、私たち二人の間では、娘はまだ生き続けている。どんなに病的に思われたとしてもね。毎年、娘が絵や文章をかきためていたノートを出してきて、一緒にそれを見るの」

「聞いてもいいでしょうか……どうしてそんなことになったのでしょう?」

「信じがたい話に聞こえるでしょうけど、自殺だったの。十二歳の誕生日の前日だったわ。娘が橋から身を投げたのは。娘が落ちるのを見た人が二、三人いたけれど、助けようにもそのすべがなかった。流れに呑み込まれてしまったから」

「ですが、理由は分かったのですか?」

「手がかりはいくつか……あった。それで、経緯の一部は再構築することができた。娘はある男性に恋をしたのだと思う。娘のノートの一冊に、キャロルとアリスの写真が並べて貼ってあったのが見つかってね。それぞれの写真に向かって矢印を描いて、そこに《私》と《彼》と書いてあった。誕生日が近づくにつれて、悩みを深めていたようすだったのには気づいていたけれど、私たちには理由が分からなかった。子ども時代が終わることへの喪失感か、突然の身体の成長に伴う、思春期初期特有の典型的なホルモンバランスの乱れによるものだと思っていた。でも、後になって、もう手遅れになってから、私たちの書棚で見つけたキャロルの伝記を、娘が隠れて読んでいたことが分かったの。あるページの、ある文章に下線が引いてあって、そこには、キャロルは、彼の幼い女友達が十二歳になったら、離れるつもりだったと書かれてあった。たぶん、その男性、その怪物は、娘に似たようなことを言ったのよ。私たちは兆候に気がつかなかった。亡くなる前の晩、自分の涙でできた川でアリスが泳ぎ、ほとんど溺《おぼ》れそうになったことが書かれている章を、娘は私に読んで聞かせたがったのに、私は注意を払おうとせず、もうあなたは大きいのだから、自分ひとりだけで読めるでしょう、と言ってしまった。私は決して自分を許せないの」

「その男性について、何か分かりましたか？」

ローラは頭を振って否定した。

「娘が一人で自転車で出掛けはじめた時に、会った人ではないかと私たちは考えていて。私たちには、オックスフォードはとても安全な場所に思えた。あの時代はもっとそうだった。娘は時々一人で一、二時間出掛けることがあったの。もしかしたらここ、この公園で彼に会ったのかもしれない。川のそばで座ってスケッチするのが好きだったから」

「それは、プラトニックなものだったと思いますか、それとも……？」私はその文章を終えることができなかった。

「矢印のついた二枚の写真を見つけた時、そのノートを警察に持って行ったの。ピーターセン警部は、検死をすべきだと主張した。誰もそういう意味では娘に接触してはいなかった。でも、娘の年齢の少女に対して深く接触する手段は他にもあるわ」ローラは言った。彼女の目の端に涙が滲み始めるのが見えた。「でも司法は、そういった別の方法には関与しないだけ。それで何も捜査は行われなかったの。手の届く範囲でできることは何でもやってみたけれど、今話した以上のことを突き止めることはできなかった」

「それでは、もしいつの日か、その男性が誰だったか分かったら……？」

「殺すでしょうね」ローラはきっぱりとした口調で言った。この先の残りの人生について下した、揺るぎない決断であるかのように。「たとえそれが、私がこの世で行う最後の行為だったとしても、私は彼を殺す。これまでの長い年月、ふと気づくと、私は何度となく、この男性を見つけた時に使える、何通りもの殺害方法を思い描いていた。今までアルバートと話したことはなかったけれど、彼も私と同じように考えていることは確かよ。結局のところ、私たちを今も結びつけているのは、その男を発見する、という希望だと確信している。今、私がアルバートのことをどう思っているかは問題じゃないの。アルバートを当てにできることも、あの男を殺すために二人で助け合うだろうことも、分かっているから」

ローラはそう言い、黙り込んだ。この世界からも人間の法律からも、切り捨てられているると感じ、私に理解してもらえるなどとは期待していないかのように。

「娘さんの写真を見せてもらうことはできますか？」私は聞いた。

「もちろんよ」ローラの目を覆っていた翳《かげ》が消えうせた。「三人で一緒に撮った写真をいつも持ってるの」

ローラはオールを前の方にまとめて置くと、ハンドバッグの中を探した。そして漕ぐ手を止めずに写真が見られるように、私の目の前に掲げてみせた。その写真の中のアルバートはまだ髪もすべて生えそろっていた。彼の傍らに立つローラは生き生きと輝くばかりだった。燃えるように若く、長い髪は束ねずにそのまま垂らしている。その後すぐに訪れるであろう出来事を知らないまま、二人はそれぞれ片側から、晴れやかに微笑む少女の肩を抱き締めていた。

微笑むという動作によってややぼやけている容貌の中に、私はヘンリー・ハースのポートレート写真を連想させる何らかの痕跡を読み取ろうと試みた。しかし、壁に所狭しと並べられた顔は、とてつもない数で、それぞれを区別できないほどに私の記憶の中ですべて相殺されてしまっていた。

「娘さんはとても美しかった」自分が口に出せると感じたことは、それだけだった。

「それに、目があなたにそっくりだ」

ローラは写真を自分の方に向けて、じっと見つめた。まるで過去のその画像から何かを取り込もうとするかのように。私たちは橋の下に到着した。ローラは写真をしまって屈みこみ、花を束ねていたリボンを外して、ボートの周りに花を撒《ま》いた。私たちは、流れに乗って、水面に浮いた花々がゆっくり遠ざかっていくのを眺めた。漂いながら、だんだんと散り散りになっていく。目で花を追っていると、川岸にレガッタチームのボートが何本かの木の下に停まっているのが見えた。木々の枝の先は水に沈んでいた。漕ぎ手たちは桟橋の方に向かって手を振り、大きな叫び声を上げて助けを呼んでいるようだった。できるだけ急いでボートを漕ぎ進め、近づいていくと、彼らが指差すものが見えた。浮いているブイのような不気味なほどひどく緩慢な動きとともに、葉をつけた何本かの枝の間に半ば隠れて水面に現れたのは、人間の頭部だった。灰色がかった髪はもつれ、水がしたたっている。目は閉じられており、皮膚は青みがかった灰白色をしていた。私は信じられない思いで、もう永久に動くことのない、アンダーソンの容貌を確認した。時を同じくして、二人の警官が岸辺を走ってやって来て、枝の上を這《は》うようにして進み、水から遺体を引き上げようとした。両側からそれぞれが腕を水の中に沈めた後、警官たちもまた、驚愕と恐怖の入り混じった叫び声を上げた。頭は切り離されているらしく、その下にあるはずの胴体はなかった。警官の一人がやっとのことで気を取り直し、壊れやすい花瓶を扱うかのように、耳の後ろ側をつかんで、枝の間から注意深く頭を引き上げた。

私はローラ・ラッジオのほうを見た。彼女はある種のトランス状態に陥っているようすだった。歯の根が合わないほど、全身を震わせている。彼女は発作的に私の腕をつかみ、夫のところへ連れ帰ってくれるよう懇願した。私たち二人は怯えながら、原始的な衝動に突き動かされるようにして、ボートを漕いだ。その場所から遠ざかりさえすれば、あの恐ろしい映像から逃れられるとでもいうように。ボートが岸に着くと、アルバートはローラに手を差しのべ、ボートから降ろした。ローラはすすり泣きながら夫の腕の中に倒れ込んだ。私はアルバートへの説明はローラに任せて、その場を離れることにした。できるだけ早くセルダム教授を探し出す必要があったからだ。私は走って数理研究所まで行き、二段ずつ階段を上った。オフィスのドアは半開きになっていて、セルダム教授は、黒板に書かれた公式をじっと見つめて考え込んでいた。私の顔にはきっとまだ恐怖が刻みつけられていたに違いない。教授が驚いた表情で私を見たからだ。息を切らせ、興奮さめやらぬ状態で、私は教授に告げた。

「あなたは正しかった。アンダーソンが殺されました。川に浮いているところを見つかったのです。頭部を切断されて！」

「頭を切断された？」信じられないようすで言った。正しく聞き取ったか確信が持てないのか、あるいは、不吉な冗談を懸念しているのか、どちらかのようだった。

それで、私はラッジオ夫妻との出会いから、ボートで橋まで行ったこと、アンダーソンの頭が枝の間に浮かんでいたことを話した。

「あなたは二度とも正しかった。次の犠牲者はアンダーソンでした。彼もまた、アリスの物語に描かれた死をなぞったのです」

セルダム教授は、激しく頭を振って否定した。まるで悪寒が広がったかのように。

「違う。逆なのだ。私は初めから終わりまですべて間違っていた。何についても正しくなかったのだ。何についてもだ！」

これまで、これほどまでに苛立ちを募らせたセルダム教授を、私は見たことがなかった。教授はひどく打ちのめされていると同時に、自分自身に腹を立てているように見えた。事態が思いがけない道筋をたどったこと、自分がそれを予見できなかったことが、ある意味、またしても自分の非であるように感じているようだった。彼は、打ちひしがれ、憔悴《しょうすい》して、肘掛け椅子に倒れ込んだ。

「頼むから、一人にしてくれたまえ」セルダム教授は言った。「もう一度、事の始まりから物事を考える必要がある。午後の会合の前に、すべてのことをいくらかでも理解できるようにしておきたい」

二十六章

オフィスのドアを閉めるか閉めないかのうちに、私は階段を駆け下り始めた。その時になって私は、セルダム教授に先ほどのニュースを知らせようと焦るあまり、会合に出席するようクリステンを説得できたかどうかを聞けなかったことに気づいた。引き返そうと思ったが、一人にして欲しいと教授が合図した時の、見まがいようのないそぶりを思い起こして断念した。結局、数時間もすれば分かることだ、と私は考えた。私はカレッジに戻り、シャワーを浴びようと服を脱ぐ間に、テレビを点けて、ニュースをやっている局にチャンネルを合わせた。川岸の茂みのそばに女性リポーターが立っていて、レガッタチームの漕ぎ手の一人にインタビューしていた。そして、興奮を抑えきれないような声音で、その場所がまさにアンダーソンの切断された頭部が発見された場所であること、遺体の残りの胴体の部分についてはまだ何も情報がないことを、何度も繰り返している。映像は警察のダイバーチームが川に潜っているようすを映し出していた。そしてカメラはスタジオへと戻り、参考映像として三つか四つの同じ映像を周期的に繰り返し流しながら、アンダーソンのジャーナリストとしての経歴を振り返っていた。奇妙なことに、番組は、アンダーソンがジャーナリストとして最後に行った調査の一つは——まだ世に出てはいなかったが——オックスフォードに本拠を置くセルビア系スパイの下部組織に関して、であることを繰り返し報道する一方で、ヒンチの死にも、少女たちのヌード写真にもまったく触れなかった。私は昼食も食べず、数時間ぶっつづけで、画面に張り付いていた。たとえそれがどんなにわずかだったとしても、いつ何時《なんどき》追加情報が現れるかも分からないと思い、リモコンでローカル局の間を行ったり来たりしながら過ごした。そうこうするうちに会合に出掛けなければならない時間が来たので、私はテレビの電源を切った。通りに出た私は、その午後がいつもの静けさを保っていることにやや驚きを感じた。自転車に乗った学生たちは、穏やかに私を追い越していき、街角にはこの事件や、セルビア系スパイ組織のことを話題にする人の輪もない。クライスト・チャーチ・カレッジの入口で、ピーターセン警部の到着を待つジャーナリストの一群も見当たらなかった。ニュースの中で、キャスターは再三にわたり警部のコメントを約束していたが、その間、警部と接触できた者は誰もいなかった。とはいえ、やはりカレッジには変化があった。入口のレターボックスと、守衛の脇に、立ち番をしている制服警官の姿があり、私にどこに行くのか尋ねてきた。幸いにもピーターセン警部は、リストで確認するのには充分なだけ、私の名前の綴りを書けたようで、警官は私を通してくれた。

同胞団の部屋に上がって行くと、すでにピーターセン警部とリチャード・ラネラフ卿がテーブルの上座に座り、二人だけで小声で話していた。他のメンバーもほぼ全員、その場にいた。まだ席にはつかず立ったままだったが、コーヒーポットの置いてあるところから自分にあてがわれた椅子まで、ゆっくりと移動しているところだった。セルダム教授もクリステンもまだ到着していなかった。私は今度もラッジオ夫妻の向かい側の席に座り、気分はよくなりましたか、とローラに尋ねた。「もちろん大丈夫だ」と代わって答えたのはアルバートだった。「ちゃんと精神安定剤を飲ませたからね」その口調の何かが、私に思わせた――私が直接彼女に話しかけることをアルバートが許容していないか、ボートに乗っている時に起きた思いがけない出来事の責任が何らかの理由で私にあると感じているかのどちらかなのだろうと。ローラは弱々しく私に微笑みかけてきた。それ以上何かをする気力も起きないようだった。たった数時間のうちに、驚くほどやつれてしまったように見える。テーブルの向こう端に座るジョセフィンだけが唯一、生気にあふれていた。上から下までバラ色の服を纏っており、明らかに美容院にも立ち寄ったようすだった。軽く盛り上がるようにセットされた白い髪は、ふわふわした綿菓子のようだった。川の中で発見されたものについて、ニュースキャスターたちが明らかにした残虐な詳細を、彼女がそっくりそのままヘンリー・ハースに熱く語っているのが、私の耳にも届いた。ソーントン・リーヴスは黙ったまま、半ば耳を傾けていたが、不快感を漂わせるそぶりがわずかだが見て取れた。

「アーサーがこんなに遅れるなんて、おかしくないだろうか？」レイモンド・マーチンはそう言って、私のそばの空席を差し示した。「研究所で彼を見かけたか？」

私はかぶりを振り、そして「私も変だと思います。ここに来る道すがらも、教授の姿は見かけませんでした」と言った。ラネラフ卿は自分の時計に目をやると、テーブルに座る人々をすばやく見回した。

「もう一分だけ待とう」ラネラフ卿は言った。「ああ、噂をすれば影……」

セルダム教授が急ぎ足で入って来た。挨拶のしるしに辛うじて頭を上下させ、片手で曖昧な謝罪のジェスチャーをした。教授の顔に浮かんでいたのは、これまで何度か見て知っている、あの悩んでいるような表情だった。他の多くの数学者たちも同じ表情をしているのを見たことがある。未だ正しくない予測という拷問から、あるいは、定理の完璧な証明を腹立たしくも妨げる未解決の問題から、自らを解き放つことが完全にはできていない者のする表情だ。セルダム教授は、私を見送ってドアを閉めてからというもの、オフィスから一歩も出ることなく、最後の瞬間まで、肘掛け椅子に身を沈め、再三再四、手中をすり抜けていく思考の糸を手繰り寄せようとしていたのではないだろうか、と私は推測した。その煩わしい精神的な苛立ちのいくらかが、未だに彼にまとわりついていた。

「ようやく皆がこの場に顔を揃えたようだ。しかし……クリステン・ヒルもここに来るのではなかったのかな？」ラネラフ卿は訝しげな視線をセルダムに向けた。

一瞬の間があった。そして、セルダム教授が不意に夢想から目覚めたように、口を開いた。

「ここに来るよう、彼女を説得はできませんでした。しかし、例の紙片をお詫びの手紙とともに送ることは約束してくれました。届いていないのですか？」

「今のところ、まだだ。だが……」ラネラフ卿はピーターセン警部に視線を投げ、意見を求めた。「とりあえず、会合を始めてもいいだろう」

「もちろんです」ピーターセン警部は言い、テーブルの上に大きな茶封筒を置いた。「件の若い女性が、病院で私に提供してくれた最も重要な証拠品――最初の写真――がこの中にあります」

木に寄りかかっているベアトリス・ハッチの小さな姿が写った手彩色の写真を、警部は封筒から引き出した。一目見ようとして、全員がのぞきこんできた。

「この写真は」乾いた声で警部が言った。「クリステン・ヒルが車に轢かれたその朝に、何も書かれていない白い封筒に封入されて届きました。その晩、彼女に起こったことが、偶然の事故ではないことを信じるに足る十分な根拠があるのです」

誰かが言葉を発する前に、警部は次の写真を見せた。森の中で横たわる幼いエヴリン・ハッチの写真だ。

「そして、この二番目の写真は、ヒンチが口にした毒入りのチョコレートの箱の中から見つかったものです」

衝撃と呟き声のうねりがテーブル中に広がった。

「そうです」ピーターセン警部は言った。「用心のために、本当の死因は、警察の手続き上、許容される範囲で伏せていたのですが、メンバーの皆さんにはこのタイミングで事実をお知らせしておく必要があるでしょう。レナード・ヒンチは、彼のオフィスに送られて来た箱入りチョコレートで毒殺されました。その箱には同胞団のカードが入っていましたが、名前はなかった。皆さんもよくご存じのジャーナリスト、アンダーソンは、死体安置所に勤務する何者かが情報を漏らしてくれたお陰でこの事実を数日前に知り、これを記事にして勤務先の新聞で発表しようとしていました。これもお耳に入っているに違いないと思いますが、今朝方、アンダーソンの頭部が川の中で発見されました。皆さん方がまだご存じない情報として、検死解剖で口の中を調べようと遺体のあごをこじ開けた際に、パルプ状に丸まった紙が見つかりました。殺害前、アンダーソンが写真の一枚を食べるよう強制されたかのように。写真を完全に復元することはできませんでしたが、断片のいくつかから類推するに、他の写真と同様、少女のヌード写真だったことを示唆しているようです。そして、皆さん方自身が受け取った写真もあります——本日、皆さん全員にここにお運びいただいたのは、そのためです」

ピーターセン警部は、再び封筒の中に手を差し入れ、テーブルの上に次々と小さな長方形の画像を並べていった。

「研究所で調べさせましたが、残念ながら、実際に捜査の助けになりそうな痕跡も手がかりも見つかりませんでした。すべての画像は、同じ写真集からはさみで注意深く切り抜かれたもののようです。ヘンリー・ハースが編纂した写真全集のハードカバー本の一冊です」

警部は、ハースが座っているところへ手を振ってみせた。全員の視線がハースに集中し、彼の顔が一気に紅潮するのが見えた。彼の滑らかな、妙に若々しい顔には、ほとんど殴打の痕跡は残されていなかった。自分の手が届く範囲に置かれた写真を二、三枚手に取り、縁の厚さについて指摘をした。

「私が警部にそのことを伝えました」自分の無実を証明しなければならないと感じたふうで、ハースは言った。「私のところに届いた写真も、私自身の本から切り取られたものだったのです。ヒンチは常に同じ重さの用紙を使っていましたし、写真印刷の品質からして見間違いようがありません」

「確かにそうだ」死者の功績をささやかながら認知しようとするかのように、レイモンド・マーチンはそっとため息をついて言った。「何はともあれ、レナードは常に最高の紙を使っていた」

「私の部下たちは、オックスフォードシャーの全書店をまわり、その本をクレジットカードで購入したすべての客を探し出そうとしています。ただおそらく、この背後にいる者が何者であれ、その本を現金で買った可能性が高いと思われますので、そこは書店員の記憶に頼らざるを得ません。ですから、あまり手がかりは多くないのです」

いささか憔悴したようすで、警部は認めた。「それでこうして、ルイス・キャロルの名だたる専門家である皆さんに、これらの写真が意味するところについて、さらなるお話が聴けるのではないかと期待して、集まっていただいたのです。あるいは、これまでお伝えしたことから何か推測できることがあれば——私たちが見落としていることもあると思います——ご教示いただきたいのです」

ラネラフ卿は、何か言い足したいことがあるらしく、許可を求めるような視線を警部に向けた。

「アーサーが指摘した、かなり衝撃的な偶然の一致についても、皆さんに知らせておくべきなのかと思う。クリステンを轢いた車はどこからともなく現れ、『不思議の国のアリス』に登場する哀れなトカゲのビルのように、彼女を空中にはね飛ばした。

《わかったのは、なんかがビックリばこみたいにせまってきて、それでおいら、ロケットみたいにビューン、でして！》（山形浩生訳）続いて、第二の襲撃では、ヒンチのチョコレートに混入する目的で選ばれた毒物は、アコニチンと呼ばれる物質だった。これには身の毛がよだつような恐ろしい効力があるのだが、アリスが小さなケーキを食べた後に経験した症状に不思議なほどよく似ている。この物質を口にした被害者は、まず頭が大きく広がり、四肢が伸びるような感覚をもち、さらには破裂しそうなほど膨張するような感じを受ける。そして、最後のアンダーソンの事件は――私が言うまでもなく、最も残忍であり、物語との一致が最も明らかだ。彼は頭部を切断されていた。そう、ハートの女王が《あやつの首をちょん切れ！》と命じたように」

「一人ひとりにどんな死が待ち受けているのか、アリスの物語を読み直す必要があるわね」ジョセフィンのおどけたような口調に、同調しようという者はいないようだった。

「そちらについても対応をしています」ピーターセン警部が言った。「私自身も、事を重大に受け止め、アリスの物語を再読して、種々の可能性を書き留めています。しかし、今はまず、これらの写真を見ていただき、どんな推測でも構いませんが、何か思いついたことがありましたら教えていただけるとありがたいのですが」

その場にいた全員が、好奇心もあらわに、テーブルの上に身を乗り出して写真を眺めた。気がつくと、セルダム教授でさえもが無気力な状態から抜け出して、そこにはまったく見当たらなかった何かを探しているかのように、並べられている写真をつぶさに眺めていた。というよりむしろ、実際には、ただ写真を数えていただけだったと私はそれを見て取った。

「王室ゆかりの方に送りつけられた写真はどれですか?」前置きもなく、教授は聞いた。

「まさか、ここにある写真の一枚が王族にも送られたっておっしゃるの?」一段と満足げにジョセフィンが言った。

期待のこもった沈黙が流れた。そして、ピーターセン警部が厳しい視線をセルダム教授に向けた。

「現物はここにはありません。それに、この件については一切他言無用ということで合意したはずでしたが」憤然としてセルダム教授に言った。「しかし、話に出たのでお伝えしますが、あの方に送られたのは最もよく知られている写真のひとつでした。女物乞いに扮したアリスの写真です」

「王子と乞食?」ジョセフィンは、それを聞いて連想したことを声に出して言った。

「それは筋が通りそうね。当時、リデル夫人は、娘をレオポルド王子に嫁がせることを熱望していたのですもの。そして、その写真は、キャロルが作品として最も誇りに思っていた一枚だった。王族への贈り物としては、良い選択のように思えるわ」

ピーターセン警部は再び口を開いた。その口調には、かすかな警告が込められているようだった。

「宮殿サイドは、今回の一連の出来事に対して、また、これらの写真が明るみに出ることが、王族ゆかりのあの方の対外的なイメージにどう作用するのか、深く憂慮しています。とりわけ、あの方が同胞団の名誉総裁である事実をタブロイド紙が暴露し始めた時のことを。宮殿は、我々の一挙手一投足を注視しています。今日も今日、MI5の高官をオックスフォードに送り込むつもりでしたが、指揮官の誰かが、ラネラフ卿を本件の対応に任命するのが最善の策だということを思い出したのです。さて、そういうわけで」警部はそう言いながら、小さなメモ帳を取り出した。「皆さん方全員から聴き取りをしたいと思うのですが」

二十七章

レイモンド・マーチンは、テーブルに並ぶ写真から、二、三枚を手に取ってはみたものの、すぐに興味なさそうな素振りでぱらぱらとテーブルに落とした。誰もが熟知していることを再確認する必要がないと言わんばかりだ。

「私から始めてもいいのだろうな。髪を染めていない者たちの中では、確かに私が一番年かさだから。いずれにしても、この件について私が何度となく書いてきたことの焼き直しにはなるが。ルイス・キャロルは、その生涯を通して、二千五百枚もの写真を撮影した。一ショット撮影するごとに伴う技術的困難さを考えると、当時としては膨大な数だ。当初、キャロルが関心を示したのは景色や建物で、大学の一部の科学者たちの依頼で動物の一連の骨格写真も撮影していた。しかしほどなくして、当時の著名人や名士の人物写真を撮影すれば、社会の最上流層と交流することができることに気がついた。彼は何よりもまず紳士気取りの俗物《スノッブ》だったが、上流社会と間接的に親しく付き合う方法を写真に見いだしたのだ。撮影された写真の大多数は、子どもたちを撮ったものではなく、当時の著名人たち、あるいは、家族のグループ写真だった。ごく小さな割合に相当する子どもの写真は、ほぼすべてが、さまざまな衣装を着た姿で撮影されていた。コスチュームや舞台衣装は首まで隠れるもので、きちんとボタンを上まで掛けていたし、撮影会はほぼ例外なく保護者の立ち会いのもとに行われ、写真のコピーもすべて保護者に引き渡されていた。したがって保護者たちが異議を唱えるケースが発生することはなかった。倫理的厳格さを手厳しく非難されてきたヴィクトリア朝時代の人々は、不思議なことに、こと子どものヌードに対しては、今日のような不快感や懸念を抱いてはいなかったのだ。子どもたちが大人の前で、裸で走り回るのはよくあることであり、衣装を着た写真の撮影会の時は、子どもたちは服を脱いでみせるのも楽しんでいるようすだった。キャロル自身も日記で、ついでのようにそのことに触れている。たとえそうであっても、言うなれば、その時代のあらゆる手軽さや親たちに目覚めた信頼を考慮したとしても、完全なヌード、あるいは、彼の言葉を借りるなら、《身に着けているものがない》写真は、ほとんどなかった。それは、キャロルが体系的に行ったことでも、常に追求しようとしていたことでもなく、ましてや、自分が隠したいと思うことでも、誰もが恥ずかしく思うようなことでもなかった。このテーブルには――ヘンリーが後で明確にしてくれるかもしれないが――キャロルが生涯に撮影した、服を着ていない子どもの写真がすべて集められているのだろう、と私は思った。すべて合わせても、せいぜい一握りというところだ。モデルになった少女たちも、親たちも、キャロルとの交遊について書いているが、不適切な言動は一切言及されていなかった。それどころか、ルイス・キャロルは、こうした写真のいくつかを公然と、誇りをもって発表していた。ついに、彼がなんとしても近づきになりたいと願っていた当代きっての著名人、テニスン（Alfred Tennyson 1809～1892 ヴィクトリア朝時代の英国詩人。桂冠詩人）と会うことがかなった時、キャロルは女物乞いに扮したアリスの写真を贈り物として持参し、日記にこれ見よがしに自慢して、桂冠詩人から贈られた論評を書き込んだ。《私の生涯で目にした最も美しい写真》と。おそらく、キャロルの子どもたちへの関心は、全面的に潔白なものではなかったのではないか、と思われはじめたのは、一九五〇年代以降だった。ここにいる誰もがこのことを良く理解していると思うが、例えこれらの写真がすべて時を同じくして明るみに出てしまったとしても、同胞団以外の普通の人々が、現代にはびこる先入観や本能的な反応に従ってすぐさま最も品のない結論、キャロルという人物を下劣な小児性愛者として抹殺しようとする考えに飛びつくことを私たちは期待したり、当てにしたりはできない。それでも、これらの写真が、流血沙汰やスキャンダルの渦中に明るみに出れば、真実と呼ばれる繊細な事柄を、立ち止まってじっくりと考えてくれる者は誰もいないだろう、とも私は思う。殺人に関して言えば、今の時代、これらの写真に注目を集め、話を聞いてもらうには、センセーシヨナルに警鐘を鳴らすことが、おそらく唯一効果的な方法であり、それ以外の何ものでもなかったのではないだろうか。ただ、ぞっとするような不愉快な方法ではあるが。とはいえ、それが誰であれ、キャロルという人物を、あるいは、我々のような老いぼれた惨めな本の虫たちの群れを、なぜこのようなやり方で攻撃しようとするのか、私にはまったく何の答えも浮かばない」

レイモンド・マーチンは、誰かが彼を支持するか、あるいは、反駁するだろうと思っていたらしく、両側に視線を投げた。私はピーターセン警部が分厚いレンズのメガネを掛けて、ややペースは遅いが勤勉な学生のように、実際に手帳にメモを取っているのを見て、少々驚いた。

「子どもたちのヌードやセミヌードの写真に関しては、レイモンドの説明にほぼ同意する。ただ、例えそうだとしても……」

ソーントン・リーヴスは話しながら、キャロルがあどけないアリスを抱き締めている、トリミングされた写真をテーブルの上から取り、皆がもう一度見られるように、掲げてみせた。「そうだとしても、この偽造された写真は、私たちの本に収められた本物の写真のどれよりも、キャロルと幼い少女たちとの関係をよく捉えていると思う。激しく、情熱的だが、肉体関係に陥る寸前の関係。他の幼児崇拝者たちと違って、キャロルは完全なる異性愛者だった。彼はかつてこう言っていた。《私はすべての子どもが好きだ。ただし、男の子を除いてだが》。そして、小さな娘たちと会う手筈を整えるべく母親たちに送った手紙の中で、今日なら不安をかき立てるだろうほどの率直さで、子ども一人で寄越すよう要求してきた。そうすることでのみ、《本来の姿を知ることができる》から、と言って。当時、発明されたばかりの写真術は、許容される最大限まで子どもたちに物理的に近づくための理想的な手段を彼に与えたのだろうと思う。慎重にポーズを決め、手直しをするという時間のかかる準備の儀式は、彼の視点からすると、少女たちに近づき、手を伸ばし、衣装をめくり、脱がせ、そして、なにより、身体に触れるための、非難の余地なく自らを正当化できる格好の口実ではなかったのか? キャロルの日記からも分かるように、自己批判が増えたのは、リデル姉妹の写真を撮り始めてからだった。神へ赦しを請い、良心の呵責を感じることも増えていった。私は彼が残した記録をたどり、祈りの回数の増加を表す数学的な曲線を描いてみたほどだ。ピークはリデル家と距離を置いた時期と重なっていた。当時は、レイモンドが言ったように、子どものヌードは、エデンの園をなぞった、素朴で美しいものとして許容されていた——隠された動機がすべて排除された状況などというものが、そもそも存在していたのだとしたらだが。しかし、ここにもまた、矛盾が存在していた。その同じ時代、将来的な結婚を前提に、成人が子どもと恋愛関係になることが認められていた。それは、早期に床入りを済ませて結婚を成立させるという、不の手紙を書いた。その手の問題を抱えた従兄弟がいた。十一歳の少女との結婚を熱望していた彼に、キャロルは良識的な手紙を書いたのだ。しかし少女と距離を置き、もう一年待ってから結婚するように、と助言をしたのだ。その当時、キャロル自身も、自分を抑えることができたのだろうか？　当時、彼が少女たちに書き送った愛の詩――時には写真の裏に書きつけられていた――はかなりの数に上っている。それらの詩は、行きすぎた美辞麗句として大目に見られる部分もあるのかもしれないが、今の時代に読んでみても、かなりきわどく感じられる。キャロルは本当に、踏み越えてはならない一線を守っていたのだろうか？　そうかもしれないし、そうでないかもしれない。私たちは、この質問に対する明確な答えを持ち合わせてはいないのだ」

「私なら、年代で区別するわ」ジョセフィンが言った。「私が興味を持っているのは、キャロルがすでに名士としての地位を築いていた時期よ。その時期、彼はまた少女のヌード写真を撮影しはじめた。皆さんも覚えているでしょう、彼がかなり煩雑《はんざつ》な交渉を経て契約を結び、カレッジの自室の上に私的なスタジオを設置する許可を取ったことを。あの時期にはもうさほど多くの写真を撮っていなかったのだとしたら、なぜそのような私的な場所が欲しかったのでしょう？　とはいえ、彼はごく短期間しか、そのスタジオを使うことができなかった。年若いモデルたちといやらしいことをしているというよからぬ噂が流れはじめたから。その真偽はともかく、それがきっかけになって彼は写真を永久に放棄した」

「この一件は早くもルイス・キャロル自身を裁く審判になろうとしている、という印象を受けている」アルバート・ラッジオが言った。「キャロルは存命中、裁判に好んで顔を出しており、めったに見逃すことはなかった。《不思議の国のアリス》にも風刺的に描かれた裁判のシーンを書き込んでいたほどだ。彼が今日の被告人席に座ることを楽しめるとは思えないがね。とはいえ、警部が我々に期待しているのは、ヴィクトリア朝時代の性にまつわる道徳観についての長広舌ではなく、これらの写真を送っているのがどんな種類の人物なのかを指し示す何らかの手がかりだろうと私は推測している。というわけで、レイモンドの質問に再び立ち戻ることが重要ではないかと思う。なぜこの何者かがキャロルのこの側面をこれほど……騒がしいやり方で暴露しようとしているのか？　ほとんど相反するといっていい、二種類の人々――あるいは、人格というべきかもしれない――が挙げられると思う。まずはもちろん、子どもの頃に、キャロルと同じような特性――彼と同様の魅力と機転――を備えた大人から性的被害を受けた誰かだ。長年にわたり、黙って苦しんできて、ルイス・キャロルにも同胞団にも――ある意味、我々は彼の名声の守り人だ――この種の犯罪に対する免罪符を永続させている存在を見いだした何者か。私たちがキャロルの日記を出版し、キャロルとアリスの愛の物語──幼い少女たちとの親交を寛大な視点で描いた物語に、再び慈悲深い光線を当てようとしていることを知った誰か。こうして、この誰かは怒りを爆発させた。妻も私も、この種の憎しみを抱く候補者としては極めてふさわしいと言えるかもしれない。私たちの娘は、皆が知っているように、そうした犠牲者の一人だったからだ。どうしてそんなことになったのかは、未だに分からないが。ただ、口に出して言う必要もないだろうが、妻も私も、娘の存在を通して、キャロルを──あるいは、少なくとも彼の作品を──愛するようになった。私たちの生きている時代とキャロルの生きた時代との違いも、完全に理解している。私たちに関して言えば──警部には手帳に書き留めてもらってかまわないが──恨みを晴らしたい相手はただ一人だけだ。そして、あいにくと、それは私たちが生きているこの時代の人物だ。他の殺人に無駄にする時間など、妻にも私にもない。もうひとつの可能性についてだが、私たちの時代に生まれた、キャロルと同じ性向を持つ人物を想像してみよう。私たちのこの市民Xが、キャロルと同じように、信仰心の篤《あつ》い人々に囲まれた環境での幸せな幼年時代を奪い取られ、非人道的な男子校に一生徒として放り込まれたとする。その人物は、身体が弱く、成長も遅く、殴打や性的屈辱から身を守ることができなかった。彼の子どもらしい感受性と、ごく最近まで新入りに課されていた残忍な加入の儀式との、激しすぎる対比を想像してみよう。卑しむべき暴力、不道徳、性愛に関連するありとあらゆる下劣な行為は、終わることのないトラウマを誘発し、彼は、自分の失われた楽園、子ども時代の習慣やゲームの思い出に引きこもるようになる。成人となった彼は、他のゲームにも打ち込むようになった。おそらくは数学パズルや、論理パズル、手品、ブリッジ、スクラブル、チェス。大人の社会では認められたゲームではあるが、所詮《しょせん》ゲームに過ぎない。もちろん女性たちは、彼の子どもっぽい立ち居振る舞いや、もしかしたら病的なほどの内気さもあって、彼の存在には気づかない。しかし、覚えていてほしいのは、私たちのこの市民Xが、キャロルと同様、異性愛者だということだ。意識しているか、していないかはともかく、彼は少女たちに近づくようになる。そしておそらく、思いがけず、少女たちとであれば彼にもチャンスがあること、少女たちは、彼のユーモアやゲーム、あるいは彼の早く歳をとりすぎてしまった可哀想な子どもの側面を認めてくれることを発見する」

私は堪えきれずヘンリー・ハースに目をやってしまった。彼は身をすくませ、背を丸めたまま椅子に座り、視線は床に落としている。今のラッジオの話は直接ハースに向けられたものだったのだろうか、と自問するうち、一瞬、話の筋道が分からなくなってしまった。セルダム教授を含め、その場にいた全員が、ラッジオのジェスチャーを交えた話の虜となっていた。そして、彼の話は、今にも立ち上がって、最初の数歩を踏み出そうとする、説得力のある怪物のイメージを皆の中に呼び覚ましたように思えた。

「我々の市民Xは」ラッジオは続けた。「間違ったことをしているとは思っていない。彼は、純粋に少女たちを愛しており、少女たちに対する彼の振る舞いは罪のないもので、おそらく本当に髪の一本も触れようとはしていないだろう。というのも、思い出して欲しいのだが、彼は肉体的な接触や、性的な意図をもたらし得るものすべてを拒絶する。彼が過ごした悲惨な数年間の記憶を呼び覚ますからだ。しかし、彼にとってはあいにくなことに、現代の親たちは、キャロルの時代の親たちのように、信じやすくはない。今は大人が立ち止まって子どもに話しかけようとすると、すぐに怪しまれる。一度ならず、彼はそうした行為を指摘され、非難され、脅迫された可能性がある。そして、もちろん、我々の市民Xは、キャロルのように白昼、少女たちと話をすることはできないし、ましてや、少女たちだけを連れ出して川をボートで下ることなど不可能だ。おそらく、市民Xにとってキャロルは、秘密の英雄であったのだろう。だが同時に、彼は自分を苦しめる不当さを日々感じていたのかもしれない。なぜキャロルは許容されて、自分は駄目なのか？　なぜキャロルは赦され、しかも正当化されるのか？　なぜキャロルはセミヌードの少女の写真を撮ることが許されたうえに、それを英国の大詩人たちに披露することができたのか？　その一方で、なぜ自分は、はるかに少なくしか望んでいないのに、後ろ指をさされ、迫害されるのか？　どんな怪物でも孤独は望まない。最も卑しい生き物でさえも、心の内では自分を正当な存在だと感じ、仲間を求める。自分もまた人類の一員であることを、他者の中で確認するのだ。私たちの市民Xは、キャロルが自分と同類だったことを感じ取り、その事実を今日我々が暮らすこの社会に対して、記憶に残るような形で、白黒はっきりつけさせてやりたいと思っている。これらの犯罪が明日、紙面で発表され、キャロルが撮った写真がすべての家庭に行き渡り、無数の人々の目に触れたなら、市民Xの孤独感はいくらか薄らぎ、彼なりに何らかの正義はなされたと考えるだろう」

「そのようなことを本当に信じておられるのですか？」手帳から目を上げ、やや面白がっているような口調で警部が言った。「やや倒錯しているとは思いませんか？」

「これは一つの推測だ」自尊心を傷つけられ、少しむっとしたようすでラッジオは言った。「倒錯という点に関しては、親愛なる警部どの、レーニン（Vladimir Lenin 1870～1924 ロシアの革命指導者・首相）の言葉をもじって言うなら、人の心はネフスキー大通り（サンクトペテルブルクの有数の繁華街。歴史的建造物が建ち並ぶ）ではない、と言える」

「写真の意図は別のところにあったのではないだろうか」不意に、ヘンリー・ハースが遠慮がちな声で言った。声高に話している自分自身に驚愕しつつも、もはや自制できないかのように、突然会議室に訪れた沈黙の中、先を続ける。「写真の意図はまったく逆だと思う。同胞団に身を置く我々自身も、ほとんどそれと気づかずにキャロルを正当化し、彼の人生のこの側面をできる限り隠蔽し、あるいは、過小評価する必要性を助長してきたのだ。例えば、キャロルが撮った子どものヌード写真は、生涯で撮影した膨大な写真の中では、せいぜい一握りを占めるに過ぎないと主張しようとすることで。この事実自体は、もちろん真実だ。キャロルは写真家としての仕事に関して偏執的に思えるほどの記録を残していて、我々はその実態を再構築することができた。その結果、彼の二十五年間にわたる写真撮影の活動の中で、ヌードの撮影セッションは全部で八回だけだったことが証明できた。このテーブルには、彼が撮影した子どものヌード写真がほとんどすべて集まっている。少なくとも、ある意味、曖昧なラインだと考えられる写真はここにある。キャロルは赤ん坊だって撮影していたのだからね！　見て分かるとおり、これらのヌード写真は、破廉恥なものとは言いがたい。それでもまだ疑いたいと思えば、先ほどの数の問題についても別の判断ができるだろう。キャロルが写真を通した探求の旅を始め、最初のセミヌード写真を撮った時には、女性らしい身体の線が見て取れるチュニックを纏ったモデルを描く古典的な絵画を模倣したものが、上品で趣味がいいと考えられていた。その頃、イギリスの王室は、オスカー・グスタフ・レイランダー（Oscar Gustav Rejlander 1813～1875 ヴィクトリア朝時代の先駆的写真家）が撮ったケルビム（キリスト教で九天使の中二位に属し、翼のある子どもの姿・顔で描かれる）のような赤ん坊や子どものヌード写真にお墨付きを与え、王室のコレクションとして作品をいくつか購入さえした。したがってキャロルは、王室が支持を表明した高尚な芸術だという鉄壁の後ろ盾によって、安心してレイランダーを模倣することができた。しかし、わずか数年後、商業写真の発達とともに状況が一変した。ヴィクトリア朝社会は、公衆の目に触れる写真や絵葉書に関して厳格な制限を課すようになった。《悪徳弾劾協会》なるものが創設され（一八〇二年）、協会員は街をパトロールし、店のショーウインドーや陳列ケースから、たとえ部分的であれ身体が覆われていない状態の人物の姿をとらえている可能性がある画像をすべて押収した。その時期、キャロルがヌード写真に対する興味を追究しつづけたかったものの、その勇気がなかったのかどうか、今では知るよしもない。しかし、数年後にまたしても社会の道徳規範が変わり、子どものヌードが予期しない形で芸術として復活した。クリスマスカードの挿絵やガートルード・トムソン（Emily Gertrude Thomson 1850～1929 英国のアーティスト、イラストレーター）が創り出したおとぎの国の世界で、彼女の筆による妖精《ようせい》や天使の優美な絵として。可能性が再び開かれたのを目の当たりにしたキャロルは、すぐさまトムソンと近づきになろうとした。彼女の子どもたちに対する考え方に、自分と同じものを見たからだ。キャロルは、トムソンと知り合いになろうと心に決めた。そして彼女と知り合うことができたばかりか、互いに気が合い、写真の撮影セッションを協力して開くまでになった。このようにしてキャロルは、我々が存在を知る裸の少女たちの写真のほぼすべてを立て続けに撮った。今の話で、私は一体何を言わんとしているのか？　キャロルが撮影したヌード写真の数が少ないのは、写真家としての彼の生涯の大部分、それが検閲の対象であり、言わば諸刃《もろは》の剣《つるぎ》であったからだった。しかし、写真の数が、本質的な問題を変えるものではないと私は考える。キャロルにとって、子どものヌードは無垢《むく》の象徴であり、人間としての表現の最も純粋な形であったと。彼の写真のいくつかは、明らかに間違って解釈されていた。例えば、女物乞いに扮したアリスの写真は、常に単独で展示されている。しかし実際には、当時よく見られた、道徳的意図を持った二連画《ディプティク》（祭壇背後などの二つ折りの画像）の一部でしかない。コインの表裏のように、この写真を補完するもう一枚――アリスが一張羅《いっちょうら》を着て写っている――の写真があるのだ。なにより、レイモンドが指摘したように、キャロルは、自分が手がけた子どもたちのヌード写真に大いに誇りを持っていた。彼自身は、子どもたちのヌードやセミヌード写真に関して、何の罪の意識も抱いていなかった。それゆえ、日記に記されていた良心の呵責や懇願の祈りを、性に対する不穏な思いのせいだと早急に結論づけるべきではない。教育研究に関する任務に献身できていなかったことや、宗教上の叙階にあたって信仰の危機を感じていたことに関係していた可能性のほうが高いように思える。これらすべての理由から、ここにある写真を送りつけた人物が誰であれ、我々よりもずっと深くキャロルを理解しており、我々とは真逆の考え方をしているのではないか、と私は言いたい。キャロルの最初の伝記の中で、彼の甥がしたように、この人物は純粋な子どもらしい姿の美しさを賛美し、今の時代にふさわしいものにして、子ども時代とはどのようなものなのか、思い起こさせたいと願っているのかもしれない。この人物は、師を羨《うらや》む弟子ではなく、キャロルの真の崇拝者なのかもしれない。魅了された観照の対象としての関係性を取り戻したいと願い、子どもたちを天使としてとらえており、手を出そうなどと夢にも思っていないのかもしれない」

ハースは急に話すのをやめた。情熱に駆られてつい行きすぎてしまい、自分の本質に関わる部分、秘密にしておきたい部分を公にしてしまったとでもいうように、居心地の悪い沈黙が流れた。ピーターセン警部は手帳から目を上げ、二、三枚、ページを後ろに戻した。

「ここまでで私が知り得たことを見てみましょうか」かすかに皮肉めいた口調で、警部は言った。「私のメモによると、キャロルが撮影した子どものヌード写真の点数は、たかだか一握りといったところだったが、彼はもっと撮りたいと思っていたのかもしれない、ということが分かっています。検閲が行われていた期間、キャロルは撮影をやめていましたが、世間の空気感が変わると、すぐにまた撮ろうとしました。彼は、少女たちの保護者が立ち会う中、写真を撮っていましたが、時には少女たちと彼だけで撮ることもありました。彼は二年もの複雑な手続きを経て、カレッジの自室の上に完全なプライバシーが確保されたスタジオを持つことになりました。子どもたちとの撮影活動は、絶対的に品行方正なものでしたが、一方でこの時期、私的な日記の中では、最も痛烈な悔恨の念が綴られていました。こうした自己非難は、性的な性質のものである可能性もある一方で、まったく別の話かもしれず、むしろ単純に学術上、神学上の務めを怠っていることに関連していたかもしれません。キャロルが関わりをもった少女たち本人からも、保護者たちからも、不適切な振る舞いが証拠や証言としてあがってきた記録はありませんでした。しかし、その一方で、キャロルには、少女たちの衣服を整えたり、脱がせたり、服を着ていない状態でありとあらゆるポーズをとらせることが許されていました。当時、子どものヌードはエデンの園的な理想像と結びつけられていましたが、この同じ少女たちは十二歳になれば妻として嫁ぐこともでき、婚姻の約束ならさらに幼くてもすることが可能でした。少女たちとキャロルの間にあったものは、単なる友情と説明されていましたが、彼は彼女たちに恋心を抱き、写真の裏に情熱的な詩をしたためて彼女たちに贈っていました。《私はすべての子どもが好きだ。ただし、男の子を除いてだが》と書いていたのは、冗談かもしれないし、そうでないかもしれません。キャロルが小児性愛者かもしれないと疑われはじめたのは、一九五〇年代になってからでしたが、私的なスタジオに関する噂が流れたせいで、キャロルは写真を撮ることを止めていました。彼は片方の乳首を露わにしたアリスのセミヌード写真を撮っていましたが、それは、裕福な少女に扮し、着飾っている別の写真との対照として見るべきものです。そして、殺人の容疑がかかる人物のプロファイルに関して言うと、憎悪するほどにキャロルを嫌っているか、あるいは、嫉妬するほどに彼を尊敬している何者かである可能性があります」

「偏りのない適正な総括ですな。種々の矛盾については、驚くにはあたらないだろう、ピーターセン警部」思いがけずしっかりした声で、ラッジオが言った。「人間の法則は、《これか、あるいは、逆か》ではない。同じ人物の内心も、同時に複数の真逆の要素によって成り立っている。それらが時に不確かな均衡を求め、時にその人の心の中を引き裂くのだ。当時、フロイト（Sigmund Freud 1856～1939 オーストリアの医師。精神分析の創始者）はまだ登場しておらず、昇華という概念はまだ特定も定義もされていなかったが、キャロルがヌード写真を撮ろうとしていた少女の父親に宛てた手紙の中に、好奇心をそそられる文言があった。今、我々が読むと、痛いほど率直に思えるが。『もし、私が、芸術に対する純粋な愛よりも低俗な動機を持つことなく、この種の写真を撮ることができると信じていなかったら、撮影のお願いなどしていないでしょう』。つまり彼は、自分の動機が不適切である可能性も、そして何より、他者にそうとらえられている可能性も、完全に自覚していたのだ。芸術として確立されることはもちろん、エデンの園のような理想、聖書と天国、ガートルード・トムソンの作品に天使や翼のある妖精として描かれている少女たちのことも、キャロルは必要としていた。ギリシャ美術や、レイランダーの先駆的な写真にとらえられているような、ヌードモデルを必要としていたのだ。というのも、どうしても自分に低俗な動機があると認めることができなかったからだ。彼と少女たちとの関係は、もっとも害のない、純粋なものとして、とらえてもらう必要があった。それでも、闇は残っていた。だから、日記の中で自分を責めた。自分自身に対しても認められなかったことを、そのページにはっきりと書く勇気は彼にはなかった。昇華は矛盾の一つの形態であり、社会的な抵抗に会わなければ、それは生涯にわたって続く可能性がある」

「私にもよくバランスの取れた総括のように思えるわ」ジョセフィンが言った。「とても早い段階から、キャロルが撮った子どもたちの写真にはしっくり来ない何かがあると疑っていた人物が現実にはいたことだけは、付け加えておきたいわね。その人物とは、リデル夫人だった。キャロルが、アリスの兄たちの写真を初めて撮った時のことよ。ある時、イナ（長女 Lorina）一人だけの写真を撮ることを、夫人は禁じたの。そして彼は、日記に恨みがましくそのことを書き留めた。これが夫人とキャロルの間に生じた、最初の不同意だった。でも、こうしてキャロルのことを議論し続ける代わりに、推理小説でやるように、事を進めるべきではなくて？　この一連の犯罪で恩恵を受けるのは誰なのか、自問すべきではないかしら？　アルバートが言ったように、明日になれば一連の殺人は全国でトップニュースになるでしょう。写真は新聞でもテレビでも繰り返し報道される。ルイス・キャロルが撮影した子どものヌード写真が再発見されたことに、ものすごく異常なほどの性的な好奇心をかき立てることでしょう。そう、私たちの時代は、こと性に関しては非常に解放的だったのに、子どものヌードはまたタブーに戻してしまった。キャロルの生涯のこの側面を探り出したい人たちは一体どこに向かうでしょう？　そう、確かに私たちが書いた本へと向かうでしょうね。特に、ある一冊——子どもたちのポートレート写真を集めた高品質の書籍へとね。再発見されたその本は、きっと数千冊単位で売れるでしょうね。そう思いません？」ジョセフィンは無邪気さを装って言った。

ヘンリー・ハースは、だんだんと動揺を隠し切れなくなったように見え、不本意な神経質な笑みを浮かべた。

「だが、そうだとしたら、ジョセフィン」ハースは静かに言った。「私なら少なくとも、印税を支払ってくれる出版者を殺害しないくらいの予防策は取るがね」

ピーターセン警部は、軽い驚きとともにハースを見つめた。そして、何か不都合なことを切り出さねばならぬかのように、居心地悪そうに咳払いをした。

「しかし、その本に関しては……ヒンチとの契約をすでに解除していたのではないですか？　そうではありませんか？　皆さん方もお分かりかと思いますが、あなた方一人ひとりについて調べさせていただかざるを得ませんでした。そして、私が入手した情報によると、ハース、あなたは、まさしく版権を解除するために、ヒンチと話し合いをしていました」

これまでとは別の種類の沈黙が流れた。まるでこの場にいる全員が初めて、この会合が招集された本当の理由を突然感じ取ったかのように、そして、低い声で話していたこの親しみの持てる人物が、なんだかんだ言っても警察の警部だったことを思い起こしたかのように。全員が身体をひねり、ピーターセン警部を見た時、誰もが不安そうに自分自身のことを振り返っていること、今後、どの程度まで警部に話すべきなのかを考えていることを、私はほぼ察知することができた。ハースはやや口ごもりながら答えた。そのようすは、脅えているというよりはむしろ気分を害しているように見えた。

「契約を解除しようと決めたのは、本当だ。しかしそれは、もっとありきたりな理由からだ。その理由は、ここにいる全員に関係することだがね。ヒンチは今まで、払うべきものを払ってくれたことがなかった」

ピーターセン警部は何も言わずにうなずいたが、しかし、ハースの答えに半分しか納得していないふうに見えた。

「ヒンチはあなたに支払いをしたことがなかった。そして、あなたは本当にお金が必要だった、そうですね？　なぜなら、あなたはある人物に対して、法外な金額を毎月支払わねばならなかったからです。どんなことがあっても明るみに出て欲しくないあなたの秘密を握っている人物。毎月毎月、吸血鬼のように、あなたからお金を吸い上げている人物。その人物がアンダーソンだったと言ったら、間違っていますか？」

息の詰まるような沈黙があった。絶望に駆られて両手を握りしめているハースに、全員の視線が再び釘付《くぎづ》けになったのが見えた。ハースが頭を垂れ、全員がそのようすを見つめていた。

「あなたは間違っていません」非常に慎重にハースは言った。「でも、私ではない！　私ではないんだ！」もう誰にも信じてもらえないことが分かっているかのように、打ちのめされたようすで呟いている。

「いいえ」思いがけず、セルダム教授が言った。「もちろん、違います。ヘンリーでないことは明らかです」

二十八章

椅子に座っていたセルダム教授は身体をわずかに前へと動かした。そのまなざしはまだ心の内に向けられており、数々の出来事や些細なディテール、推論が、彼の強力な知性と半ば一体化して煮えたぎるマグマの中でせめぎ合っているかのように、適切な言葉を必死に探しているようだった。彼はクリステンが私たちに見せてくれた、第一の写真を手に取った。

「そもそもの始まりから、あるいは、私たちが事の始まりだと信じていたところから始めるのが最善ではないかと思います」セルダムは口火を切った。「それは、まさにこの場所で、ここにいる皆が出席していたあの臨時集会です。我々はクリステンがギルドフォードで発見した紙片を携えて到着するのを待っていました。その紙片は、一八六三年にリデル夫人とルイス・キャロルが交わしたと言われる会話の内容を、はじめて明かしてくれるものであるはずでした。ここに集まっている皆が同意見だったように、その紙片は多く見積もっても、既存の伝記に数行の訂正を加えるか、あるいは、日記の今後の版で脚注に登場する程度の内容でした。しかし、クリステンはこの場所にはついに姿を見せなかった。会合の前夜、彼女は残酷にも車にはねられ、虫の息で、路上に横たわったままの状態で放置されたのです。その事実が発覚した最初の夜の時点では、クリステンが事故に遭ったのは不幸な偶然に過ぎず、罪を犯した運転者もすぐに見つかり、酔っ払った学生の仕業であることが判明するだろうとの推測は理にかなっているように思われました。ですが、私はここで、原因と結果の問題を体験する羽目に陥りました。病院に到着し、未だ意識を取り戻さないクリステンの姿を目にし、彼女が母親と二人きりで夜を明かす状況が気になった私は、クリステンの身を案じて、警察を呼ぶことにしました。それは間違いでした。この悔やまれる過ちのせいで、防ぐことができたかもしれないさらに二つの死を引き起こしてしまった。しかし、この決断のおかげで、続く何日かの間に、よくやったと自分を褒めてもいいくらいの気持ちになりました。目を覚ましたクリステンは、他のことも思い出したからです。宛名の記されていない封筒に入れられたこの写真を、彼女が轢かれた日の朝に受け取ったことを」

セルダム教授は肌もあらわなベアトリス・ハッチの写真を掲げてみせた。白い裸体が、彩色された田園風景にくっきりと浮かんでいる。

「これが第一の写真でした。ピーターセン警部はクリステンが普段からやりとりのある人々全員を聴取し、すぐに彼らの一人がそれを送ってきた可能性を排除しました。その結論は、クリステンが故意にはねられたこと、例の写真は一種の警告もしくは声明だったという説に説得力を与えるものでした。病院で私たちと最初に話した時、クリステンは襲撃直前のことを何も思い出せませんでした。そして彼女は、リチャードがすでにお話ししたように、『不思議の国のアリス』に登場するかわいそうなトカゲのビルに彼女自身をなぞらえるという興味深い発言をしたのです。どこからともなく車が彼女をめがけて飛んできて、《彼女は宇宙ロケットのように舞い上がった!》、と。そのあとしばらくして、私のかつての教え子であり、警察で技術専門家として働くレイトン・ハワードは、衝突の反響音を幾何学的に検証し、車がブレーキをかけようとした形跡がなかったことを実証してみせた。十中八九、運転者は彼女をはねようと、待ち伏せしていたのでしょう。したがって、それは事故ではなく、犯意をもった襲撃だったのです。当然ですが、それを受けてこの写真の意味と目的を、あらためて問うことになったのです。とはいえ、他の要素がないところでその答えを知ることは困難でした。もっとも分かりやすいのは、この場で示された最初の説明であるように思えました。つまり、できうる限り下劣なやり方で、ルイス・キャロルの小児性愛的な嗜好を想起させ、暴露し、キャロル自身の人物像を貶め、あるいは、同胞団に打撃をもたらすことを意図したのだと。ですがもちろん、確信するに至るにはまだ時期尚早でしたから、ピーターセン警部は、慎重を期してこの情報を秘匿し、写真の存在を開示しないことに決めたのです。数日後、同胞団はルイス・キャロルの日記が出版される予定であることを告知しました。皆さんのご記憶にもあると思いますが、その際にアンダーソンがヒンチの取材を行い、後ろに私たちの顔が映り込んでいるインタビューのようすが、地元のテレビ局で放送されました。あの日、ヒンチが自分の計画を意気揚々と語るのを聞きながら、私はクリステンの襲撃者は誰であれどう感じているのだろうと考えていました。もし襲撃者が、私たちを脅かして日記の出版を阻止もしくは遅らせようと意図していたとしたら、今頃、怒りは増していることでしょう。ことに、ベアトリス・ハッチの写真が公にならなかったわけですから。ご記憶とは思いますが、メディアでは、クリステンの事件はありふれた交通事故であったかのように扱われていました。しかし、クリステンを殺害しようとしたのではないかと疑っている者たちもいたのです。病院に立ち番の警察官がいて、ソーントンが訪ねてきた時も、病室への立ち入りを許しませんでしたから」

「私は善意でクリステンに会いにいったんだ。ただ、どんな具合なのか知りたかった。必要ならば、手助けをしたいと申し出ようと思っていた」ソーントン・リーヴスは憤慨した口ぶりだった。「クリステンの博士論文の執筆指導もしていたし、彼女に対していささか責任も感じていた。ここでは一人暮らしだということも知っていたから」

「もちろん、おっしゃるとおりだったのだと思います」セルダム教授は応えた。「ですが、ヒンチがそのことを知ってしまった。なぜ病院に立ち番をしている警察官がいるのかと自問し、足し算をして、推論を導き出した。ここにいるアルゼンチン出身の友人と会話する中で、彼の口から真相を確認することに成功したのです。それから何日も経たないうちに、ヒンチは毒を盛られました。ヒンチをよく知る誰かが、彼のお気に入りのチョコレートを箱で送ったのです。同胞団からのカードが添えられていましたが、持ち主の名前ははさみで切り取られていました。チョコレートは出版社の郵便受けに置かれていたので、ヒンチは私たち全員からのプレゼントだと思ったに違いありません。おそらく、彼の知らないところで他の発行人と交渉していたことに対する謝罪のしるしのように受け取ったのでしょう。ただ、チョコレートには、非常に強力な毒物が混入されていたのです。そしてむろん、第二の写真はその箱の中に隠されていた」

セルダム教授はエヴリン・ハッチの写真を取り上げると、最初の写真と並べて左手に載せた。

「この第二の写真は、連続性を示唆しているようでした。ただ、どのような連続性なのでしょう。一見したところ、それはルイス・キャロルと少女たちとの関係を暴露するというより、いっそう強固に糾弾《きゅうだん》しようとする意図の存在を裏づけているように

思えました。第一の写真のほうはまだ、この場でもそうであ

るととらえられ、擁護される余地があったとしましょう。

ですが、第二の写真は、陰

部をあらわにしたさらに年若い少女をとらえており、第一の写真よりもはるかに露骨

で不適切な性質のものでした。選ばれた毒物という手段もまた、より思い切ったもの

でした。こうなると、殺害を意図していることは隠しおおせられるものではありませ

んし、疑いの余地もなくなります。そういう意味で、ヒンチの死は曖昧さの余地を一

掃しているように思えたのです。これでようやくメディアというメディアをこの二つ

の犯罪と写真が席巻するに違いない。犯人が手をこすり合わせながら、そう独りごち

ている姿が想像できました。しかし、またしてもそうはならなかった。ヒンチのデス

ク——私の古い友人レナードのデスク——を警察が捜索した結果、ヒンチが裸の少女

たちの写真の販売を生業にしていたことが発覚したのです。それらの写真も、「芸術

的」であるととらえることができたかもしれません。ただ、被写体となっていたのは、

現代の少女たちでした。同じスタイル、同じ構成、同じ見せかけの初心さを漂わせた

写真になるよう、慎重に撮影されていました。もしかしたら同じ年代物のカメラで撮

っていたのかもしれません。ルイス・キャロルの撮ったものと見分けがつきませんで

したから。それらの写真は、私たちを嘲り、『なぜあの時代はよくて、今はよくない

のか』と問いかけているように思えました。どうやら、ヒンチは上流社会の人々で構

成される秘密のグループに、写真を提供していたようです。メンバーたちの名前は、暗号化され、秘匿されていました。事ここに及んで、警察は捜査をする必要に迫られました。私たちの同胞団の名誉総裁が王室ゆかりの人物であることは、私たち全員がすでに知るところでありながら、その事実は顧みられていなかった。その方が私たちの会合に顔を出したことはなかったですし、外国の大学に特定の刊行物の提供を要請する目的で、王室の紋章という手段に訴える場合を除けば、私たちが彼の名前を持ち出したことはなかったと思います。たしかに、この小児性愛者の秘密組織の登場と、我が同胞団とヒンチとの親密な関係は、この殺人事件が王室にとっての醜聞に発展する恐れをはらんでおり、その帰着は予想もつかないものがある。そういうわけで、捜査の時間を無駄にしないために、毒物による死であった事実は秘匿されたのです。というより、最初に発表された事実に関する表向きの見解、すなわち死が疾病《しっぺい》によりもたらされたものであったという見方が訂正されることはなかったのです。そしてもちろん、第二の写真が公開されることもありませんでした。とはいえ、級数の連続性は確立されました。二件の襲撃、それに二枚の写真。ですが、この場合の級数とは具体的には何だったのでしょう。どのようなパターンに注目すべきだったのでしょうか。二件の襲撃を精査してみると、はっきりとした違いが明らかになりました。先ほどの話では、当初は警部でさえ、最初の犯罪のシナリオを書いたのは男性で、第二の犯罪、すなわちヒンチの毒殺は女性によるものではないかと疑っていました。それぞれの事件に一人ずつ、つまり二人の異なる人物が関わっていた可能性はあるのでしょうか。あるいは一組の男女が協力して実行したのでしょうか。また、ピーターセン警部は、毒物がアコニチンであったことを伝えてくれましたが、そうなるとまた別の可能性が出てきました。毒物の名前を聞いた時、私は推理小説を読みふけっていた思春期の頃のことを思い出し、医学百科事典を確認しにいきました。そして、先にリチャードが言及した奇妙な偶然を発見したのです。アコニチンの効果である、急激に身長が伸びる感覚は、アリスが小さなケーキを食べた後に体験したものと似ています。では、死の事例に関連するパターンは、『アリス』シリーズの中に見いだすことができるのでしょうか？　これらは『不思議の国』絡みの殺人事件で、私たち一人ひとりを待つ運命を知るには、『アリス』本を確認すべきなのでしょうか？　その一方で、どちらでもない、第三の可能性もあるように思えます。もしかしたら犠牲者の連続性を精査すべきではないのでしょうか？　クリステンは、ルイス・キャロルの日記の中の、見過ごされていた何かをまさに明かそうとしていたタイミングで襲われました。ヒンチは、キャロルの日記を出版すると発表した直後に殺害されました。この連続性は、情報が伝えられる前にその伝え手自体を殺害してしまおうと、何者かが捨て身の試みを繰り返した結果だったのでしょうか？　私自身はこちらの仮説に傾いていましたから、アンダーソンがオックスフォード・タイムズ紙で記事を発表しようとしていると聞いた時、すぐに彼の身の安全を案じたのです。ですが、その時、さらに奇妙なことが起こりました。私のレターボックスにも、写真が届いたのです。私がその意味合いを解明し、その事実が私の内に引き起こした影響を乗り越えるより先に、王室ゆかりのお方を含め、同胞団のメンバー全員のもとにも写真が届いていたことを知ったのです。雪崩《なだれ》のように殺到した写真の存在は、考え得るすべての道筋を一掃してしまったかのようでした。論理的な級数、2、4、8、16の次は、32によって続けることができます。また、ラグランジュ（Joseph-Luis Lagrange 1736～1813 仏数学者・天文学者。ラグランジュの定理）とヴィトゲンシュタインの登場後は、等しく論理的な方法で、31もしくは、候補に挙げたいと思う他のどの数でも級数を継続できることが分かっています（注1、三四六ページ）。しかし、すべての数字が同時に登場する級数の継続というケースは予期していませんでした。それで、私からすると、それ以前に考えていたことすべてに疑問符がつくことになったのです。それで、私たちが対峙しているのは、常軌を失ったか、もしくは、あまりにも狡猾な人物なのではないかどうかと考えるようになりました。あるいは、必死の行動だったのか。アルバートの言うところの市民Xは、私たち全員を一挙に葬り去りたいと願っていたのでしょうか？　たとえば、まさにこの、私たちがお茶を飲んでいるこのテーブルの下に、爆弾を仕込むとか？　二度も失敗したXが今、何事も、何者も、隠蔽できないほどの盛大なフィナーレめいた何かを計画している姿をイメージすることができたなら、うなずけたのかもしれません。ですが、私自身はその見方を心から信じることができませんでした。とはいえ、私たちの知るあのレナード・ヒンチがサイドビジネスで小児性愛的な写真の発行をしていたなどと、以前の私であれば信じもしなかったでしょうが……。これらすべての事柄における私の本質的な問題は、容疑者と目される人物を、仲間内の誰にも見いだすことができなかったことでした。あのようなことを計画して実行に移し、あれほどの規模で被害を与えることができる誰か……。それでも、クリステンが疑いなく彼女を殺害しようとする意図で車にはねられ、ヒンチが死んで地面の下に横たわっていることは、紛れもない事実でした。ですが今は、雪崩のように送られてきた写真に話を戻しましょう。これまでお話ししたのとはまた別の可能性もあったのではないでしょうか？　狂気じみた写真の配布は、誰か他の者の仕業だったのではないでしょうか。殺人者のある種敵対者であった何者かが、次の犯罪に手を染めるのを阻もうと、行く手に立ちはだかった。その方法のひとつだったのでは？　殺人者の計画をあらかじめ予想していた誰かが、私たち全員を一枚の写真でマーキングすることで、次の犯罪で目印として使われるはずだった写真が濫用《らんよう》によって無効化されるように手を打ったのではないでしょうか？　こうしておけば、次の殺人は、たとえ公になったとしても、写真の連続からは切り離されることになります。私は、この仮説を検討する価値はあると考えました。ですが、この敵対者とはいったい誰なのでしょう？　当然、事前に写真のことを知っていた誰かには違いありません。とはいえ、写真に関する情報は厳重に守られており、私たちのうちでも数人しか内情を知りませんでした。むろん私ではありませんでしたし、アルゼンチンから来た私の年若い友人であったとも思えません。そうなると、残る名前はあと二つだけでした。リチャードと、警部自身です。確かに二人のどちらにも、新たな犯罪を阻止したい動機がほぼ同じくらいあった。ですが、私たち一人ひとりに送られた写真の選択には、間違いがありました。私自身が受け取った一枚は、偽物だったのです。それは些細な事故でした。説明文をよく読まずに、慌ててヘンリーの本から写真を切り抜いた何者かがミスを犯したのです。それは、リチャードであったなら、決して犯さないであろうミスだと私は確信していました。そういうわけで、今私が手にしている二枚の写真以外、このテーブルに並べられているすべての写真は――警部、申し訳ありません――パントマイム、ブラフであったと結論づけるしかありませんでした。おそらく善かれと思ってされたのでしょうが、そのために私は真実から遠ざかってしまうところでした」

衝撃のあまりの沈黙が流れる中、ピーターセン警部は睨みつけるようにセルダム教授をじっと見ていた。

「そのとおりです」警部がついに口を開いた。「政府の最も高位の人間から、公になる前にこの事件を解決するようにとの最後通告を突きつけられたのです。私は、ありとあらゆる方角に猟犬を放ち、野ウサギを穴から追い出そうとしました。ただし、この事件の第一の獲物は、どうやら私自身だったようです。しかもアンダーソンの殺害さえ阻止することができなかった。ええ、私は二度も、失敗したことを告白しましょう。ですがおそらく、私の真の姿を暴いた後で、あなたがたどり着いたのは何か別の結論だったのではありませんか」彼の口調は丁寧だが氷のように冷ややかだった。
「真実の道からあなたを外れさせてしまったのが私だったとしても、あなたが元へ戻る道を見いだしたでしょうし、今それを拝聴できるでしょう」

注1　2、4、8、16の級数を、31で続けるには、左の図に示されているように、複数のポイントの間を結ぶ線によって円が分割されてできた部分を数えるだけで事足りる。そして、2、4、8、16の級数を、自然数 n で続ける場合、ラグランジュ補間の公式により、多項式 P(x) は、P(1)=2, P(2)=4, P(3)=8, P(4)=16, P(5)=n と表すことができる。

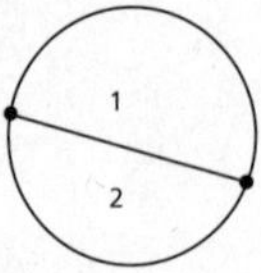
2

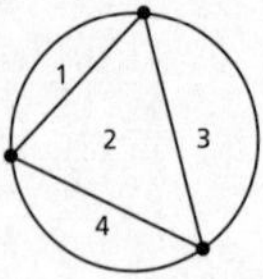
4

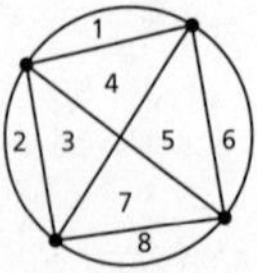
8

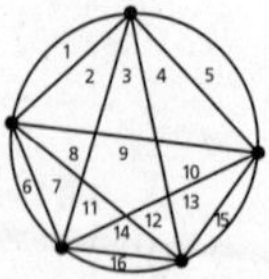
16

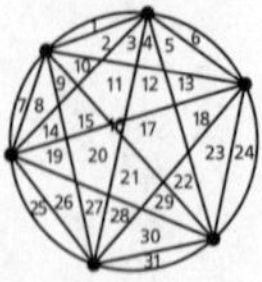
31

二十八章（続）

セルダム教授は、ピーターセン警部が配った写真を片手で払い除《の》けた。その決然たる手つきは、間違っていることが立証された複雑な計算を黒板から拭き去る時にしているのを見たことがある。

「私がお話しできることは」セルダム教授は言った。「差し当たっては一つの推測に過ぎません。我々数学者が《妥当と思われる論拠》と呼ぶものです。ただ、私はそれで少なくとも事実の大半は説明できると考えています。最初の二枚の写真に話を戻させてください。本当に重要なのはこの二枚だけなので。この二枚についてですが、考えられるあらゆるパターンの中で、どれが隠されたパターンだったか、私には判断がつきませんでした。申し上げた通り、私自身は何度も繰り返し妨げられたメッセンジャーというパターンを選ぶと思います。ですが、知られざるべきメッセージが、最も苛立たしい形で変化をし続けている。メッセージはクリステンの紙片に記された言葉だったのでしょうか？　あるいは、ルイス・キャロルの日記の出版だったのでしょうか？　ヒンチの持っていた写真の秘密だったのでしょうか？　それぞれの可能性はそれ自体、また、そのなかでは妥当に思えますが、説得力のある決定的な意義づけをすることはできず、私は途方に暮れました。このタイミングで、私はクワインの人類学者についての考察と、《ガバガイ》というとらえどころのない言葉の意味について、講義をすることになっていました」

「《ガバガイ》ですって？」ピーターセン警部が面食らったようすで尋ねた。「人類学？　あなたの講義は数理論理学を扱っているものと思っていましたが」

「ええ。《ガバガイ》です」セルダム教授はため息をついた。「気にしないでください。違う方向からお話ししますので。訴追者の誤謬《ごびゅう》については耳にされたことがあるかと思います。誰かが有罪だった場合、すべての証拠がその人物を指し示すだろうとの推測は理にかなっています。ですが、訴追者が示唆《しさ》するように——そういう場面が残念ながら多すぎますが——すべての証拠がひとりの人物を指しているという事実そのものによって、その人物が有罪であることにはなりません。同じ設問に対して、いわゆる常識という視点から説明するなら、こうなります。ある動物が四つ足で、鼻面で、尻尾《しっぽ》を振って吠《ほ》えるのであれば、それは犬に違いない、と。ですが数学者にとっては、必ずしもそうではありません。長い耳と白い毛皮、大きな前歯に、にんじんを好むという特徴があっても、それがウサギ以外の何かである可能性はあるのです。私たちの年若い友人はまさにもうあとがないというところで、私にそのことを思い出させてくれた。そう、ウサギが世界で最も判別がつきやすい動物だと話していた、その講義を締めくくろうとしていた時のことです。鍵は彼が写真について私に言ったことでした。ずっと私たちの目の前にあったのです。かいつまんで言うと、私たちは写真そのものを見るべきではなく、第一の写真と第二の写真の微妙な違いだけを見るべきだったのです。第一の写真は襲撃の前に届いており、したがって帰納的にその犯罪を予知した警告もしくはしるしと解釈することができます。しかし第二の写真は箱入りのチョコレートの中に隠されており、ヒンチの死後にのみ発見が可能です。この違いには意味があったのでしょうか？　私は意味があると考えました。なぜこのことは長く気づかれないままだったのか。私は自分自身に問いかけました。原因は、あんなことがあっても、クリステンは命をつなぐことができたことにありました。襲撃の前、その日の午前中に起きたことを思い出したクリステンは、写真のことを話してくれました。もっと言えば私たちがその写真のことを知ることができたのは、市民Xの最初の襲撃が失敗に終わったからに過ぎなかった。それでも、問題の車がクリステンの殺害を意図して、彼女めがけて突っ込んでいったことには疑いの余地がありません。彼女が生きのびたのは、統計学的にも奇跡のようなものです。ここで少し時間をとって、クリステンがあの夜、殺害されてしまったと想像してみましょう。その場合、誰かが例の写真に気づくことに関して、殺害犯にはどのような保証、どのような確実性があったでしょうか？　十中八九、その二つが結びつけられることはなかったでしょう。クリステンの死は事故として処理されたでしょうから。説明はつかなくても、事故であることには変わりありません。つまり、写真が意図されたしるし、警告、メッセージであったとするならば、逆説的ですが、第一の襲撃が成功していればこちらにそれが届くこともなかったでしょう。これは実に不条理な話です。もし殺人が一種のしるしとして計画されたとするなら、驚くべき偶然が重なってクリステンが死ななかった場合にのみ、このしるしが私たちへと伝えられるなど、まったく理にかなっていない。そうなるとあとに残ったのは、禍々《まがまが》しい疑念です。理由はわかりませんが、クリステンが最初の写真について嘘を言ったのでしょうか。確かに、クリステンは殺されかけた。殺されかけたふりなどできません。ですが、回復に向かいはじめた後すぐのタイミングで、写真にまつわる話をでっち上げたとしたら？　それは信じがたい話でした。なにより、これまで私にはクリステンが自然と真実を口にする人のように見えていたからです。嘘をつくことをとても負担に思う人だと。おそらく彼女は真実を話したのでしょうが、すべての真実を話してはいなかったのかもしれない、と私は考えました。あるいは、衝突による外傷性ショックや手術が原因で、あやふやな記憶、もしくは思い違いがあったのかもしれません。警察が学科秘書のブランディに話を聞いたことは知っていましたが、私のほうでも独自に調べてみることにしました。手始めに、警部の部下たちがしていたように、誰かがクリステンのレターボックスに表書きのない封筒を置いていくのを見なかったかと尋ねてみました。ブランディからは、警察にしたのと同じ、いいえという答えが返ってきました。誰でも彼女に見とがめられることなく行き来できただろう、と。ですがその時、問題の夜より前にクリステンがギルドフォードに行っていたことを思い出したのです。だからその前の二日間、彼女宛てに届いた郵便は確認していなかったかもしれない。そこで私は同じ質問を違う角度からしてみようと考えました。ブランディは二、三名の警察官に対してさっきの答えをしていたわけですが、制服警官がやって来たというだけで、普通ではない、あるいは、明らかに不審な人物に絞って考えていたに違いないと思ったのです。それで、その前の数日の間で他に誰かクリステンを訪ねたり、彼女に何かを置いていった人がいなかったか、もうすこしだけ頑張って記憶をたどってもらえないかと、頼んでみたのです。時間はかかりませんでした。その週の初め、正午近くの時間帯に、丁寧な物腰のぽっちゃりした小柄な男が来て、クリステン宛てのメモはどこに残せばいいのかと聞いていったことを、思い出してくれたのです。ブランディは、エントランスにあるレターボックスを示したと話しました。ブランディは前にもこの男性を学部内で見かけたことがありました。レイモンド・マーチンや、たぶん私とも一度、一緒にいたところを見たそうです。彼女がこの男性のことをはっきりと記憶していた理由は、それがお昼時でちょうど空腹を覚えていたところに、その男性が不意にポケットからチョコレートを引っ張り出したからでした。私はもう二、三質問を重ねて、その男性が確かにレナード・ヒンチであったことを確認しました。私が想像した通りでした。最初の会合が開かれる前に、クリステンと話したのだろうと推測していましたから――ご記憶かと思いますが、メンバーでもなく、私が招待のメールも送っていないのに、ヒンチはこの場にいた。ですがそれで、確信できたのです。クリステンがあの朝見つけた封筒は、十中八九、ヒンチが何日か前に残していったメッセージだったのだと。私は新たな難問に直面することになりました。なぜなら、ヒンチは自分の正体を隠そうとはまったくしていないように思えたからです。ブランディは手に封筒を持ったヒンチを目撃したことは覚えていましたが、彼の名前が封筒に記載してあったかどうかは明言できませんでした。そうなると、クリステンが封筒と写真に関して嘘をついてはいなかったかと思わずにはいられません。同じことの繰り返しになってしまいますが、なぜ彼女がそんなことをしようとするでしょうか？　なぜ私たちに嘘をつく理由があったのでしょう。特にあのような野蛮なやり方で襲われ、自分の命が脅かされているとまだ思っていたであろう時にです。ふっと、私の年若い友人が病院で話してくれたことが頭に浮かびました。彼はあの夜、襲撃の少し前に、映画館から出てきたクリステンと会っています。彼女は何かが理由で、悲しんでいるように見えた。あの日、彼女に何かあったのです。そしてその出来事が原因で、彼女の発見がもたらした強烈な高揚感も薄らいでしまった。頭の中で、また別の可能性が形を取り始めていました。想像するに、ヒンチは確かにクリステンのレターボックスに、彼女が見せてくれた例の写真を置いていったのでしょう。ですが、その動機は私たちが考えていたものとは大きく異なっていたのかもしれません。後になって分かったことですが、ヒンチは写真を配布するためのネットワークを構築していました。ですが、彼は細心の注意を払って事を進めていた。よしんば写真が見つかったとしても、ヴィクトリア朝時代の古いポストカード――今や失われたつかの間の芸術の遺物――と思ってもらえるでしょう。もしかしたらヒンチはそういった予防手段をさらに一段強化しておきたかったのかもしれません。クリステンのような誰もが認める高潔な研究者にこれらの写真を調べてもらえば、専門家の目にも通用するかどうか知ることができるかもしれないと考えたのでしょう。そうしておけば、万が一、誰かが真実を嗅ぎつけたとしても、彼が無実であることの最終的な証明になるだろう、と。ヒンチはいつでもクリステンとのやりとりを自分の立場を擁護する根拠として提示し、これらの写真が本物の骨董品《こっとうひん》であるとの言質を、文句のつけようがない研究者からつねに求めてきたと実証することができます。あるいは、写真はクリステンにアプローチするための餌だったのかもしれません。そう、あのメモで、彼がクリステンを事務所に呼び出し、彼女のレターボックスに置いていった写真についての報告を頼んだ可能性はあります。ヒンチは秘書が休暇をとっていて、自分がひとりでいる日を選んだのでしょう。私は二人が会った時の情景を想像してみました。クリステンは、ヒンチが手がけている写真事業の核心である何かをつきとめたのかもしれません。あるいは、二人の間に他の何かが起きたのかもしれない。私たちが決して知ることのない何かが。それはさておき、その後に起こったことから考えて、二人の会合のどこかの時点で、クリステンがヒンチを糾弾するといって脅したのは間違いありません。思い出していただきたいのですが、アメリカの出版社からのオファーに対抗するため、ヒンチは所有する唯一の資産である自宅を抵当に入れたばかりでした。彼はまた、同胞団の票決では両者が同点だったことも知っていた。クリステンからのたった一言で、クリステンが私たちの誰かひとりに何が起きたかを話しただけで、彼は永遠に破滅します。ですから、すぐに手を打たねばならないと悟ったのでしょう。クリステンの下宿の方向にあるキドリントンのラウンドアバウトの近くでは、夜になると、よく学生たちが車でレースをして遊んでいて、ヒンチはそれを知っていました。おそらくオフィスでクリステンと話をする中で、その夜彼女が映画館に行く予定であることを知ったのでしょう。そこで、痕跡を残さないように注意を払いながら、彼はコミュニティ・パーク裏に駐めてある車の中から一台を盗んだのです。彼は車を始動させ、彼女がバスを降りるのが見えるまで待ちました。そしてライトをつけずに車を加速させ、最大速度で彼女を轢いたのです。そう、《びっくり箱のように何かが彼女をめがけて飛んできて、彼女は宇宙ロケットのように舞い上がった!》……その後は平然と車を走らせ、駐車場まで戻って車を元の場所に戻しました。ヒンチは自分を牢獄と破滅へといざなったかもしれなかった問題を、これほどまでに迅速かつ簡単に解決してみせたことを誇らしくさえ思っていたかもしれません。殺人を隠蔽するのに、車の事故を装う以上にいい方法があるでしょうか? とはいえ、彼が見過ごした些細なディテールがひとつだけありました。それは、クリステンが生きながらえるかもしれないという可能性です。その夜、激しい苦痛に苛まれ、脳の穿孔術を受けた彼女は、ゆっくりと意識を取り戻しつつありました。それでは、今度は病院のベッドで目を覚ましたばかりのクリステンの視点から物事を見てみましょう。ベッドの傍らには彼女の母親と警察の両方がいて、彼女が車にはねられたのだと伝えられます。最初、彼女はその話を信じました。ですが不意に、前日の午後、ヒンチとの間に起きた出来事を思い出したのです。当初は、彼女もその考えを退けたに違いありません。そこまで野蛮な行いをヒンチがやったとは信じられなかったからです。しかしその後、病室が警察の監視下に置かれていることを知ります。誰かが彼女を殺害しようとしたのではないかと疑って、私が警察を呼んだからです。そこでクリステンは、ピーターセン警部が面会に来る前に、私と話させてくれるよう頼みます。彼女は私が何を疑っているのか、知りたかったのです。それが自分自身の抱いている疑念と合致しているのかどうかも。ギルドフォードの紙片の発見について聞かせてもらおうと、私たちがみな同胞団の会合に顔を揃え、期待をもって彼女の到着を待っていたことを、クリステンは十二分に分かっていた。ですから、その紙片に記された中身のせいで、誰かが彼女を殺そうとした、そう私が考えているのだろうと推測したのです。はっきりと覚えていますが、病院で会ったとき最初に彼女が尋ねたのは、私がメールの中で紙片の存在を明かしたかどうかでした。私が明かしていないと答えたので、クリステンは自分の頭の中で、同胞団全員をまとめて除外したのだと思います。彼女は当然、こう考えたのでしょう。発見がどんなものなのかさえ知らないのに、クリステンを襲撃しなければならない理由があるだろうか、と。その時に気づいたのでしょう。襲撃者はヒンチだったに違いないと。その瞬間、彼女は計画を発動したのです。まず、私たち二人と、ピーターセン警部に、第一の写真を見せた。もちろん、それを送ってきたのがヒンチだとは話してくれませんでした。自分の計画のことを考えて、二人の間の接点を隠しておきたかったのです。もしかしたら、彼女は最初の一歩を踏み出してみただけだったのかもしれません。記憶違いのせいにできる最初の一歩を踏みだし、裏がとれるのを待っていたのかもしれません。その後数日のうちに、彼女は二つの衝撃的な知らせに見舞われました。しかもほぼ同時にです。まず、レイトン・ハワードの計算結果によって、本当に誰かが自分を殺そうとしていたこと。そして、自分が今後、歩くことも、子どもを持つこともできないと知ったのです。そして、彼女が前夜のことをどのくらい覚えていたかをヒンチが知ろうとしていたことも知ってしまいました。彼女の疑念を打ち消してくれる要素がまだ足りなかったなどということがあったら、ですが。最初はヒンチを警察に突き出そうとしか思っていなかったかもしれませんが、一生この障害を背負っていかなければならないことを知って、彼女は復讐《ふくしゅう》を決意し、企みを始動させたのです。ピーターセン警部と私は、気づかないうちに、彼女の企みに手を貸してしまった」

《私も少なからず手助けをしてしまった》。語られていく物語にすっかり心を奪われている人々の顔を眺めながら、私は苦い思いで考えていた。

「私たちは最初」セルダムは先を続けた。「小児性愛者に対する一種の抗議活動をしている者が、日記出版を阻止しようとしてやったのではないかという推論を立てていた。クリステンはその推論を煽《あお》りたてるだけでよかったのです。最初に交わした会話の中に、『不思議の国のアリス』に出てくるトカゲのビルの言葉をしのびこませたのも、計画の一部でした。適切なタイミングに、私がその言葉を思い出すように。おそらく、すでにアコニチンを使おうと考えていたのでしょう。同胞団の誰か、ルイス・

キャロルの全著作を暗唱できる人たちの中の誰かが、作品にも登場した魔法の小さなケーキとの関連を明らかにしてくれるはず、そう期待したのです。そのあと彼女がやらなければならなかったのは、毒物を手に入れることだけでした。病院内にいるのですから、それはかなり簡単なことだったと思います。だからこそクリステンが付き添いを受け入れ、傍にいてもらえるように仕向けたのは、メソジスト派のシスターの一人だった。誰もが信頼を置き、看護師と同様、薬品棚へのアクセスができる誰か。時期が到来した時に、彼女に代わって歩き、出版社の郵便受けにチョコレートを置いてくることができる誰か」

「あなたが語っているこの物語は」ピーターセン警部は信じられないといった口調で言った。「ただの仮説でしょうか。それとも、何らかの証拠があるのでしょうか?」

「ただの仮説であったら良かったのですが」セルダム教授は浮かない顔で言った。「事実、私がもっと前にこの結論にたどり着いていなかったのは、私の中に、クリステンがこのような計画を考えるなどと思うことすら拒否している何かがあったからでしょう。それでもこの仮説だけが唯一、すべての事実を説明できるようにしか思えませんでした。クリステンは計画を立てる際、知性を発揮しすぎたのかもしれません。私が後で思い出すようにと、トカゲや宇宙ロケットが描写された文章をしのびこませるような彼女のやり方は。後から気づいたのですが、暗に『ほのめかし』をしたのは、クリステンだったのです。こうしたことすべての可能性を直視するしかなくなった私は、彼女に会いにいきました。そしてみなさんに今お話ししたことをすべて伝えました。最初、彼女は黙ったままでしたが、やがて泣き出してしまった。それでも何も言葉には出しませんでした。それから、自分はどうすればいいのだろう、と父親に尋ねるかのように私に問いかけました。私はもちろん、警察に行って自供すべきだと伝えました。クリステンはそうすると言い、例の紙片を同封した手紙を同胞団宛てに送って、『肩の荷をすべて下ろす』と約束しました。ですから私は手紙がこの時間になってもまだ届いていないことに驚いています」セルダム教授は腕時計を見ながら言った。

「そうだとしても、あなたが話してくれたことをクリステンがすべて自白したのだとしても、アンダーソンの殺害についてはまだ説明の必要があるのではないでしょうか?」ピーターセン警部は尋ねた。

セルダム教授はその問いに答えようとしているようすだった。だがその瞬間、何回か控えめにノックをする音が聞こえ、エントランスで私が見かけたかなり若い警官がドアから頭をのぞかせた。彼はピーターセン警部に近づき、耳元で二言三言、囁いた。警部はうなずき、外にいる誰かに手振りで入るように伝えた。シスター・ロザウラが姿を現すのが見えた。背が高く、蒼白な顔をして、ブラウンの装束に身を包んでいる。彼女は手に持った手紙を、リチャード卿に渡した。

「メッセンジャーが来た」セルダム教授は私に重々しく小声で言った。

二十九章

ラネラフ卿は手紙を手に取り、視線をあげてロザウラに感謝し、退出してかまわないと伝えた。だが、ロザウラはそれが分からないのか彼の傍らに残り、彼の一挙手一投足を彼の肩越しに見張っているかのように、封筒をじっと見つめていた。

「もし差し支えなければ……」ロザウラは言った。「クリステンは私に約束させたんです。ここに残って、封筒が開けられ、手紙が読み上げられることを確認するようにと。あなたが手紙の終わりにたどり着くまで、どうかここを離れないでと頼まれたんです」

ラネラフ卿は眉をつり上げて、警部に問いかけるようなまなざしを投げた。ピーターセン警部はうなずき返した。

「少々異例ではありますが、まあ、私たちはみなこの手紙を待っていたわけですし。どうぞ席についてください。心配なさらずとも、一語たりとももらさず読み上げますから」

ロザウラは彼の隣に腰をおろし、背中をぴんと伸ばして椅子に座った。ラネラフ卿は、封筒から、びっしりと手書きの文字が書き連ねられた何枚かの便せんを引き出した。眼鏡をかけ、読み始めると、彼の声音が不思議な変化を遂げた。クリステンが不意にこの部屋に現れ、私たちに混じっていつもの席についたかのようだった。

アーサー・セルダム教授の助言——主張と言うべきかもしれませんが——に従い、私はこの手紙を同胞団への説明と謝罪としてしたためています。ただし、同胞団全員に対してではありませんが。おそらく、ギルドフォードへの小旅行から話を始めるのが、一番いいのでしょう。この旅に連続した二日間をあてたことを皆さんも覚えておられると思います。その間は博物館も閉まっていて、一人で静かに仕事ができるだろうということで。ラネラフ卿が博物館の鍵を渡してくれ、あわせてさまざまな助言と注意をもらいました。博物館に到着すると、司書からの懇切丁寧なメモが残してありました。コピー機の使い方を説明し、資料室や保管箱を自由に検索して、見つけたものを調べてもらってかまわない、という内容でした。一日目は、日記を一ページ一ページめくって、内容を見ていきました。最初のノートから、最後のノートまですべてです。そしてコピーをとったすべてのページが充分に判読可能であることを確認していきました。これで任務の最初の部分が完了したので、二日目は書架にあるすべての本、アルバム、論文に目を通しました。そのあと、司書が鍵を開けておいてくれたデスクの引き出しを開けて調べていきました。すると引き出しの一つに、ギルドフォード博物館が設立された時に一族のメンバーが作成した目録がありました。一族が蒐集したアイテムはすべてそこに収載されており、展示のために分類されていました。私も当時そうだったので、皆さん信じがたいと思われるかもしれませんが、リストのとある一行には、こう記されていました。《日記から切り取られたページ》と。それを読み取った私は、驚きと信じられないという思いで、ショック状態でした。これはいったい、何を指しているのだろう？　最初、私は一族のメンバーが仕掛けた、一種のキャロル流ジョークではないかと思いました。むろん、破り取られ、永遠に失われたページの現物をそこで見つけることなどできなかったからです。とはいえ、私は期待を抑えきれず、目録に記されていた書棚へ行きました。いえ、意気込んで走ったというのが正しい表現でしょう。そして、その番号が振られたフォルダーを開きました。そこにあったのは、急いで破り取ったらしい一枚の紙でした――一枚分よりもっと少なくて、半ページ分ほどの紙の両面に文字が並んでいました。誰の筆跡か、私にはすぐ分かりました。メネラ・ドッジソンのものであることは、疑いの余地がありません。彼女の手紙はほとんど読んでいましたから、彼女の筆跡は見間違いようがありませんでした。紙片の片面には、いくつかの日付とコメントが、様々な色のインクで書きつけられていました。アリス・リデルが大人になってからの人生、つまり、彼女の結婚、子どもたちの誕生、そして彼女の死について触れられていました。もう片方の面には、一九八三年の日記から破り取られたページの番号が記されており、その後ろに、こちらもメネラの筆跡で、破り取られたページに記されていた内容の要約が二行にまとめてあるのが読み取れました。その紙片に記されていた通りに、ここに書き写します。

L・Cはリデル夫人から、自分が子どもたちを口実に女家庭教師を口説いていると思われている、と知る。また、何人かの間では、自分がイナに言い寄っているという話になっていると。

たったそれだけでした。一見すると、たいしたことは示唆されていません。リデル夫人の長女の評判に影響を与えかねない噂への懸念にすぎません。長女はすでに十四歳、結婚の申し込みが舞い込み始めるような年頃になっていました。私たち皆が想像していたよりはるかに軽微な問題で、重要性もないような内容だったので、そのページを破棄するという思い切った判断を下す正当な理由があるようには思えませんでした。それなら、なぜそのページは破り取られたのでしょう？　はじめ私は、その日以降、リデル夫人が娘たちをルイス・キャロルから遠ざけたからだろう、と考えました。そのページには、彼の印象を悪くしかねないような特に嫌な書き方で、怒りと欲求不満を吐き出していたのかもしれないと。ですが、それも完全に納得できる理由には思えませんでした。ルイス・キャロルは他のページでもリデル夫人に対する反感を主張していましたし、そうしたページはすべて残っていたからです。それにリデル夫人が彼に言ったことは、それほど断固としたものではあり得なかった。なぜなら、翌週には再び舞い戻ってきて、少女たちを遠足に連れて行こうと申し出ていたからです。あたかもそれが一時的な何かの食い違いに過ぎなかったかのようにです。ですから、何か他のことだったに違いありません。でもそれは何でしょう？　女家庭教師のプリケット女史に関する噂話の部分は、あまり重要な意味はないのでしょう。日記の他の部分でも、ルイス・キャロルはこうした噂について触れていますが、彼もリデル夫人もそれを笑い飛ばしていたことを、よく覚えていたので。ですから、この文章の核心は、終わりの方だけでしょう。ルイス・キャロルがイナに言い寄っていると思われる心配。これなら完全に筋が通ります。前日の午後、友人たちに囲まれたリデル夫人自身が、ルイス・キャロルがやや親密すぎる態度で彼女の一番上の娘に接しているのを目撃していたのはほぼ確実です。イナはその時すでに年齢にしてはかなり背も高く、体つきも完全に成熟した大人になっていました。もしかしたら、二人の関係について、他の人がなにか言うのを聞いたのかもしれません。

この考えを反芻《はんすう》しながら、私は午前中を博物館で過ごしました。新たな手がかりを探ろうと、日記のページをめくりながら。すると不意にひらめいたものが訪れました。ルイス・キャロルが最初の写真のモデルにイナを選んだ後、彼の写真に関して最初に懸念を表明した人物、キャロル一人が自分の子どもたちといる時に子どもの写真を撮ることを禁じた最初の保護者は、リデル夫人だったことを思い出したのです。私はその時期と、それ以降の数年を通して、キャロルが日記でイナのことに触れている数多くの記載を一つひとつ見ていきました。一方、同じ期間中、アリスの名前はまったくといっていいほど登場していませんでした。私は、二人が成人した後、イナがアリスに送った興味深い手紙のことを思い出しました。その中で、イナはアリスに、自分は書かなくてはならなかったのだ、と綴っています。ルイス・キャロルと一家の関係が断絶した理由を説明するための《ねつ造された口実》として、みるみる成長していくアリスに対して彼が《親密に過ぎる》ようになったためだった、と。実のところ、この口実は、すべてがねつ造だったわけではありませんでした。ルイス・キャロルが《親密に過ぎる》ようになったのは、アリスとではなく、イナ自身とだったのです！　私は、最初の何年かのリデル一家とルイス・

キャロルとの関係が書き記されていた四冊の手書きのノートは残されていなかったことを思い出しました。一家による検閲的行為は、この最初の何年かに集中して行われていました。最後に行われた検閲は、一八六三年の日記から破り取られたまさにそのページに関するものです。おそらく事情を知らされていない読み手が、日記のそのページだけで、何か不適切なものを感じとることはないでしょう。ですが、日記を完全な状態で読んだメネラにとっては、それはどんな代償を払っても押さえ込まなければならないストーリーの、最後の痕跡だったのです。私はこの時、メネラがあのページを破り取ることで、何を隠そうとしていたのかを知りました。ルイス・キャロルの最初の小児性愛の対象は、《アリスではなく、イナであった》ことだったのです。メネラとヴァイオレットには、二人の父親のスチュワートと同様、キャロルの日記をすべて読む機会が与えられていました。女性の直感からか、あるいは、より強い猜《さい》疑《ぎ》心《しん》からか、二人はスチュワートが見抜けなかったこの四冊の行間を読み取ることができたのかもしれません。そう、禁じられた愛の物語の痕跡を。ルイス・キャロルが日記で語ったストーリーを通して明かしたことは、彼の中では《罪のないもの》であり、彼の甥の善意のまなざしを免れるのには充分な偽装がほどこされていたのでしょう。それでもメネラは、他の誰かが自分たち姉妹が発見したことに気づくかもしれないと恐れ、この四冊のノートを永遠に葬り去ることに決めたのだと思います。しかし一八六三年の日記の中には、その愛の物語の最後の痕跡が残されていました。リデル夫人との会話について書かれたページに。メネラはそのページも破り取りましたが、良心の呵責に苛まれ、その核心を総括する文章を一行に書き留めておくことにしたのでしょう。その最後の痕跡である、あの奇跡のような紙片は、それを読み解くことができる誰かにとってはロゼッタ・ストーン（一七九九年にナイル河口のロゼッタで発見された石碑。古代エジプトの象形文字の解読の鍵となった）のようなものだったと言えるかもしれません。この発見のことをすぐに博士論文の指導教官、ソーントン・リーヴスに伝えるべきだったのだと思いますが、いまですから言ってしまいますが、私はそうはしないことに決めたのです。彼のことは良く分かっていましたから、紙片を目にしたとたん、それを我が物にし、発見の功績を主張する方法を探すだろうと確信していました。自分は最も思いがけない形で、隠されていたこの小さな宝物を見つけたのだ、そう私は悟りました。翌日、博物館が開館したとたんに、他の誰かがそれを見つけてしまうかもしれないと思うと怖くなり、私はその時、その場で、その紙片を自分の手元に置いておくことにしました。そして、自分が全幅の信頼を置いているアーサー・セルダム教授に連絡をしたのです。教授は、この発見を私の功績にできるよう、できることは何でもやると約束してくれました。私は紙片を同胞団の会合でメンバーに披露できたらすぐ、元の場所に戻すと誓いました。私は紙片をうまいこと隠しもって、オックスフォードに戻りました。

ギルドフォードから戻る列車の中で、私はこの紙片の存在から派生するであろうありとあらゆる問題について考えをめぐらせました。ルイス・キャロルの生涯についてこれまで読んだ何千ページもの断片の数々、彼の書簡の断片が私に押し寄せ、あるいは、むしろひょっこりと浮上してきて、それらをまったく違う角度から見られるようになったのです。そのたった一つの手がかりのもつれを充分に解きほぐすことができれば、単一の論文どころか、本をまるまる一冊書くことができることを私は悟りました。自分がすっかり有頂天になっていたことも、この発見の所有者であるかのような考えを持ちすぎていたということも、隠すつもりはありません。紙片に目をとめた者がこれまで誰もいなかったこと、その本を書くという役割が私にまわってきたことは、とてつもない幸運の到来だと分かっていましたから、誰にも奪わせることはすまい、と心に決めたのです。オックスフォードに到着するとすぐ、私は毎朝しているように、数理研究所へ行き、自分のレターボックスに何か届いていないか確認しました。そして、私の名前だけが記された封筒があるのを見つけたのです。興味をそそられ、私は封筒を開封しました。中には、森の中で撮影された少女の写真が入っていました。一目見て、それはルイス・キャロルが撮り、その後ロンドンに送られて手彩色されたベアトリス・ハッチの一連の写真の一つだと思いました。写真とともに、レナード・ヒンチからのメモが入っていました。彼は親しみの持てる口調で、彩色の手法とおおよその年、ルイス・キャロルが使ったカメラと薬品について、私が彼に伝えられることがあれば、どんなことでも興味がありま す、としたためていました。そして自分の電話番号も書き添えていたのです。私はそれを運命がくれたしるしととらえました。本を書くことを考えていたら、オックスフォードに戻ったとたんに、ルイス・キャロルにまつわる著作をすべて手がけている最も権威のある発行人が私に会いたいと言ってきたのです。私はすぐに彼に電話しました。その手紙は私のレターボックスにここ二日ほど入ったままになっていたからです。写真に関するこの質問は、ヒンチと話をし、私の本の構想を提案するには格好の口実になるだろうと思いました。いつでも彼が望む時に議論できるくらい、一連の写真については知識がありましたから。ヒンチは私がそう言うと笑い声を立て、その日の午後、《何かちょっと飲む》のにちょうどいいくらいの時刻にオフィスに来ないかと誘ってきました。私はその晩は映画館に行く予定なのであまり遅くはなれないことを説明し、私が六時に彼のオフィスを訪ねることで話がつきました。

電話を切った後、私は問題の写真をさらに慎重に観察してみました。何がどうおかしいか具体的には言えませんでしたが、急に何かこの画像にはおかしいところがある感じがしてきたのです。少女の表情が、私が記憶しているものとはどこか違うと感じたのかもしれません。私は自分の部屋に上がっていき、ヘンリー・ハースの本を引っ張り出しました。その中には非常に精巧な同じ画像の複製が収載されていたからです。その時私は、非常に奇妙なことを発見しました。二つの写真には、小さな違いがいくつもあったのです。少女の姿勢はもう少し猫背でしたし、髪の長さも違うように見えました。写り込んでいる草でさえもまったく同じではありませんでした。一瞬、私は同じ日に、照明とカメラの角度をわずかに変えて撮られた別のショットだと思いました。でもその後さらに注意を払って少女の特徴を観察した時、あり得ないことに思えましたが、それはまったく別の少女だったのです。私はベアトリスにはイヴリンという妹がいて、二人がよく似ていたことを思い出しました。ルイス・キャロルが同じポーズをさせて姉妹を撮ろうとしたのではないかと思い、ベアトリスの他の写真を探しました。その結果、最初はとても信じられませんでしたが、ヒンチが私に送ってきた写真は、ハッチ姉妹のどちらでもないと結論づけざるを得ませんでした。私が認識していた少女モデルの中にはいない、《第三の少女》だったのです。しかし、その写真は一連の写真と同じ時期に、同じ技法を使って撮られたように見えました。その時点で私が思いついた唯一の仮説は、ルイス・キャロルの模倣者《もほうしゃ》が、キャロルがまだ存命の間に登場していたというものでした。

その午後、私は何時間かを費やして、該当する十年間の文献を調べ、模倣者の可能性がある人物への言及がないかを確認しました。そして六時に自分が発見したことをまとめた一次報告書を携え、ヒンチを訪ねました。ドアを開けたのがヒンチ本人だったことに、私は驚きました。彼は受付のデスクに積み重ねられた書簡の乱雑さを詫び、秘書が休暇をとっているのだと説明しました。私はそれを聞いて快くは思いませんでした。ヒンチについての噂は耳にしていましたし、まさか彼と二人きりになるとは思っていなかったからです。ですが彼は心から歓迎してくれましたし、疑わしいようすもまったくなかったので、私は彼と一緒にオフィスに入りました。彼はデスクの上に例のごとく箱入りのチョコレートを置いていて、私たちが腰を下ろすとすぐに一つどうぞと勧めてきました。私はヒンチのチョコレートに関して流布されている冗談を知っていたので、彼の法則の例外になることに誇りを感じるべきだと思いつつも、断ってしまいました。彼はその後ワインのボトルを引っ張り出してきて、私に勧めました。なんだかんだ言ってもう六時をまわっているから、というのです。つきあわないのは失礼だと思われるので、ほんの少しだけ注いでくれるように頼みました。あとで映画館に行くつもりだし、映画の途中で居眠りをしたくないので、とヒンチに念を押しました。ヒンチは何気ないふうで、どの映画を見に行くのかと尋ねました。そして、当然のこととして決めてかかったように、ボーイフレンドと一緒に行くのかとも聞いてきました。私は会話があまりに個人的すぎる内容になってきたと感じ、彼にもそれに気づいてもらえるよう、何秒か間をおいてから、素っ気なく「いいえ」とだけ答えました。そして私はヘンリー・ハースの本を、彼が私のところに置いていった写真と一緒にデスクに置きました。彼はひたすらワインを飲みながら私を凝視していましたが、だいたい五分ほどの時間をかけて、私は二枚の写真に発見した違いと、モデルがハッチ姉妹ではなく第三の少女ではないかと疑っていることを説明しました。ヒンチは驚いているように見えました。私の洞察力を称賛しつつ、私と同じように戸惑っているようすでした。私は彼に、どうやってあの写真を手に入れたのかと聞きました。ヒンチはどこかはぐらかすような調子で、イングランドにおける写真の黎明期からの極めて貴重なネガを所有しているというコレクターから自分の手に渡ったのだと説明しました。そしてもう一杯ワインを注ぐと、私については素晴らしい話をたくさん聞いているし、いまこうして自分で会ってみてその話が本当だったことが分かった、などと言い始めました。ヒンチは私に博士論文を執筆しているのかと聞き、完成したら出版しようと考えているのかと尋ねてきました。ギルドフォードへの小旅行の後、興奮が冷めやらず他のことが見えなくなっていた私は、紙片のことこそ口にはしませんでしたが、ルイス・キャロルとイナ・リデルとの禁断の恋の証拠を見つけた話をすることにしたのです。その恋物語はルイス・キャロルとアリスとの友情が芽生えるはるか前のことで、キャロルの日記の、欠落していた四冊のノートが消えた理由を説明すると同時に、キャロルとリデル一家との関係断絶の真相に新たな光を投げかけているのではないか、と。ヒンチは熱心に耳を傾け、立ち上がって、私の熱意が感染したかのようにそういう内容で本を出版する可能性について考えているようなそぶりをしました。今なら私もヒンチが実際よりも熱意があるように装っていたことが分かりますが、不運なことに、その時の私は彼を信じてしまったのです。将来、刊行されるであろうその本のタイトル案まで話題にのぼったのですから。その名も、『不思議の国のイナ』。ヒンチは私に約束させました。彼には誰よりも先に原稿を渡すことを。私はすっかり嬉しくなってしまって、もちろん「はい」と言いました。それから彼は私にも、自分にももう一杯ずつワインを注ぎました。契約を締結する時は、乾杯するのが一番だし、いつだってそれは変わらない、と彼が言ったからです。残念なことに、私は二杯目のワインを受け取ってしまいました。ヒンチは自分がそうしたように、三つ数えたら一息で飲み干すようにと言い張りました。私はその通りにしました。彼は両方のグラスを手に取り、デスクに置いた後、私を抱き締めようとしました。その時は、彼なりのやり方で将来の出版を熱烈に祝おうとしているのだろうし、彼にとっては握手と同等なのだろうと思い、即座に拒絶することはしませんでした。ですがそれで明らかに大胆になった彼は、さらにきつく私を抱き締め、キスをしようとしたのです。嫌悪を感じた私は彼を押しのけ、自分の身体をふりほどこうとしましたが、彼は抵抗し、私の拒絶にはおかまいなく私の顔に自分の顔を近づけようとしました。私がありったけの力を振り絞り、彼を押しのけたので、彼は床に倒れ込みました。もみ合っている間に、私は彼のデスクの後ろに追い詰められていました。彼は上体を起こすと、出口を塞ぎました。彼がまた向かってくるかもしれないと怖くなって、デスクの引き出しの一つをコースターから引き出し、自衛のための武器にしました。ドアにたどり着くために必要とあれば、それで彼の頭を殴りつけてやろう、と考えながら。コースターから引き出しを抜き出すと、中身がすべて床に零《こぼ》れ落ちました。私が目にしたのは、部屋中に散らばった、何十枚にも及ぶ、ありとあらゆるポーズをした裸の少女たちの写真でした。黒白のものも、カラーのものもありましたが、どれも私がその日ずっと調べていた写真と同じサイズに切られた厚紙に貼られていました。私もヒンチもその場で身動きできずにいました。やがて彼は立ち上がり、哀れっぽく私に許しを請い、二人の間に起きたことは同胞団には内緒にしてくれと懇願しはじめたのです。ヒンチは私が彼の後ろのドアしか見ていないことに気づくと、ドアを開けて私を外に出してくれました。私を傷つけるつもりはなかった、自分が犯した過ちにはただ後悔しかない、と言い訳していましたが、私は彼の言うことなぞ聞きたくもなかった。自分のバッグと彼が送ってきた写真をひっつかむと、後ろを振り返ることなく立ち去りました。そのあと、私はコーヒーショップに腰をおろし、思い切り泣きました。一瞬、母に電話しようかと考えましたが、そんなことをしても無駄だとすぐに悟りました。母は彼と飲むことに同意した私をあれこれと責めるでしょう。同胞団にしても、こんな話を誰にしていいのかも分かりませんでした。ヒンチに関する噂はそもそも多すぎるほどでしたから、警告を受けていなかったとは言えなかったのです。

「すみません」ラネラフ卿が言った。「先を続ける前に水を一口飲まないと」

「かわいそうな子」ローラ・ラッジオは明らかに心を痛めていた。「私に何か言ってくれていたら……」

「お願いですから、リチャード、とにかく続けてください」とジョセフィンが懇願した。

二十九章（続）

ラネラフ卿は手渡されたグラスから水を一口飲むと、声の通りを良くするために軽く咳払いをして、再び手紙を読み始めた。

すこしは落ち着きを取り戻せた気がしたので、とりあえず映画には行くことにしました。私が選んだ『セコンド』という映画は、私をさらに悲しい気持ちにしました。今よりも若い身体と、素敵な家、そして、ずっと夢見ていたように、絵を描くことに没頭できるチャンスを与えられて、第二の人生を生きようとする一人の男の物語だったのですが、第二の理想の人生でも、何もかもが次第に彼にとって悲惨なものになっていったのです。私は映画館で、また何度も泣いてしまいました。映画館を出るとき、私はセルダム教授のアルゼンチン人の教え子とばったり会いました。フルネームをどのように綴るのか分からないので、この先は彼を「G」と呼ぶことにしましょう。Gは私が泣いていることに気づき、近寄ってきて、優しい言葉を二最後の記憶になりました。映画館の玄関ホールで見た彼の顔が、その夜の私の最後の記憶になりました。病院で目を覚ました時、母が私の傍らにいました。私は家への帰り道、キドリントンのラウンドアバウト近くの工場の脇を通る道路で、車にはねられたのだ、と母は話してくれました。警察は、酒に酔った学生の仕業だと考えている、とも。母にも、そして後から医師にも、何が起きたのか思い出してみて、と言われました。最初に思い出したのは二、三の映像と、あの日見た映画の断片だけでした。映画館を出る時にGと交わした非常に短い会話の後は、どうにも前にも進めず後ろにも戻れなかった。その夜ずっと私は恐怖と戦っていました。あの映画の主人公のように、私も手術をされて、身体は同じでも、まったく別の誰かになってしまったのではないかと考えていたのです。ですが翌日になり、また一人になった時、だんだんと記憶が逆流するように戻ってきました。何より先に、ギルドフォードの紙片のことと、私がどこにそれを隠したかを思い出しました。それから、私のレターボックスに入っていた写真と、その日の朝にヒンチと電話で交わした会話を思い出したんです。その日の午後、ヒンチのオフィスで彼と一緒にいたことも思い出しました。私の本が出版される前祝いにと、彼がグラスにワインを注いでくれたことも。そのあと、彼が私にキスをしようとしてもみ合いになった、混乱した記憶があります。私が見た最後のイメージは、床から見上げている彼の怯えた顔です。

何が起きたのか、誰にも言わないでくれと私に懇願していました。もちろんすぐに、車で私をはねたのは、ヒンチではなかったのかと考えました。結局のところ、ヒンチはその夜、私が映画館に行こうとしていたこと、私と一緒に家までの帰り道を歩いてくれる人は誰もいないことを知っていたからです。ヒンチはただ、私を車でキドリントンまでつけていき、人気《ひとけ》のない通りへと私が角を曲がるまで待つだけでよかったのです。それでも私は、半信半疑でした。私を待ち伏せして車ではねるというその行為は、いくらなんでもやり過ぎだとしか思えなかったからです。二人の間に起きたあの不愉快な出来事について、糾弾したり、誰かに話したりしようと、真剣に考えたことがなかったからかもしれません。私自身、その出来事をやや恥ずかしくも思っていましたし、自分がそれほどお人好しだったこと、二杯目のワインの誘いを受け入れたことに関して、自分を責めていました。でも半信半疑だったとはいえ、頭からその考えを追い払うこともできなかったのです。ですがその後、アーサー・セルダムも同じ疑念を抱き、誰かが私を殺そうとしたに違いないと思っていたことを知ったのです。それで彼は、病室の扉の前で、警察官に立ち番をしてもらうよう要請したのです。それで、ピーターセン警部が到着する前に、アーサーと、それからGともう一度話をさせてくれと頼んだのです。何か他に思い出せることがあるかもしれないと思って。今回の襲撃はおそらくギルドフォードでの発見と関係があるとアーサーが考えていたことは、すぐ分かりました。私はアーサーに、他の誰かに例の紙片のことを話したのか尋ねてみましたが、彼はそれを否定しました。同胞団へ送ったメールの中でも、そのことについては触れもしなかったと言うのです。その結果を受けて、私は容疑者リストから、同胞団のメンバー全員を除外することができました。なぜなら、紙片のことを知っていたのは、私たち――アーサーと、アルゼンチン人の学生、そして、私の三人だけだったからです。少なくとも、その時の私はそう信じていました。その時私の頭の中ではただ一人残ったのはヒンチだけだったのです。そうは言っても、その時点では、まだ彼のところに行って理由もなく彼を咎《とが》めるわけにはいきませんでしたが。しかし、念のために、私はささやかな計画を始動させることにしました。ヒンチの名前は出さずに、彼が送ってきた写真を二人に見せたのです。罪のない嘘をつくことを自分に許すことにして、何も記されていない封筒に入れられた状態で受け取ったと話しました。その写真について発見したことにも、触れませんでした。それは、とりわけ、ヒンチに対して、シグナルを、すべてを思い出せたことを伝えるシグナルを送ることが、私の目論見でした。その最初の一歩を踏み出しただけでしたから、まだ引き返せると思っていました。私をはねた人物が発見され、私がヒンチに対して抱いていたすべての考えが消えてなくなることを願っていたのです。その次の日は、さらなる知らせを待ちながら、落ち着かない気持ちで過ごしました。最も残酷な知らせが来たのは、想像もしていませんでしたが、病院の中からでした。手術を担当した医師たちが伝えに来たのです。私が二度と歩けないこと、生涯にわたり車椅子生活を余儀なくされることを。子どもを持つこともできないだろう、と。襲撃以来、脚の感覚がなかったので、そんなことなのだろうと心の奥底では推量はしていましたが、ただ待つばかりの眠れない時間の最初の何日か、私は奇跡があるかもしれないという考えに縋《すが》っていました。ひそかに祈っていた第二の奇跡が訪れるかもしれないという考えに。その知らせを聞かされた時、私の中の本質というべき部分が変わってしまいました。それをいま、文字に書き起こすことはやぶさかではありません。アーサーに約束した通り、私は真実を洗いざらい話すつもりです。私はもちろん心の内で絶望のうめき声をあげて泣き喚きました。ですが最終的に浮上してきたのは他のなにより、怒りでした。これまで、何に対しても、誰に対しても、感じたことのない、煮えくり返るような怒りでした。事ここに至ると、私が欲しかったものはただ一つだけ、犯人が本当にヒンチだったことを示すしるしでした。ただそれも、罪の責任を感じることなしに彼を殺せるからというだけのことです。そして次の日、私は一つではなく、二つのサインを受け取ったのです。レイトン・ハワードの報告書は、車が私にぶつかった時、ブレーキをかけようとした痕跡がなかったことを示していました。

そして、こちらのほうがもっと重要でしたが——とりわけ、Gのおかげで、目を覚ました私が、事故に遭う前のことをどのくらい覚えていたか、ヒンチが知りたがっていたことが分かったのです。口にはできない祈りへの答えとしてその話を聞いたことを認めたっていい。これでもう罪悪感を抱かずにすんだのですから。その理由の一部としては、警察に彼を告発したところで無駄だと理解したことが挙げられます。告発すれば、私自身が彼のアリバイになってしまう。彼がすべてをひっくり返すことだってできるのです。ヒンチが私に写真を送ってきたと明かしても、彼はただ専門家の意見が欲しかったと言うだけでしょう。私たちの間で起きたことも——彼は自分にいいように説明することができます。車に関しても充分な注意を払っていたとしたら、彼の不利になる痕跡は残っていないでしょう。私が残りの人生を車椅子で過ごさなければならないというのに、彼は罪にまったく問われることもなく、ルイス・キャロルの日記を出版し、そのうえ、大金を手にすることができるのです。そんなことは耐えられませんでした。私はシスター・ロザウラと一緒に、旧約聖書の一節を読み返していました。母がよく私のために朗読してくれたのですが、祈りの中に込められたもうひとつの祈りのように、夜の闇のなかで繰り返される囁きのように、まさに旧約のコヘレトの言葉の一節をとって名付けられた推理小説のタイトル、『野獣死すべし』を、私は何度となく思い出していました。そう、私は他のことは何一つ考えられなくなっていました。野獣は死すべきなのです。とはいえヒンチが私を殺そうとした本当の理由が何だったのかを、いまだ分からないことが気になっていました。彼が私にキスをしようとしたことと、私に告発されることへの恐れだけが理由とは、信じられませんでした。他にも何かあるに違いありません。でもそれは何だったのでしょう？　私はあの日起きたことすべてをもう一度思い出そうとしました。あの封筒が、私のレターボックスに入っているのを見つけた瞬間から起こったことすべてを。私は少女の表情になにか奇妙な違和感を抱いたことを思い出しました。なにかしっくりこない、と。そして、その思いから、私はヘンリー・ハースの本に収載されていた写真の実物を探し出そうとしたのです。私はバッグから写真を取り出し、もう一度眺めてみました。ようやく私は、隠された、邪悪な真実を理解しました。カメラも薬品も、ルイス・キャロルが使っていたものとまったく同じはずなのに、少女の容貌はどこか、奇妙なほどにみずみずしく、生気に満ちており、現代的な雰囲気に見えました。突然の啓示のように、彼のオフィスでもみ合った時の光景が蘇りました。私が引き出しを引き抜いた拍子に床に散らばって落ちた数々の写真のことを。今やすべてが腑に落ちたように思えました。ヴィクトリア朝時代の写真を収集していた者など誰もいなかったのです。ヒンチ自身が写真を発注していたことは、疑う余地がありませんでした。ルイス・キャロルが使っていたのと同じ、オットウィル社製の湿板カメラを使って撮った、現代の少女たちの裸の写真を。その事実こそが、それと知らず私がヒンチのオフィスで目にしたものだったのです。これが真の動機でした。罪の意識をかけらも持つことなくヒンチを殺せることを知った今、私は不思議と静かな気持ちに満たされていました。もちろん、病院のベッドという牢獄からそれをやり遂げることは、それほど簡単なことには思えませんでした。ですが、運命が私に小さな助けを与えてくれたのです。ヒンチの写真に対してアーサーが突飛な解釈をしていることを、私はGから聞いて知りました。そして、ピーターセン警部もその解釈を真剣に受け取ったようでした。小児性愛者に対して仕掛けられ、同胞団全員を殺害しようと狙っている聖戦である可能性。病院のベッドに縛り付けられていなかったなら、実際にはそうなのですが、私はこの話を笑い飛ばしたでしょう。そしてこの本当に突拍子もない説に対する私からの提案として、自分なりの候補者リストを作っていたに違いありません。ですが、再び一人で取り残された時、私はすぐに気がついたのです。求めていたチャンスが目の前にやすやすと差し出されたのだと。私はただ、この誤った推論を継続させ、そこに第二の目標を付け加えればよかったのです。私が疑われることは決してないでしょう。というのは、結局のところ、私はこの想像上の一連の出来事の中の、最初の被害者だったからです。アーサーとGとの最初の会話の中で、私は二人に言いました。不思議の国に出てくるトカゲのビルのように、車は私を空中に高々とはね飛ばしたと。二人がこの言葉を覚えているかどうかは定かではありませんでしたが、アリスの本に登場する他のいくつかのシーンを彷彿《ほうふつ》とさせるような特徴を持たせて、ヒンチの殺害を計画しようと私は心に決めました。当然、病院のベッドに横たわっているという些細な障害はありました。ですがそれは同時に、私が殺人者であるとアーサーや警部が考える可能性が低くなるということでもありました。私はヒンチが中毒といってもいいほどのチョコレート好きであることを思い出し、毒入りのチョコレートの箱を送るのがもっとも簡単な方法だと判断しました。学位論文の指導教授の名刺から彼の名前を切り抜き、その箱入りチョコレートが同胞団全員からの贈り物であるかのように見せかけるだけでよかったのです。あとは、箱の底に忍ばせる裸の少女の写真をもう一枚、選ぶだけでした。ヒンチのオフィスで見かけたような箱入りチョコレートを買ってきてくれるよう、私は母に頼みました。母はギルドフォードの郊外に住んでいましたし、家にはテレビもなく、古いラジオで主にクラシック音楽を聴いているだけでしたから、メッセンジャーとしてはまさに理想的でした。ヒンチの殺害が全国ニュースになったとしても、母が知ることはないでしょう。ロザウラとの会話の中で、私は慎重に毒物の話題を切り出すことに成功しました。母が家のネズミを駆除できずにいる、という口実を使って。驚いたことに、実はシスター・ロザウラは毒物のエキスパートだったのです。私は彼女に、硝酸水銀のことを尋ねました。アリスについて書かれた本の中で、当時の帽子屋は、帽子の毛皮を処理するのに使われていた水銀との接触で中毒を起こしており、時に深刻な精神障害を患っていたと読んだことがあったからです。これが、《いかれ帽子屋《マッドハッター》》の着想となったのだと。ですがロザウラによれば、水銀は確実に命を奪うわけではない。ヒンチが生き延びてしまうかもしれない毒物を使うリスクを敢えて冒すことはできませんでした。すると不意にロザウラがアコニチンの名前を出したのです。そして、それが犠牲者に及ぼす、不可思議で、苦悶《くもん》を伴う効果のことを。脚も、腕も、頭も、破裂するのではないかと思うほどに膨張した感じになるというのです。それで、他のどの毒物でもなく、アコニチンでなくてはならない、と一片の疑いもなく確信しました。アコニチンは本当に強力で、無味でごく少量でも死に至ります。私はロザウラに、母の菜園で悪さをしているネズミを根こそぎ駆除するのに十分な量を手に入れられるか、と聞きました。彼女が私の話を完全に信じていたとは思いませんが、かといって何も聞いてきたりもしませんでした。おそらく、襲撃犯が誰なのか私が知っていること、そして、私が何を計画しているかを察したのかもしれません。実際そうだったのかどうかを、私が知ることはないでしょう。私はロザウラが完全に潔白であり、私の計画にはまったく加担していないことを、はっきりさせておきたかった。それで、まったく私が単独で進めていったのです。この計画を思いついた時、ひとつだけ私の心を悩ませたことがあったのを、告白を終えるにあたって言わなければなりません。それは、アーサー・セルダムと面と向かって対峙しなければならないということでした。私は長い間彼の教え子だったし、彼にとって素直だったことを彼は知っていました。彼が一目私を見たら、すべてを知ってしまうだろう。そんな不合理とも思える恐れを抱いていたのです。どんな手を使っても、彼を近づかせたくないと思いました。かつて病院で過ごした時間のせいで、彼がメソジスト派の看護師に対して、また、神を持ち出すこと全般に対して、嫌悪感を抱いていることは分かっていました。それで私は、宗教的な感謝の態度と、シスター・ロザウラへの愛着心を強調しようと心に決めました。ですがそれでも充分とはいえなかった。このまったく突然の宗旨替えを鵜《う》呑《の》みにするには、彼は私をよく知りすぎていたからです。このことが、最終的には、彼が真実を解明し、私にたどり着く手がかりとなったのです。私は自分の本を書き終える充分な時間が与えられたことに、少なくとも慰めを見いだしています。皆さんは私のデスクの上に、その本を見つけるでしょう。その名も『不思議の国のイナ』――ヒンチが提案したタイトルですが、悪くないではありませんか。さて、ギルドフォードの紙片についてですが、私がそれを手元に置いておこうと決めたことをお許しいただかなくてはなりません。それが自分にこそ帰すべきものと私は感じるのです。この世界で唯一、本当の意味で私の所有物だったと言えるものですから、手放したくないのです。私が書き出した言葉は、厳密にメネラがペンで記した通りですから、ご安心ください。アーサー・セルダムにはこの手紙を書き終えたら警察に自首するよう勧められましたが、すでに自分の身体という監獄にいる私は、さらに別の監獄に重ねて入るなどとても耐えられません。それならむしろ、古来の聖書の教えに沿った罰、《目には目を》、を適用して、ヒンチに私が盛ったのと同じ量のアコニチンを飲むほうがましです。私にはその方がフェアに思えますし、私がこれまで積み上げてきた数学的な素地にもふさわしいように思えます。私がロザウラに、この手紙を読み終えるまでその場にとどまるよう頼んだのは、そのためです。最後の瞬間に誰かに助けられるなどという事態は避けたかった。最後の句点を打ったらすぐ、母が最後の小包に入れて送ってくれたスコーンの一つに、アンプルの残りを注入します。チョコレートは手元にありませんから。断末魔の症状について、シスター・ロザウラは間違っていないだろうと私は信じています。最後の初体験として、アリスが小さなケーキをかじった後、どんどん背丈が伸びていった時に、どんな感覚を味わったのか、感じてみたいのです。

三十章

ラネラフ卿が手紙を読み終わった途端に、シスター・ロザウラはくぐもった叫び声とともに、立ち上がった。私と同じく恐ろしいショックを受けて、セルダム教授もまた立ち上がるのが見えた。しかし誰もまだドアの方に一歩も踏み出すことができないうちに、ピーターセン警部が鋭く、無愛想な鋭い声を張り上げた。

「どなたも動かないで。ご自分の席へ戻ってください。この若きご婦人が手紙の中で宣言したことを遂行したとすれば、この段階で彼女を助けるために我々にできることは何もありません」

警部は携帯電話を手にすると、テーブルのぐるりに視線を走らせながら、救急車とパトカーをクリステンの家まで派遣するよう指示を出した。シスター・ロザウラが長く尾を引くような絶望のうめき声をあげながら、泣き出すのが見えた。

「私が分かっていなければいけなかったんです」ロザウラは言った。「分かっていなくてはいけなかった……」

ピーターセン警部は渋々といった感じではあったが、彼女を憐れに思ったようすだった。

「とりあえずこの部屋から出られた方がいいかと思いますが、階下で待っていていただかなければなりません。そこにはまだ立ち番の警察官がおります。供述をとらせていただきたいので、後ほど警察署までご同行ください。クリステンに渡したという毒物について、説明していただかねば。あなたも看護師でいらっしゃいますから、毒物を病院の薬局から持ち出すことに対する罰則については、充分にご承知かと思いますが」

「薬局から持ち出してはいません」シスター・ロザウラは憤慨したようすで声を荒らげ、燃えるような目で警部をにらみつけた。「トリカブトの根は、自分の庭で育てているんです。私自身、何度もネズミを駆除する必要に迫られたので。クリステンがまさか別の目的でアコニチンを入手しようとしていたなんて思いもしませんでした」

「お話の内容が本当なのかどうかは、おいおい分かるでしょう」ピーターセン警部はそう言って、ドアのほうを手で差した。シスター・ロザウラはハンカチを取り出して目をぬぐうと、厳粛な態度でかすかにうなずき、出て行った。警部はドアが閉まるまで待ち、テーブルを見渡した。

「もしこの若いご婦人が手紙にしたためたことがすべて本当だったとしても、アンダーソンの死は説明がつきません」警部は言った。「そのことについて彼女は何も語っていませんし、彼女自身が殺害犯ではありえないことも分かっています。アンダーソンは彼女の家で取材をしてから、新聞社の執務室に戻って、六時までコンピュータで作業をしていました。翌日、掲載するつもりで書き上げた記事も我々は入手しています。ですが教授はかねてから、ハース氏であったはずもないと確信されていました。容疑者リストから彼を外さなければならない理由については、説明いただいてはいませんでしたが」

「そのことについては」セルダム教授は恐ろしく真剣な調子で言った。「リチャードが説明すべきでしょう」

茫然自失のざわめきが走り、ラネラフ卿が冷静沈着な固い表情で、視線をあげた。彼が一つの死にまつわる説明をしなければならなくなったのは、おそらくこれがはじめてではないのだろう、と私は悟った。視線を外さずに見つめてくるセルダム教授のまなざしをものともしない、幾分尊大な表情、彼が年老いた身体を張りつめさせるようすに、私は、命令を下しその結果を引き受けることに慣れている男のなんたるかを垣間見たような気がした。

「おめでとう、アーサー！」ラネラフ卿の口調に現れていたのは、悔恨というより威《い》嚇《かく》だった。「君を騙《だま》しおおせることなどできないことぐらい、分かっていなければならなかった。だが気をつけたほうがいい。君はあの娘と同様、時に君自身のためにならないほどの度を越した小賢しさを発揮することがあるからな。喜んで説明させていただくよ。だが、同胞団のメンバーに限らせてもらおう。警部が聞き耳を立てることは阻止できないがね。これは国家の安全に関わる問題でもあるし、アルゼンチンから来た君の教え子には、ただちにこの部屋を退出してもらうよう要請しなくてはならない。これから私が話すことは、絶対に秘密にしなければならないのだ」

当然のことながら、私はすぐに席を立ち、部屋を退出した。私はただ、できるだけ早くクリステンの家にたどり着きたい一心だった。階段を下りると、警官に囲まれ、泣き続けるシスター・ロザウラの姿が見えた。何をしようにももう手遅れであることを、私は不意に、疑う余地なく、強い確信とともに悟った。それでも、絶望的なまでの衝動に駆られて、私は丘を一気に駆け上った。疲れ果て、息を切らせて頂上にたどり着いた時、ドアの傍らに救急車が駐まっており、隣人たちが何人か、フェンスの側で身を寄せ合うようにして集まっているのが見えた。警察官が二人、庭園へつながる砂利道の上に渡すように、黄色のテープの非常線を張っていた。不意に興奮したざわめきが起きた。家の玄関ドアが開いて、すっぽりとシーツに覆われた遺体が載せられたストレッチャーが、それと予感させるように階段を一段ずつ、ゆっくりと下ろされはじめた。《死んだんだ。死んだんだ》私のまわりで一斉にわき起こった声は、ひどく興奮させる合言葉のように、繰り返された。そこには、自分以外の誰かの死が私たちの内に引き起こす、喜びに極めて近い、あの忌まわしいまでの興奮が込められていた。

私は呆然としたまま、家路についた。思考は停止し、今やすべてが終わってしまったことが信じられなかった。クライスト・チャーチの前を再び通りかかると、警官の姿はすでに見えなくなっており、ホールの守衛が同胞団の会合がすでに終わったことを教えてくれた。私は数理研究所に向かった。セルダム教授を執務室まで探しに行ったが、その実、そこで彼を見つけることはほとんど期待していなかった。やはり教授はまだ戻っていない。誰かがクリステンの母親に、娘の死を知らせたのだろうか。それを確かめようと、私はセルダム教授にメールを送ってみることにした。自分のアカウントを開くと、驚いたことに教授からメッセージが来ていた。ほんの数分前に送られたものだ。教授も私を探しに研究所に足を運んでいた。至急、私に伝えたいことがあり、〈ザ・イーグル・アンド・チャイルド〉で待つ、とあった。教授はあと一時間ほどはそこにいるとのことだった。

パブに入ったものの、タバコの淡い煙がたちこめる店内で、すぐには教授を見つけることができなかった。カウンターに沿って奥のラウンジへと進んでいくと、そこに教授はいた。奥の小さなテーブルの一つに座り、ウイスキーの大きなグラスがすでに掌の中で空になっていた。教授は私に手を振り、ゆっくりと立ち上がると、お代わりをくれ、とバーテンダーに合図した。腰を下ろした私は、教授の表情の変化に驚いた。そこにあったのは、とてつもなく深い悲しみの痕跡だった。教授がこのようなようす——その目には屈辱と敗北の色が浮かんでいた——をしているのを見たのは、初めてだった。

「そんなふうに私を見つめないでくれたまえ」と教授は懇願した。「あいにく、私ほどの年齢になると、酔うことさえできない。ウイスキーはただ、私の感覚を麻痺《まひ》させ、すべてをペースダウンさせるだけだ。二、三の思いつきは浮かんだが、その先へは進めないようだ。忘れたいことさえ、忘れることができない。クリステンが死んでしまったことに、気づいてるかい？　死んだんだよ。そもそも警察など介入させるべきではなかったと認める？　警察のおかげで、ヒンチもアンダーソンも、殺されたんだよ。知ってる？　君は気づいた？　何度も何度も……許してくれ」教授は、自分を落ち着けようと、大変な努力をしているようだった。「自分の罪の意識を、君に押し付けようとは思わない。すべて私のせいなのだから。私の内に常に潜んでいる、この呪《のろ》いのせいだ。自死を考えるべきは、私なのかもしれない」教授はウイスキーをもう一口、ゆっくりとすすると、私にふたたび視線を据えた。「君に会いたいと思った理由はほかでもない、ここを出るように伝えたかったからだ。イングランドをできるだけ早く去るように、と。私はすでに教え子を一人、失った。もう一人失いたくはない。今日にでも荷物をまとめるように勧めたいくらいだ。必要なら、飛行機代の援助だってする。信じて欲しいのだ。君は命の危険にさらされている」

教授が言っていたことの重要性を理解するのに、しばらく時間がかかった。

「ラネラフ卿が皆に話したことと、関係があるんですか?」

セルダム教授は重々しくうなずいた。

「それで、私は少なくともその理由を知ることを許されるのでしょうか? ミーティングルームでラネラフ卿が話していたことなんでしょうか?」

教授は再びうなずいた。不意に、彼の目には抑えがたい怒りが現れた。

「残りのメンバーたちと同様、私も何も口外しないと誓った。だが、君がただちに発つと約束するのなら、君には話そう」

私は約束した。セルダム教授は残りのウイスキーをあおり、グラスを空にした。そして、彼を覆っていた悪夢から逃れたくて無理矢理目を覚まそうとでもしているかのように、手首でごしごしと目をこすった。

「リチャードが言うには、彼らがヒンチの引き出しを開け、裸の少女たちの写真を見つけた時、MI5は深刻な懸念を抱いたそうだ。ヒンチの裏帳簿には、アンダーソンが嗅ぎつけたとおり、政府の最上層の者たちの暗号化された名前が連ねられていたらしい。リチャードは昔の諜報機関の同僚たちから、彼らの名前が新聞に漏れることはなんとしても阻止するよう指示されていた。私たちが警部とリチャードにパブで会った時、リチャードはアンダーソンが例のリストの存在をすでに知っており、翌日の新聞で、彼が発見した事実を洗いざらい発表しようとしていたことを知ったのだ。リチャードは急遽《きゆうきよ》、かつて一緒に仕事をしたことがあり、全幅の信頼がおける二人の男を召集することを決め、アンダーソンに発表をとりやめるように《説得》させるよう依頼した。アンダーソンに指一本たりとも触れてはいけないと指示したと断言していたが、リチャードと同年配のこの二人を見て、アンダーソンは足元もおぼつかない、ひ弱な老人たちだと思い違いをしたようだ。二人を小馬鹿にし、彼らのことも、自分の記事に面白おかしく書き加えるつもりだと言ったらしい。君も知ってのとおり、アンダーソンのユーモアのセンスは、誰もが歓迎するような代物ではなかったから……二人は腹を立て、もみ合いになり、ついにはアンダーソンを刺し殺してしまった。リチャードはアンダーソンの死が状況を一層悪化させ、この件に関するＭＩ５の関与が明るみに出ることを恐れた。遺体を見に行くと、アンダーソンの頭部や特徴は損なわれていなかった。それで、アンダーソンの死を、一連の事件の次の段階として付け加えてしまえばいいと考えたのだ。そうすれば、裸の少女たちの写真を売り歩いている何者かに罪を着せられるだろう、と。リチャードは配下に命じ、記事の裏付けに使われる予定だった、ルイス・キャロルの写真の一枚を、アンダーソンの口の中に押し込ませた。さらに、頭部を切り落とさせ、刺し傷の残る胴体部分を永久に処分するよう命じた。そうすることで、リチャードはアンダーソンの死を、もうひとつの不思議の国の殺人、《首をちょん切ってしまえ！》に仕立て上げたのだ。つきつめれば、我らがハートの女王がこれを命じたようなものだ、と彼は私たちに言っていた。その一方で、新聞向けに、彼はセルビア諜報機関の下部組織の犯行だというストーリーを代替案として用意した。人間の頭部が川面に浮かぶさまは、バルカン半島から聞こえてきた数多くの残虐行為や切断遺体の話や、英国が最近警告として表明した戦争への介入とも、たやすく関連づけられるだろう、とリチャードは考えたのだ。諜報機関の繊細な作戦ではすべからく、二つの筋を同時にリークしようと試みるものだ、とリチャードは言った。一つは新聞やテレビ向け、もう一つのもっと入り組んだ話は、陰謀論者や、誰よりも賢いと常に信じている者たちの目に、さりげなく触れるようにしておく。二つのストーリー、二つのバージョンがあるおかげで、第三の、真実のストーリーは秘められたままになるのだと。すべてを語り終えた上で、むろん彼は愛国主義という大義に訴えかけたのだ。神が女王を救うためには、男も女も自分の役割を果たさなければならない。今回のケースでは、我々が演じるよう求められている役割は極めて小さく、その恩恵は非常に大きい。同胞団の男性メンバー全員が彼と同様にナイトの称号を、ジョセフィンとローラにはデイムの称号が与えられるように取りはからう、とリチャードは言った。私たちはただ、彼が話したことについて完全な沈黙を守ればいいだけだった。ヒンチが実際には殺害されていたことは決して明かされることはないだろうし、アンダーソンの死の真相はうやむやになるはずだ。雲をつかむような、諜報活動の犠牲者として。私たちは例の写真のこともすべて忘れなければならない。リチャードは、彼らの方で人の目に立たぬよう調査を行い、暗号を解読して、ネットワークを解体する、と約束した。そうすることで同胞団の名誉は守られ、誰もが何もなかったかのように暮らしていくことができると」

「ですが、ピーターセン警部もその場にいましたよね？」私は驚いて言った。「このことすべてに反対はしなかったんですか？」

「確かに、反対しようとした」セルダム教授は言った。「いかにも、警部は試みた。でも命令を確認するために電話をする必要があった。むろんリチャードのほうがより高位のカードを持っていた。警部は電話を終えるやいなや、こう言ったのだ。『今から自分の執務室に戻ります……辞表を出すために』と。警部が部屋から退出した時、私たちはただ茫然としてそこに座っていた。結局私たちはその決定について票決をとることにした。反対票を投じたのは、私だけだった。それは、おそらく私がスコットランドの人間だからかもしれないが。とはいえ最終的には、私もまた、彼女がしでかしたこの恐ろしい所業を周知の事実にしないほうが望ましいと考えた。クリステンの思い出を守るために、そしてとりわけ、彼女の母親のために。同胞団への忠誠の証《あかし》として、私は他の者たちと同様、何事も口外しないことを誓った。そんなわけで、私は今ここにいるわけだ。自分にすっかり愛想を尽かし、ウイスキーを立て続けに何杯もあおりながら」

私はしばらく思いをめぐらした。

「ですが、あの告白、クリステンが送ってきた手紙の内容を……あなたはすべて信じたのですか？」

セルダム教授は解せないといったまなざしで私を見つめた。

「どういう意味かな？　もちろん信じたとも。私の推論とほぼ一言一句、一致していたからね。そのうえ、駄目押しをするかのように、クリステンは自らの命を絶った。これ以上信憑性のある証明が必要だと言うのかね？」

「私はただ、彼女が誰かを庇おうとしているところもあったのかもしれないと思ったんです」私は言った。

「シスター・ロザウラのことかな？　二人の関係がどのようなものだったか、正確には知らない。ロザウラはとても動揺しているように見えた。けれど、クリステンはあの手紙で、ロザウラに嫌疑がかからないようにできることはすべてしたと私は思う。

クリステンがあのようなことを計画したなんて、想像しがたいのはすでに分かっている……君が彼女への……過度の感情を持ちはじめていなかったのならいいのだが」

私は首を振った。何を伝えたらいいか、分からなかった。

「ギルドフォードの紙片について、クリステンが書いていたことは？　あの通りの言葉だったと思います？」

「ギルドフォードの紙片……信じられない話に聞こえるかもしれないが、リチャードはアンダーソンの頭部を切り落とすよう命じたことを話し、票決をとって二件の犯罪については沈黙を守ることに決まった後も、紙片の件を議事録に記録に残すまでは、誰にもその場を離れることを許さなかった。彼は皆に君が尋ねたのと同じ問いかけをした。我々はこれが紙片に書かれていた一文だと信じるべきだろうかと。ここでもう一つ小さな驚きが待っていた。ソーントンが口を開き、告白したのだ。最近、何回かギルドフォードを訪問した時に、一度実際に紙片を見たと。しかし彼の本はその頃にはすでに印刷にかかっていたし、リデル夫人とルイス・キャロルとのいざこざに関して、例の紙片は彼の論旨とは矛盾する内容だったから、ソーントンは自分自身の保管記録用にと紙片のコピーをとる一方で、その内容については何も触れないことにした。とはいえ、したためられた言葉がクリステンが書き起こした通りであることを証言することはできた。この件に関してはさまざまな意見が出たが、カリグラファーに依頼して、メネラと同時代の紙に、例の一文を複写してもらうことに決まったのだ。私は、その仕事を見事に遂行できる人物として、レイトン・ハワードを推薦した。レイトンが数多く持つ能力の一つが、カリグラフィーなのでね。紙片のコピーと何本かのアンティークのペンを、今日、レイトンのところへ持っていくことにソーントンは同意していた。リチャードは明日の朝一番に、ギルドフォードへ行き、その紙片を元の場所に戻し、この最後の綻《ほころ》びを解決したいと考えていたから。いや、最後というより、最後のひとつ前、というべきだろうね。自覚しているかどうかは分からないが、最後の綻びは、君自身なのだから。私は、リチャードの脚本をすべて信じているわけではない。むしろ、リチャードには、どんな手を使ってもいいからアンダーソンを黙らせろと上層部から彼に命令が下った、と私は思っている。年老いた小柄な殺し屋二人のストーリーは、犯罪を不幸な過失に見せかけ、罪から逃れるための方便だったのではないか、と。これからの何日かで、君もまた、不運な事故に巻き込まれたり、同じような過失の犠牲者になったり、そんなことになって欲しくないんだ。明日の朝早く、ブランディに言って、君のチケットの予約をするように話しておくよ。明日までになんとか準備をして、夜の帰国便に乗れる？」

私は内心動揺していたが、うなずいた。

「私が君の立場なら」セルダム教授は低い、切迫した声音で言った。「今すぐに荷造りを始めるよ」

私が立ち上がると、教授も腰をあげた。

「今ここで別れたほうが良さそうだね」教授は言った。「明日は研究所には行かないと思うけど、早朝にブランディに間違いなく話をしておくよ」

もう一生、会えないかもしれないという気がして、一瞬、教授をハグしたい衝動に駆られた。だが教授は、私の肩に片手を置き、もう一方の手を伸ばして、適切な感傷を表しながら私の手を握りしめた。おそらく、互いがたどる道が近い将来、再び交わることになると本当に思っているからなのだろう。

「論理学の課題の研究を続けなさい」教授は言った。「世界各地で開催される会議で、きっとまた会えるだろう。次に会う時は、殺人事件は遠慮願いたいものだ」

戸惑いさめやらぬままパブを出て、アリスショップのそばを通ってみることにした。最後にもう一度、シャロンに会いたいと思ったのだが、店はすでに閉まっていた。私は警察署の角に出るまで、もう一区画分、歩を進めた。ピーターセン警部とは顔を合わせたくなかったが、全員がもう引き上げた後のようだった。入口のブースと、私がレイトンとシェアしていた屋根裏部屋だけに、灯りがともっていた。私は屋根裏まで上がっていくことにした。結局のところ、私が回収しなければならない私の本がまだ何冊か置いてあったし、私のプログラム関連の論文も持ち帰りたかった。レイトンは、診療用の照明の下で、カリグラフィーを練習していた。顔を上げて私を見た彼は、これ以上できないだろうというほど驚いた表情をしていた。私は翌日の夜に発つことを告げ、自分の書類をまとめ始めた。レイトンは何も言わなかった。次第に速度を上げようとしながら、紙片に短いストロークで記すことに完全に没頭していた。私は彼の座っているテーブルに近づかずにはいられなかった。レイトンは私がすぐ隣にいることに気づくと、視線をあげた。ボードの上にはギルドフォードの紙片のコピーが載せてある。古めかしい万年筆を使い、速さを変えて試し書きをした何枚かの紙が、テーブルに広げられていた。

「何をしているんです?」私は素知らぬそぶりで尋ねた。

レイトンは眉をつり上げたが、ほとんど私の方に目をくれようともしなかった。

「誰かが紙片を失くしたんだろうな。あまり説明はしてくれなかったが、それをこのコピーを元にオリジナルを回復させようとしているってとこだろう。手書きの文字は、筆跡鑑定を通るレベルでなければならないそうだ」

彼は黄色っぽい長方形の紙片を私に見せた。片側の端は破り取られたように見える。

「問題は、やり直しがきかないことだな。紙は一枚しかもらえなかったから、一発勝負だ。それに時間もあまりない。もう少ししたら取りに来る」

私は、何度も試し書きがしてある一枚の紙を手に取った。メネラの筆跡との類似性は驚くべきものだった。確かに、レイトンはこちらの方面にも才能があるのは明白だ。私は称賛を込めてそう伝えたが、彼はただ肩をすくめただけだった。

「一筆の動きの速さと強さを見つけるのが重要なんだ。自分の動きを測定するのに、君の改訂版のプログラムを使おうかと考えている。そういうわけで今は」彼は付け加えた。「差し支えなければ、一人になりたいんだ。人前で実演できるレベルじゃないんでね」

私は階段を下りていき、これといって何もない、人気《ひとけ》のないわびしいオックスフォードの夜へと分け入っていった。放心状態で、私は翌日の竜巻のような慌ただしさを考えた。エミリー・ブロンソン教授のこと、奨学金に関して私がしなければならないであろう弁解、図書館に返却しなければならない本、お別れを言いたい数少ない人たち、今回の件がすべて片づいた暁に書かねばならない別の報告書のこと。それでもつかまえるフライトは夜だから、朝のうちであればギルドフォードへ行くチャンスがあると私は思った。

エピローグ

「ですが、どのようにしてあなたは知ったのですか？」未だあふれ出る涙の中、クリステンの母親は尋ねた。

ギルドフォード郊外にある彼女の小さな家に私が到着したのは、三十分ほど前のことだった。この家でクリステンは育ったのだ、と私は感慨に浸った。彼女の住まいを見つけるのは簡単ではなかった。最初にドアをノックした時、家中の鎧戸《よろいど》が閉まっていたので、彼女はオックスフォードに発ってしまったのかもしれない、ここまで来たのは無駄足だったかもしれないと思った。だが、もう一度、もうすこし大きな音を立ててノックをしてみると、寝ていたところを私が起こしてしまったのか、家の中をゆっくりと動く足音が聞こえた。クリステンの母親は、片手で乱れた髪を抑えながら、顔をのぞかせた。眠っていたからか、泣いていたからか、目は腫れぼったく、以前よりもずっと歳をとって見えた。前夜、ピーターセン警部からの電話で、クリステンの死を告げられ、自分もいっそ死んでしまいたいと思った、と言った。充分な量の睡眠薬さえ残っていたら、おそらく彼女は命を絶っていただろう。クリステンの遺体は検死が行われるまで安置所に留め置かれるというので、葬式の手筈さえまだ考えはじめることができなかった。それで、オックスフォードに発ってはいなかったのだ。不意に彼女は泣き出し、前日の朝、今回のことを予感させるかのように、一通の手紙をクリステンから受け取ったのだと話してくれた。なぜなら、クリステンは母親に手紙を書くのを、ずっと前にやめてしまっていたからだ。その時に察知すべきだった、と彼女は言った。娘を守るべきだったのだ、と。クリステンの母親はごめんなさい、と言い、ハンカチに手を伸ばしつつ、私を家の中に招き入れた。

私たち二人はいま、キッチンにいた。裏手のガラスのドアから、柳《やなぎ》の枝編みのリクライニングチェアの置かれたテラスと、柵がめぐらされた菜園、そして、その向こうに広がる野原が見えた。一匹の猫がしなやかな身体をくねらせながら私の両足首の間をくぐり抜け、そして私の足元で丸くなった。私に泣いているさまを見られまいと、クリステンの母親はストーブのほうに顔を向け、お茶はいかがですかと聞いた。

「どうしてわざわざここまでいらしたのですか？」彼女は尋ねた。「そこまでなさらなくてもよかったですのに」

「ただ、もうすぐこの国を発つというのに、まだ私の頭を悩ませている問いがあって。クリステンの話に出てきた小さなディテールの一つなんですが、あなただけがそれに対する答えを持っているんです」

彼女が急に警戒心を抱き始めたことは、肩まわりに漂い始めた緊張から見てとれた。彼女はゆっくりと向き直り、私をいくらか不安そうな表情で見た。同時に彼女のまなざしには、奇妙なことに、幾分かの安堵も込められていた。自分以外の誰かも知っていたことへの安堵だ、と私は思った。

「どうぞ、聞いてください」

私は自分の想像を話した。彼女は苦悩の表情を浮かべ、何も言わず何度もうなずいていた。

「ええ、ほぼいま話してくださった通りのことが起こりました。でも、クリステンが実行しようとしていた計画のことを警告してくれたのは、シスター・ロザウラでした。すばやく私を脇に連れだし、ネズミを駆除するのに毒物が必要だというのは本当かと聞いてきた。その時はじめて、クリステンがチョコレートを一箱、買ってきてと頼んだ理由が分かったんです。クリステンの部屋に入って、二人きりで話してみると、娘は泣き崩れて、出版社のあのひどい男との間に何があったのかを教えてくれました。それから、彼女が立てていた計画のことも。チョコレートの箱はすっかり準備ができていて、包装されていました。あとは私が包みに書かれた住所まで持っていけばいいだけだったんです。すすり泣き、身を震わせながらも、娘は計画を諦めようとはしませんでした。私が拒否しても、シスター・ロザウラに頼むだけだから、と言うんです。娘は、あの男が生きている限り、残りの人生を車椅子に縛られて生き続けることなんてできない、と繰り返していました。警察に行くよう娘を説得しようとしましたが、彼には人脈があるし、無罪放免になるに違いない、と娘は考えていました。それでも、私は娘に、私のこの腕で抱き締めた私の小さな女の子に、そんなことはさせられなかった。そして、なんとか娘の手から箱をもぎ取ることができたんです。私は娘に、祈ってちょうだいと懇願しました。私が娘の命を救ってくださるように祈ったように、祈って、神に決断をゆだねるように、と。私はチョコレートの箱を手に病院を出ましたが、それを捨てる場所を見つける前に、これまで経験したこともない強い衝動に襲われました。耳元で悪魔が囁いたかのようでした。結局のところ、何故駄目なのか？　私は考えました。畑の害獣を殺さない、庭の雑草も引き抜かない、とでも言うのか？　なぜその殺人者は生きることを許されるのか？　と。クリステンは、司直の手が決して彼女には及ばないということを私に納得させました。何故なら、ピーターセン警部もセルダム教授も、殺人者は小児性愛者への聖なる戦いを謳って同胞団全員を殺害しようとしている誰かだと考えているから、と。娘の計画は驚くほど単純で、かつ完璧に思えたんです。計画は失敗しないだろう、と私は確信していました。クリステンは秀でた頭脳を持っていると、私はいつも感じていました。それに、娘がこれに絡んでいることに、万が一誰かが気づいたとしたら、私が出て行って本当のことを言えばいい。中身が何であるかを充分に知りながら、私がチョコレートの箱を届けたのだと。そうすれば、罪に問われるのは、娘ではなく、私です。責められるべきは、私なのですから。そう思いませんか？」

メッセージについて話し合った時、セルダム教授も私も、こちらの可能性は想像していなかった、と思った。メッセンジャーが同時に殺人者でもある、という可能性は。クリステンの母親が、紅茶の注がれたカップを二つ持ち、バランスをとりながら、テーブルへと近づいてきた。

「でも、あなたがどうやって真相にたどり着いたのか、まだ話してくださってないですね」彼女は繰り返し言った。

「彼女を自宅に訪ねた時、クリステンはヒンチが持病の合併症が原因で亡くなった、と本当に信じているようだったんです。ニュースで報道されていた通りに。おそらく彼女も、あなたがおっしゃったように、一瞬、それが自分の祈りに対する神の答えだ、と思ったのではないでしょうか。ヒンチが毒殺されたことを彼女に伝えたのは、私です。この事実に対する彼女の反応に、私は驚きました。彼女はひどく動転し、ショック状態でした。そして、そのことで、『すべてが変わる』と言いました。それでもその後、同胞団宛てに送った手紙の中で、彼を殺害したのは彼女であったかのように、自分が立てた計画をすべて告白したのです。彼女が手紙に書いた内容をもう一度反芻してみた時に、詳細に自分の計画を説明する一方で、自分がそれを完遂したとは言っていなかったことに気づいたんです。それに、その後で、彼女は自ら命を絶ちました。私は、他の誰かを救うために、自分を犠牲にしたのだろうと推測しました。シスター・ロザウラとの関係は、そこまで親しかったとは信じられなかったのです。彼女のために死ぬほど近しかった、とは。そこで、他の誰かとは、きっとあなただったに違いない、と思いました。クリステンはこの結末を、ほかの誰にも背負わせたくなかったんです。最終的にあのチョコレートの箱が目的地に到達したことを私から伝えられてすぐ、彼女は自らの命を絶つことで、他の誰でもなく彼女ひとりで、その死の責任を負うことに決めたのでしょう」

「でもあなたは、あなた自身はどう思います？　真犯人は私ではないのですか？　すぐに行って、警察に何もかも話すべきではありませんか？」

「いいえ」私は言った。「そんなことは決してしないでください。もしあなたがそんなことをしたら、クリステンは無駄に死んだことになってしまいます。そうしたら、彼女はもっと悲しむでしょう。私はただ、真実が知りたかっただけなんです」

　クリステンの母親は深いため息をついた。そして再び立ち上がると、小さな引き出しを開けた。

「そうしたら」と彼女は言った。「クリステンがあなたにと私に送ってきた封筒を差し上げます。なにかガラスでできたものが中に入っているみたいだから、気をつけて。娘はどこかのタイミングであなたがここに来ると信じていたみたいね。そして、その考えは正しかった」

彼女は、私のイニシャルだけが書かれた黄色い封筒を渡してくれた。開封してみると、クリステンが身につけていた、丸められた小さな紙片の入ったガラス細工のペンダントと、手書きのメモが入っているのが見えた。

あなたがここにたどり着いたのなら、私にできるのはもう、母を守ってと請うことしかない。自分が罰せられて当然の罪を犯したことは分かっているし、自ら人生を終えることへの後悔はない。というより、現実には、私が余儀なくされたこの悲惨な第二の人生、というべきかしら。私もエヴァリスト・ガロア（Evariste Galois 1811～1832 仏数学者。ガロア理論など）のように、《私を愛する人はわずかのみ、そして、私は愛も栄誉も含めてすてに幻滅している》と、したためてもいいかもしれないわね。もし私があなたの中に、あなたの思考にとどまる価値のある何かを呼び起こすことができたのだとしたら、どうか悲しみとともに私を思い出さないでください。私にも、二十歳という若さで死ぬには、ありったけの気力が必要です。

追伸：あなたに、私の心配の種でもあり、災いの元でもあった、この紙片を遺します。持っていてもいいし、処分してしまってもいいけれど、あの人たちの手には決して渡ることがないよう願っています。

私は徒歩で、ゆっくりと田舎町を通り抜けて、来た道を戻った。ポケットの中にあるガラスのカプセルの表面を、まるで護符であるかのように、指で撫でながら。オックスフォード行きの次の列車が来るまで、まだ三十分ほどあった。ハイストリートを歩いていたとき、街の一番高いところに位置するギルドフォード城近くに建つ、ルイス・キャロル・ハウスへの道を示す矢印の標識を見つけた。私はほとんど無意識に、標識に従って、曲がりくねった通りを上っていった。すると、背の高い、いまだ風格のある城の廃墟《はいきょ》と、庭園の脇にある入口にたどり着いた。それは簡素な二階建ての家で、扉は青く塗られ、細い小道によって通りからは隔てられていた。その時、やや腰の曲がった年老いた男性が、入口の側面にある小さな石柱の間を通り抜けて、その家を出てくるところだった。彼の風貌から誰なのかを判別できたので、姿を見られないよう木の陰に隠れた。それはリチャード・ラネラフ卿だった。彼は自分の腕時計に視線を走らせると、杖をついて駅に向かって坂を下り始めた。その時、私を不意に衝動が襲った。足を止めて周りを見回すことなく、私は家の中に入っていき、まっすぐに司書のデスクに向かった。研究生の学生証を見せながら、私は彼女に、ルイス・キャロルの資料をいくつか閲覧できるかと尋ねた。司書は――大変親切な女性だった――私の身分証を精査することなく、すぐに同意してくれた。私はこの博物館が設立された当初からの目録を請求し、《日記から切り取られたページ》と読み取れる項目を指さした。司書は私を驚いたようすで見た。

「お安い御用です」彼女は言った。「そのフォルダーは私のデスクにありますから。たったいまお帰りになられた方も、同じ項目を請求されたんです。なんと興味深い偶然でしょう！」

司書は長椅子が二、三脚置かれている、隣の小さな閲覧室を指し示した。私のほかには誰もいなかったが、できるだけ人目を忍んでクリステンの紙片をカプセルから引っ張り出すと、注意深く手で平たく伸ばした。私はもう一度、レイトンの非の打ち所のない完璧な名人芸をほれぼれと眺めた後、複製を原本に置き換えた。世界が今、手にしているのは、パッチワークの上にパッチワークを重ね、そして、本物の文書は、偽物と見せかけられて、永遠に隠されたままになる、と私は思った。

私はレイトンの作った紙片をポケットに入れ、司書にフォルダーを返した。

「早かったですね！」出て行こうとする私を見て、司書が声をかけた。「来訪者名簿にご署名なさいますか？」

「いえ、結構です」私は応えた。「名前が長すぎるものでね。それに、列車を逃したくないので」

アリスとともに、鏡を抜けて

三門　優祐（ミステリ評論家）

Ⅰ　十数年ぶりの帰還

「あの」ギジェルモ・マルティネスが、十数年ぶりの新作ミステリを引っ提げて帰還した――そう聞いただけで思わず胸を高鳴らせる読者は今でも必ずいるはずだ。とりわけその作品が、〇六年の翻訳ミステリシーンを賑わせ、『２００７本格ミステリ・ベスト10』の海外本格ミステリ・ランキングで見事４位の座を射止めた『オックスフォード連続殺人』の「続編」とあっては、その期待も一際高まるだろう。

とはいえマルティネスの邦訳は、続けて出た『ルシアナ・Bの緩慢なる死』から見ても十四年ぶり。そんな作家のことはもう忘れてしまったという方、そもそもこの作家の本を読んだことがないという方もいらっしゃるだろう。そこで作品の紹介に入る前に、先に作家の経歴をざっとおさらいしてみたい。

ギジェルモ・マルティネスは、六二年、アルゼンチンのバイアブランカに生まれた。八四年、スール大学で数学の学士号を取得。その後、ブエノスアイレス大学に移り、九二年には論理学の博士号を取得した。更に翌年以降、オックスフォード大学に短期間給費留学をしている。

幼い時期から読書に親しみ、時には小説を書いていたようだが、商業作家としての活動は作品集 *Infierno grande*（八九）を嚆矢とする。長編 *Acerca de Roderer*（九三）、同じく長編 *La mujer del maestro*（九八）とゆったりとしたペースで作品を刊行していたが、留学時の経験を織り込んだ『オックスフォード連続殺人』（〇三）にて「アルゼンチン・プラネタ賞」を受賞して一気にブレイク。各国語に翻訳されて話題になった。なお、この作品は〇八年にスペインの映画監督アレックス・デ・ラ・イグレシアによって映画化されている（主演：ジョン・ハート、イライジャ・ウッド）。また、続く『ルシアアナ・Bの緩慢なる死』（〇七）も、去る二一年にNetflixオリジナル作品として映像化された。

日本では『ルシアアナ・Bの緩慢なる死』で翻訳が止まっていたが、それ以降もマルティネスは作家歴を着々と積み重ねている。作品集 *Una felicidad repulsiva*（一三）にて、南米の作家の優れた短編集を顕彰するコロンビアの文学賞「ガブリエル・ガルシア・マルケス　ヒスパノ＝アメリカ短編小説賞」を受賞、そして本作『アリス連続殺人』（一九）にて、スペインで最も名誉ある文学賞とされる「ナダール賞」を受賞した。

すなわちマルティネスは、そのキャリアハイと言える現在、自身の出世作の「続編」という単なる新作よりもずっと難しい課題に挑み、しかも権威によってその成果を認められた。今、読者の手元に届けられた『アリス連続殺人』とはそのような作品なのである。

と、ここまで「続編」であることを強調しながらこの作品について書いてきたが、もし前作を読んでいなかったとしても、この作品は支障なく読むことができる。読者が承知しておくべきことは、探偵役がセルダム教授であること、語り手が「私」（人によってはGと呼ぶ）であること、本書で描かれる事件の前年、一九九三年夏に起こったとある事件について、二人が秘密を共有していること、この三点だけだ。事件の「秘密」そのものは、本書の「物語」には関係がないので、ネタバレの心配もない。ただ、もし本書を読んで、彼らの関係の発端について更に知りたくなった（いや、きっと知りたくなるはずだ）という向きがいれば、電子書籍版、オンデマンド版など、様々な形式を利用可能であるので、改めて『オックスフォード連続殺人』を手に取ってほしい。

さて、ようやくこの作品についての話を始めることができる。

Ⅱ　黄金時代ミステリ読者／作者、G・マルティネス

物語の発端は、語り手の「私」がオックスフォードでの二年目の研究の課題として「手書き文字の断片から、実際に文字を書いた時の腕と筆の動きを再現するプログラムを開発すること」と指導教官から申し渡されたことである。私的なディスカッションや筆跡鑑定の専門家への紹介などセルダム教授の手厚い協力を得てプログラムの完成に向けて動き出した「私」へ、ある日教授が秘密の頼み事をする。それは、「プログラムを使い、ルイス・キャロルの日記の『失われた真実』を明らかにするかもしれない書類の筆跡鑑定をしてほしい」というものだった。しかし、若き発見者の女性の想いをよそに、「ルイス・キャロル同胞団」の内部に蠢《うごめ》く、キャロルの真実を求める

者と覆い隠そうとする者の確執は不穏な空気を醸し出していく。そして、書類の実物を持って彼女が団の会合に現れる、と約束をしたその日、悲劇が起こり、「私」とセルダム教授は再び混迷極まる怪事件に巻き込まれてしまう……

　このような書き出しから始まる本作は、「連続殺人をめぐる論理を物語の重要な要素に据えた、飛び切り奇妙なスリラー小説」であった前作と比べても遜色のない、いやそれ以上に奇妙奇天烈な、極上の「謎解きミステリ」である。「ルイス・キャロル小児性愛《ペドフィリア》者説」をめぐって展開される、ヴィクトリア朝イギリスの文学・美学・神学・社会に関する、同胞団の面々の喧々諤々《けんけんがくがく》の議論、そのハイブラウな会話に不釣り合いな、金銭・名誉・醜聞など組織に溢れかえる「殺人の動機」の数々、『不思議の国』と『鏡の国』、二つのアリスの物語の挿話に見立てたかのような「殺人の手段」。本作に盛りに盛られた数々の要素は、まさに英国の黄金時代ミステリのそれを彷彿とさせてくれる。しかし、作者はそれらを見事に統御し、複雑怪奇な謎、丁寧な伏線提示と回収、そして意外ながらしっかり論理的な解決の物語を作り上げた。たとえすれっからしのマニアであっても、その腕の冴えに満足し、結末では「ひぇーっ！」と叫び声をあげてしまうこと間違いなしである。

本作について「黄金時代英国ミステリのそれを彷彿とさせる」と書いたが、これはたまたまそういうものが生まれた、とかそういうことでは決してない。事実としてギジェルモ・マルティネスという作家は大変なミステリマニアであり、それらを下敷きにして今回の作品を執筆していることは自明である。

マルティネスは自らのブログにて、二〇二一年八月にオックスフォード大学のセント・ヒルダ・カレッジで行った講演の内容を掲載している。題目は「犯罪小説が犯罪小説の中で描かれるとき」となっていて、彼の近作の理解の助けとなるような様々な論点が提示されている。

それらは例えば『オックスフォード連続殺人』はアガサ・クリスティーの『ABC殺人事件』を参照しているとよく言われるが、G・K・チェスタートンの「折れた剣」により多くを負っているであるとか、また『アリス連続殺人』における第一の事件はニコラス・ブレイク『野獣死すべし』の引用であるとか、言われてみるとなるほどと思わせる（しかしなかなかにマニアックな）ポイントである。ちなみに、ブレイクの名は『アリス』中盤でも直接提示されているが、ここで示される「《毒物は女の武器、毒物は女の武器》と繰り返し喋るようになったオウム」というのは『死の殻』からの引用である。

マルティネスがこれらの作品に触れたのは、ひとえにホルヘ・ルイス・ボルヘスの働きによるところが大きいのではなかろうか。彼がアドルフォ＝ビオイ・カサーレスとともに《第七圏》というミステリ叢書を四七年に立ち上げたことはよく知られている。その初期の百二十作のリストはウェブサイト「本棚の中の骸骨　藤原編集室通信」の「資料室」のコーナーに収められているのでご参照いただきたい。ここにマイクル・イネスやニコラス・ブレイクといった当時最新の英国作家が多く含まれるのは注目に値するが、三六年から三九年に「エル・オガール」誌で担当していた新刊レビューにおいてもボルヘスがこれらの作家を絶賛していた（エディション・プヒプヒ「ボルヘスと推理小説」）ことを鑑みると必然なのかもしれない。

ボルヘス／カサーレスの視線を通じて、英国ミステリの世界に触れたマルティネスにとって英国、とりわけオックスフォードという土地はまさに「黄金時代ミステリ」そのままの場所であったに違いない。彼が自らの若き日の記憶をたどりながら書いたある種自伝的な小説が、失われかけた（しかし、英米の一部では復興の兆しもある）数十年前の物語の形式を明確に踏まえたものになっている点、そしてそれが文学としてきちんと評価されている点は、アルゼンチンの文芸の懐の深さを感じさせる。

Ⅲ「連続殺人の論理」に取りつかれた男

このように「古き良き探偵小説」の系譜を継ぐ本作は、前作、また『ルシアナ・Bの緩慢なる死』がそうだったように「連続殺人の論理」を扱った物語でもある。これらの作品の解説で千街晶之、巽昌章の両氏は、その根幹にある作品として、ホルヘ・ルイス・ボルヘスの短編ミステリ「死とコンパス」の名を挙げたが、その特徴は本作においても当てはまる。同じくボルヘスの短編「『ドン・キホーテ』の著者、ピエール・メナール」の登場人物のように、マルティネスは「死とコンパス」という作品を自分なりの思考でなぞり続けていて、時に、その思索の一端を娯楽小説の枠に落とし込んで発表しているのではないか、と想像してしまうほどだ。

本作と過去の作品群における「連続殺人の在り様」は、詳細には踏み込まないがそれぞれ異なるものだ。しかし、その本質には共通点がある。すなわち「連続殺人という事象は、『観測者』がいるからこそ成り立つ」ということだ。事柄Aと別の事柄Bを「同じ論理数列の項」として認識し、思考し、その共通点を見出し、次に起こる事柄Cを予測する。これこそ「名探偵」の論理的数学的思考が、ありもしないところにすら「連続性」を読み解き（あるいは「犯人」の手によって読み解かされ）、誤った結論を成立させるに至る……という「死とコンパス」でボルヘスが喝破し、戦後間もない時期のエラリイ・クイーンを恐るべき混迷の渦へと叩き込んだ、「陰謀論的名探偵のテーゼ」の骨子である。マルティネスがこの古くからある、しかし同時に現代的でもあるテーゼを、しかも古典的な探偵小説のフォーマットの中で試行錯誤しているという事実は、非常に興味深いと言わざるを得ない。

Ⅳ「ルイス・キャロル伝説」と陰謀論的テーゼ

本作は見事な小説であるが、作中で起こっている出来事は完全なフィクションというわけではない。例えば、第Ⅰ節で述べた通り、マルティネスは九三年～九四年にオックスフォードに滞在していた（ただし、「わたし」が大学学部卒業直後の二十二歳に渡英したのに対して、マルティネスは博士課程修了後の三十歳で渡英した）。また『オックスフォード連続殺人』では、ワイルズによるフェルマーの最終定理の証明発表（九三）が話題に上り、また作中人物がブレッチリー・パークで歴史上の人物の知り合いであったとする遊びが含まれていた。しかし、本書における「現実への接近」はより執拗により深く、プロットの構造に食い込んでいる。

本作においても重要な役割を果たす「ルイス・キャロルの日記」は、現実には九三年に「ルイス・キャロル協会」という組織によって刊行が開始された（〇八年に索引が出版され、完結）。十三巻あったとされる日記のうち四巻が失われていること。残存している巻から（おそらく、作家自身ではなく保存していた遺族の手によって）一部のページが破棄されていること。これら二点は認められた事実である。これまで遺族に厳しく管理され、伝記作者たちも断片的にしか参照できなかった日記が広く公開されたことで、この時代、研究者たちのなかの「キャロル像」が大きく揺らいだのもまた事実である。なお、本作の物語の核となる「キャロルがリデル家と距離を置いた原因を記しているとされた失われた四ページ」は、その内容を示すメモが九六年に発見され、実際にはそのような醜聞とは全く無縁だったと判明したという（メモが発見されたことは事実だが、その時期や内容にはずらしがある）。このように、作者は歴史的事実の一部を少しだけずらしながら、現実の中に虚構を混ぜ込み、物語を拵えている。

なぜこのような手間のかかる執筆スタイルを選んだか。作者がエッセイなどでその答えを明らかにしているわけではないが、「ルイス・キャロル伝説」の成立過程とこのスタイルが合致していることは、決して偶然ではありえないだろう。

〈ルイス・キャロルは（ヴィクトリア朝期イギリスにおける倫理観の許す範疇で）子どもしか愛せない〝純粋無垢〟な〝怪物〟だった〉という、いかにもキャッチーで、

『アリス』の物語のイメージにも合致した「虚像」は、様々な伝記作者たちが過去百年を掛けて、遺族の手で間引きされた不十分な資料と不面目な憶測に基づいて作り上げたものである、と革新的なキャロル研究者キャロライン・リーチは *In the Shadow of the Dreamchild*（九九）の中で批判している。リーチの論にも批判の余地はあり、キャロル研究は現在も揺れ動いているそうだが……さておき、情報を取捨選択し、そこに虚構を織り交ぜることで、事実を巧みに自分の「信じたい」通りの方向に捻じ曲げてしまう「伝説創造」の手法を借りて、その伝説に振り回される人々を描くユーモアには、作者らしいシニカルさが垣間見えるような気がする。

ところで、今書いた「伝説創造」の手法が、前節の結部で提示した「陰謀論的名探偵のテーゼ」の手法そのままであることにお気づきになられた方もいるだろう。無論、作者は当然この二つの手法の重ね合わせを意図していたに違いない。人は自分の「信じたい物語」を信じるようにできている。そこに「連続殺人がある」と本気で信じるならば……「物語の魔」はいつでもあなたを、鏡の向こう側の、少し不条理な世界へと誘うだろう。

○ギジェルモ・マルティネスの著作リスト

■長編小説

・*Acerca de Roderer* (1993)
・*La mujer del maestro* (1998)
・『オックスフォード連続殺人』*Crímenes imperceptibles* (2003)
・『ルシアナ・Bの緩慢なる死』*La muerte lenta de Luciana B.* (2007)
・*Yo también tuve una novia bisexual* (2011)
・『アリス連続殺人』*Los crímenes de Alicia* (2019)
・*Una madre protectora* (2019)

■作品集

・*Infierno grande* (1989)
・*Una felicidad repulsiva* (2013)

■評論・エッセイ

・*Borges y la matemática* (2003)

- *La fórmula de la inmortalidad* (2005)
- *Gödel (para todos)* (2010)
- *La razón literaria* (2016)

Programa Sur

Obra editada en el marco del Programa Sur de Apoyo a las Traducciones del Ministerio de Relaciones Exteriores, Comercio Internacional y Culto de la República Argentina

本書はアルゼンチン共和国外務・通商・宗務省の翻訳助成プログラマスールを受けて刊行された。

◉訳者紹介　和泉圭亮（いずみ　けいすけ）

上智大学外国語学部イスパニア語科卒業。
訳書に『オックスフォード連続殺人』、『ルシアナ・Bの緩慢なる死』（扶桑社ミステリー）、『ゴッド・ハズ・ア・ドリーム』（竹書房）などがある。

アリス連続殺人

発行日　2023年10月10日　初版第1刷発行

著　者　ギジェルモ・マルティネス
訳　者　和泉圭亮

発行者　小池英彦
発行所　株式会社 扶桑社
〒105-8070
東京都港区芝浦 1-1-1　浜松町ビルディング
電話　03-6368-8870（編集）
03-6368-8891（郵便室）
www.fusosha.co.jp

印刷・製本　図書印刷株式会社

定価はカバーに表示してあります。
造本には十分注意しておりますが、落丁・乱丁（本のページの抜け落ちや順序の間違い）の場合は、小社郵便室宛にお送りください。送料は小社負担でお取り替えいたします（古書店で購入したものについては、お取り替えできません）。なお、本書のコピー、スキャン、デジタル化等の無断複製は著作権法上での例外を除き禁じられています。本書を代行業者等の第三者に依頼してスキャンやデジタル化することは、たとえ個人や家庭内での利用でも著作権法違反です。

Japanese edition © Keisuke Izumi, Fusosha Publishing Inc. 2023
Printed in Japan
ISBN 978-4-594-09241-2 C0197

扶桑社海外文庫

真夜中のデッド・リミット（上・下）
スティーヴン・ハンター　染田屋茂／訳　本体価格各980円

メリーランド州の山中深くに配された核ミサイル発射基地が謎の武装集団に占拠された。ミサイル発射の刻限は深夜零時。巨匠の代表作、復刊！〈解説・古山裕樹〉

ベイジルの戦争
スティーヴン・ハンター　公手成幸／訳　本体価格1050円

英国陸軍特殊作戦執行部の凄腕エージェント・ベイジルにナチス占領下のパリへの潜入任務が下る。巨匠が贈る傑作戦時エスピオナージュ！〈解説・寳村信二〉

ナイトメア・アリー　悪夢小路
ウィリアム・リンゼイ・グレシャム　矢口誠／訳　本体価格1050円

カーニヴァルで働くマジシャンのスタンは、野心に燃えてヴォードヴィルへの進出を果たすが…ギレルモ・デル・トロ映画化のカルトノワール。〈解説・霜月蒼〉

つけ狙う者（上・下）
ラーシュ・ケプレル　染田屋茂＆下倉亮一／訳　本体価格各1000円

スウェーデンを揺るがす独身女性の連続惨殺事件。犯行直前に被害者の姿を盗撮した映像を警察に送り付ける真意とは？ヨーナ・リンナ警部シリーズ第五弾！

＊この価格に消費税が入ります。

扶桑社海外文庫

ビーフ巡査部長のための事件
レオ・ブルース　小林晋／訳　本体価格1000円

ケント州の森で発見された死体と、チックル氏が記した「動機なき殺人計画日記」の関わりとは？　英国本格黄金期の巨匠の第六長篇遂に登場。〈解説・三門優祐〉

瞳の奥に
サラ・ピンバラ　佐々木紀子／訳　本体価格1250円

秘書のルイーズは新しいボスの医師デヴィッドと肉体関係を持つが、その妻アデルとも知り合って…奇想天外、驚天動地の結末に脳が震える衝撃の心理スリラー。

狼たちの城
アレックス・ベール　小津薫／訳　本体価格1200円

ナチスに接収された古城で女優が殺害される。調査のため招聘されたゲシュタポ犯罪捜査官――その正体は逃亡用に偽りの身分を得たユダヤ人古書店主だった！

皮肉な終幕　レヴィンソン&リンク劇場
R・レヴィンソン&W・リンク　浅倉久志他／訳　本体価格850円

『刑事コロンボ』『ジェシカおばさんの事件簿』等の推理ドラマで世界を魅了した名コンビが、ミステリー黄金時代に発表した短編小説の数々！〈解説・小山正〉

＊この価格に消費税が入ります。

扶桑社海外文庫

ポップ1280
ジム・トンプスン　三川基好／訳　本体850円

人口1280の田舎街を舞台に保安官ニックが暗躍する。饒舌な語りと黒い哄笑、突如爆発する暴力。このミス1位に輝いた究極のノワール復刊！〈解説・吉野仁〉

拾った女
チャールズ・ウィルフォード　浜野アキオ／訳　本体950円

夜の街で会ったブロンドの女。ハリーはヘレンと名乗るその女と同棲を始めるが。衝撃のラスト一行に慄える幻の傑作ノワール。若島正絶賛！〈解説・杉江松恋〉

天使は黒い翼をもつ
エリオット・チェイズ　浜野アキオ／訳　本体980円

ホテルで抱いた女を、俺は「計画」の相棒にすることに決めたが……。完璧なる強盗小説と称され、故・小鷹信光氏が愛した破滅と愛憎の物語。〈解説・吉野仁〉

コックファイター
チャールズ・ウィルフォード　齋藤浩太／訳　本体1050円

プロの闘鶏家フランクは、最優秀闘鶏家の称号を得る日まで誰とも口を利かない沈黙の誓いを立てて戦い続けるが。カルト映画原作の問題作！〈解説・滝本誠〉

＊この価格に消費税が入ります。